KB043465

변사체로 죽더라도 선택하고 싶어

변사체로 죽더라도 선택하고 싶어

고철구 지음

혜화동

차례

| 프롤로그 |

* * *

멕시코 국경 도시인 후아레즈에 70년째 살고 있는 곤잘레스 영감은 그것을 처음 봤을 때 죽은 아들 디에고가 살아 돌아온 줄 알았다. 살아생전 디에고도 그런 모습으로 문을 두드린 적이 있었다. 미국으로 밀입국해 돈 많이 벌어서 돌아오겠다던 디에고는 돈은커녕 옴이니 영양실조니 폐렴이니 하는 구질한 병만 안고 돌아왔다. 나이 마흔이 넘어 디에고는 아홉 번째로 미국행에 나섰고 일 년간 소식이 없었다. 드디어 미국에 자리를 잡았나 싶었을 때, 그러니까 모든 불행한 사연의 배경에는 빠지지 않고 등장하는 어느 비 내리는 밤, 누군가가 문을 두드렸다. 미국 정착에 실패한 디에고가 다시 돌아온 것이라고 직감한 곤잘레스 영감은 따뜻한 아버지의 미소를 머금고 문을 열었다. 그러나 뜻밖에도 문 앞에 서 있는 것은 산송장이었다. 비와 흙과 피에 엉킨 머리칼이 목까지 늘어져 얼굴을 가리고 있었고, 피를 철철 흘리는 오른쪽 손목은 썩어 문드러졌는지 떨어져 없었고, 옆구리에서 꾸물꾸물 새어 나오는 창자를 남은 왼손이 계속 밀어 넣고 있는 그것은 무덤에서 기어 나온 송장이 틀림없었다. 곤잘레스 영감은 주방으로 뛰어가 칼을 찾았다. 그런데 그 송장이 비칠비칠 집 안으로 다리를 끌며 들어왔다.

"아버지…."

곤잘레스 영감은 자리에 주저앉았다. 디오스 미오. 디오스 미오. 산송장이 내 아들 디에고라니, 이 뻔한 이야기의 주인공이 바로 나라니. 영감은 무릎걸음으로 기어가 아들을 끌어안았다.

"엘파소에서 약을 팔았어요. 신께 맹세하지만 그곳이 콜롬비아 애들 구역인 줄 몰랐어요. 놈들이 제 손목을 자르고, 샷건을 제 배에 박고, 국경에 제 몸을 묻었어요. 비가 내리지 않았다면, 그래서 흙이 구덩이 밑으로 빠지지 않았다면 그대로 생매장됐을 거예요."

곤잘레스 영감은 절망하고 절망했다. 아비가 절망하는 이유를 모르겠다는 듯이 아들 디에고는 그 꼴로도 쉬지 않고 떠들었다.

"제 손목을 자른 나이프는 미국 스트라이더사의 'SMF G10 BK' 인데 손잡이 재질이 티타늄이에요. 담배를 꺼내려고 주머니에 손을 넣었는데 세상에, 손목이 없는 거예요. 두 시간 동안 제 손목이 잘린 줄도 몰랐다니까요. 제 배를 쏜 샷건은 미국 모스버그사의 'Mossberg M590'인데 탄창이 아홉 발짜리였어요. 도망가는 저를 잡으려고 모두 네 발을 쐈는데 총성이 얼마나 웅장한지, 빠바바방, 베토벤 교향곡 '운명'을 연주하는 줄 알았어요. 역시 미국은 달라요."

절망하고 절망한 곤잘레스 영감은 유창하고 반지르르한 아들의 말솜씨에 감복해 한 번 더 절망했다. 이렇게나 말을 잘할 줄 알았으면 열심히 뒷바라지해 국회의원이나 시킬걸. 아들은 피 흘리며 삼 일간 떠들다가 죽었다. 죽어 가면서도 입담이 어찌나 좋았던지 직업 없는 마을 청년들이 모두 모여들어 아들의 이야기를 경청했고, 그중 글줄깨나 읽었다는 한 녀석은 아들의 미국 체험기를 열심히 노트해 열두 권짜리 엘파소 가이드북을 만들었다. 그때가 벌써 오 년 전이다. 그런데 지금, 역시나 추적추적 비 내리는 밤, 문을 두드리는 소리에 나가 봤더니 문 앞에 또 산송장이 서 있는 것이다. 곤잘레스 영감은 말했다.

"누구냐? 길 건너 마리아네 둘째냐? 너희 집 한 블록 아래로 이사했다."

그러나 그것은 착각이었다. 산송장은 진짜 좀비였다. 그날 곤잘레스는 죽었다, 아니 좀비가 됐다.

* * *

멕시코 정부는 미국과 통하는 모든 국경을 폐쇄했다. 미국에서 수만 마리 좀비들이 끊임없이 멕시코로 기어 왔기 때문이었다. 미국으로 가려는 멕시코인은 더 이상 존재하지 않았고, 거의 백 년에 걸쳐 미국으로만 향하던 국경의 풍경은 달라졌다. 아메리칸 드림은 멈췄고 멕시코로 넘어오는 좀비를 막기 위해 미국과 접한 모든 국경에 9미터 높이의 콘크리트 벽과 전기 철책이 세워졌다. 그것은 캐나다도 마찬가지였다. 어느 날 갑자기 국제 사회에서 미국이 사라져 버린 것이다. 위성 사진, 항공 사진을 판독한 결과 모든 미국인이 좀비가 돼 버렸다는 사실은 거의 확실했다. 형제의 나라 영국이 두 차례에 걸쳐 군대를 투입했지만 그들 역시 감감무소식이었다.

이 사실을 확인하고도 강대국들은 처음에 입을 다물었다. 세계 증시가 무너지고, 미국이 관여한 모든 분쟁 지역에서 국지전이 거세지고, 세상이 혼란에 빠지자 중국이 먼저 치고 나왔다.

"아메리카는 이제 좀비리카가 되었다."

삼 억 미국인이 좀비가 돼 버렸다는 사실을 알게 된 세상은 경악했다. 이 틈을 놓치지 않고 중국은 한마디 덧붙였다.

"앞으로 기축통화는 달러에서 위안화로."

그러자 러시아도 나섰다.

"미국의 F-35 전투기는 더 이상 생산되지 않습니다. 전투기 구입 문의는 이제 러시아로."

역시 한마디 덧붙였다.

"탄도 미사일 다량 확보."

일본도 가만있지 않았다.

"MLBMajor League Baseball는 추억으로. NPBNihon Professional Baseball가 곁에 있습니다."

아프가니스탄에 파병된 미 해병대 존 밀러 대위는 독특하게도 「라이언 일병 구하기」에서 '탐 행크스'가 맡은 역할과 이름이 똑같았는데, 아무튼 그는 조국의 비극적인 운명을 탈레반으로부터 전해 들었다. 미국이 좀비랜드가 되어 인접 국가들로부터 완전히 차단되고 지도상에서 지워졌다는 영국 가디언지 기사를 탈레반이 복사해 미군 주둔지 전역에 뿌린 것이다. 많은 병사들이 탈영해 영국이나 호주 같은 우방국으로 망명했는데 존 밀러는 달랐다. 영화 속 탐 행크스처럼 용맹하게 혼자 탈레반 소탕에 나섰고 끝내 포로가 되었다. 존 밀러는 토굴에 갇혔고, 그 감옥 경비는 탈레반 말단 병사 카림이 맡았다.

얼마 후 존 밀러는 커다란 충격에 휩싸였다. 카림의 본명은 '카림 빈 라시드 알 막툼', 그러니까 '막툼 가문 라시드의 아들로 온화한 카림'이라는 뜻인데 어느 날 그가 말했다.

"우리 이름에는 아빠 이름만 들어가 있어. 내 이름에도 내 아버지의 이름 '라시드'가 들어가 있잖아. 그러니까 우리 무슬림이 여성을 차별한다고 오해받는 거야. 오해지. 암, 오해고말고 그래서 난

이 오해를 종식하기 위해서라도 아랍 이름에 아빠 이름 대신 엄마 이름을 넣어야 한다고 생각해. 그렇게 되면 내 세 명의 자식들 이름은 이렇게 바뀌겠지. '압둘 빈 아말 알 사디(사디 가문 아말의 아들 압둘)', '오마르 빈 바노 알 하디드(하디드 가문 바노의 아들 오마르)', '하미다 빈트 라자 알 사우드(사우드 가문 라자의 딸 하미다)'. 내 자식들 이름이 각각 '압둘', '오마르', '하미다'이고 내 아내들 이름이 각각 '아말', '바노', '라자'니까."

그랬다. 카림은 아내가 셋이었던 것이다. 몇 달 후, 아프가니스탄에 남아 있는 몇 안 되는 미군 주둔지에 새로운 전단이 뿌려졌다. 거기에는 이렇게 쓰여 있었다.

'제국주의에서는 맛볼 수 없는 행복. 탈레반으로 건너오세요.'

그 문구 아래에는 부르카를 뒤집어쓴 여자를 한 팔에 한 명씩 품은 존 밀러가 환하게 웃고 있었다.

캐나다와 멕시코의 국경을 봉쇄하는 것으로 좀비들의 북상이나 남하는 막을 수 있었다. 문제는 좀비를 피해 캐나다나 멕시코로 피난 온 수백만의 미국인들이었다. 그들은 난민으로 전락해 머무는 도시별로 치안을 악화시키고, 인플레이션을 유발하고, 거리를 슬럼화시켰다. 그나마 캐나다는 예산을 쏟아부어 난민을 수용할 시설물들을 국토 전역에 건설한 반면 멕시코는 거기에 투입할 돈이 없었다. 이때 멕시코 최대 마약 카르텔 '볼보 데 디아만테'의 보스,

키키 앙헬 구즈만이 나섰다.

"뉴욕 연방준비은행 지하 창고에 보관돼 있는 금 6,000톤을 털어 오겠다. 그중 3분의 2를 내 몫으로 인정해 준다면 나머지를 국가에 바치겠다."

금 2,000톤이 거저 생기는 일을 멕시코 정부가 마다할 리 없었다. 성대한 출정식까지 치러 주며 멕시코 정부는 키키의 성공을 기원했다. 열렬한 환송을 받으며 헬기 40여 대에 나누어 탄 키키의 조직원들은 국경 장벽을 넘어 미국으로 향했다. 그러나 아무도 돌아오지 않았다. 그러자 '볼보 데 디아만테'의 상대 조직인 '브에나 수에르테'의 보스, 마르코 펠릭스가 같은 조건으로 도전하겠다고 나섰다. 멕시코 정부는 이번에도 화려한 출정식을 치러 주었고, 마르코는 실패의 전철을 밟지 않겠다며 30여 대의 보트에 조직원들을 나눠 태우고 해상을 통해 뉴욕으로 향했다. 그러나 이들 또한 누구 하나 돌아오지 않았다. 세 번째로 도전한 마약 카르텔은 '또르띠야 패밀리'였다. 공중으로도, 해상으로도 실패했으니 자신들은 육로로 가겠다며 '또르띠야 패밀리'의 보스, 멜카 후엔테스는 장벽 출입 게이트를 잠시 열어 줄 것을 멕시코 정부에 요청했고 정부는 흔쾌히 수락했다. 뜨거운 환송을 받으며 20여 대의 차량에 나누어 탄 '또르띠야 패밀리'가 장벽 게이트를 통과하고 난 몇 분 뒤, 온갖 총소리와 폭발음과 비명과 절규가 장벽 너머에서 들려왔다. 잠시 후 게이트 건너에서 누군가가 다급하게 문을 두드렸다.

"문 열어 당장. 이 개새끼들아. 얼른 문 열라고. 소노라 사막에 누워 일가족이 변사체로 선탠하고 싶어? 빨리 문 열어. 이 굼벵이 새끼들아!"

멜카 후엔테스였다. 멕시코 정부는 문을 열어 주지 않았다. 거칠었던 멜카의 목소리는 차츰 공손해졌다.

"문 열어 주세요."

"선생님들. 문 좀 열어 주세요."

"잘못했습니다. 살려주세요."

"제발 부탁드립니다. 선생님들. 문 한 번만 열어 주십시오."

"다시는 마약 팔지 않을게요. 용서해 주세요."

몇 시간 후 멜카는 죽었는지 더 이상 문을 두드리지 않았고, 거대한 마약 조직 세 개를 손쉽게 처리한 멕시코 정부는 남은 오합지졸 범죄 집단들을 가볍게 소탕했다.

들어가려는 이가 있으면 나오려는 이도 있기 마련이라서 한국 제주도 해상 300킬로미터 남단에서 정체불명의 선박이 포착됐다. 미국 L.A. 크루즈 여행업체인 인터내셔널 오션사 소속 15,000톤 급 윈드메리호였다. 좀비들이 타고 있는 선박인지 아니면 미국을 탈출한 난민들이 타고 있는 선박인지는 확인되지 않았다. 한국, 중국, 일본 정부는 비상사태를 선포했다. 일본 해상 자위대 정찰기가 근접 촬영한 갑판 영상에는 사람은커녕 인기척 하나 보이지 않았다.

수차례 통신을 시도했지만 모두 실패했고, 격침하자, 특공대를 투입하자 등등 각국 정부가 방안 마련을 하는 동안 배는 쿠루시오 해류에서 황해 난류로 해류를 바꿔 타고 제주도 서쪽 해상으로 진입했다. 그러자 일본이 자국에 내려진 비상사태를 해제하고 자신들은 일본 평화 헌법 정신을 준수한다며 강 건너 불구경하듯 했다. 배가 조금씩 북진하면서 한국 영해 쪽으로 다가서자 중국 정부 또한 자신들은 한반도의 오랜 문화와 역사를 존중하기 때문에 한반도 문제에 관여할 수 없다며 한발 물러섰다. 한국 정부는 불난 호떡집이 되었다.

서울 광화문 광장에서는 매일 집회가 열렸다. 수십만 명이 참여한 집회는 주장에 따라 두 편으로 나뉘었다. 한쪽에서는 미국발 크루즈호를 당장 격침하라고 외쳤고, 다른 한쪽에서는 우방국의 배이니 생존자를 확인해 안전하게 예인하라고 목청을 높였다. 집회가 한 달가량 계속되자 양측은 점점 격렬해지더니 서로 몸싸움을 벌이고 보도블록을 던졌다. 언론 또한 달아올랐다. 좀비를 죽여도 살인죄에 해당하지 않는다는 국제사법재판소의 판례, 좀비를 인격을 갖춘 환자로 간주해야 한다는 유명 학술 기관의 연구, 좀비 한 마리가 미치는 GDP 손실률, 은혜 갚은 좀비에 관한 해외 토픽 등 조금이라도 좀비와 관련한 이야기라면 횟집 산 낙지마저 죽어서 꿈틀대는 좀비 현상이라고 사기 칠 기세였다.

대통령 주재로 청와대 지하 벙커에서 열린 국가안전보장회의에서도 고민은 마찬가지였다. 혈맹 국가 미국의 배를 확인도 하지 않은 상태에서 격침할 수 없었고, 그대로 지켜보고 있을 수도 없었다. 진퇴양난 속 뾰족한 해결책이 떠오르지 않는 와중에 외교통상부 장관이 먼저 입을 열었다.

"서해 이름을 중국해로 바꾸는 겁니다. 그래 놓고 배는 중국 영해에 있으니 너희가 알아서 해결해라 하고 덮어씌우는 거죠."

회의 참석자들은 아무 말 없이 서로의 얼굴만 쳐다봤다. 몇 초간의 침묵 끝에 대통령이 한마디 했다.

"좋은 아이디어요."

참석자들은 동시에 일어나 격앙된 얼굴로 박수했다. 행정안전부 장관도 대통령의 눈도장을 받고 싶었다.

"초대형 선박을 충돌시켜 침몰시키는 건 어떻습니까? 사고를 위장해서요."

환경부 장관은 행정안전부 혼자 튀는 것이 마뜩잖았다.

"말이 되는 소리를 하세요. 기름 유출되면 사달이 나요, 사달이."

행정안전부의 동향이자 동문 선배인 기획재정부가 행정안전부를 거들었다.

"환경부는 왜 그렇게 생각이 좀스러운 거요? 기름 유출되면 까짓것 관련 부처장들 재산 얼마씩 떼서 사회 환원하면 되지 않습니까?"

대통령이 또 한마디 했다.

"그 역시 좋은 아이디어요."

참석자들이 다시 일제히 일어나 상기된 얼굴로 박수했다. 하지만 이날 회의의 스타는 국토해양부 장관이었다.

"미국발 크루즈호가 접안하는 해안부터 운하를 파는 겁니다. 그 운하를 낙동강까지 잇는 거죠. 그래서 낙동강 하구를 통해 크루즈호를 태평양으로 다시 내보내는 겁니다. 배가 뭍에 닿을 틈도 없이 다시 바다로 나가는 것이죠."

대통령이 자리에서 벌떡 일어났다.

"바로 그거야."

지하 벙커에서 장장 삼십 분간 기립 박수가 이어졌다.

전국의 모든 중장비가 서해로 몰려들었다. 배가 근접만 하면 그 지역부터 신속하게 운하를 파서 가장 가까운 강으로 대겠다는 계획이었다. 그러나 얄궂게도 배는 더 이상 뭍으로 접근하지 않고 연평도 북서쪽 해상에 멈춰 버렸다. 더욱 얄궂게도 그곳은, 한국과 북한이 서로 자신들 영해라고 주장하는 딱 NLL 선상이었다. 북한 조선중앙통신의 호방한 여성 아나운서는 연일 방송을 날렸다.

"제 아무리 미제의 좀비라 하더라도 위대한 주체사상의 단매를 맞으면 투철한 혁명 역군으로 갱생할 것이다."

청와대 지하 벙커에서 다시 회의가 열렸다.

"배 안에 생존자들이 남아 있을 확률은 0프로입니다."

"좀비 배가 확실하다면 격침해야 하는 거 아닙니까?"

"그래도 미국 배를 우리가 격침할 수는 없는 일 아니오."

"북이 격침할 수 있지 않을까요? 미국이야 북의 불구대천 원수니까요."

"그래 주면 좋으련만."

"북한 원조를 약속하고 부탁을 해 보지요."

"북한 펴 주기다, 뭐다, 여론이 가만있지 않을 텐데요."

"여론이 뭐가 무섭소? 정부 산하 정보기관들이 꽉 잡고 있는 게 SNS고 인터넷 댓글인데."

그리하여 회의는 북한의 도움을 구하는 쪽으로 결론 났다. 하지만 남북 관계가 팍팍한 시절이라 북측과 연락할 핫라인이 모두 단절되고 없다는 점이 문제였다. 대통령은 북한 당 위원장에게 메시지를 전달할 라인을 뚫으라고 국정원장에게 지시했다. 국정원장은 중국 지린성에서 활동하는 국정원 대북관계팀장 작전명 영산강에게 다시 지시했고, 영산강은 지린성 옌지에 나와 있는 북한 함북도 샛별 밀무역꾼 김팔봉에게 부탁했다. 며칠 후 김팔봉은 북한으로 들어가 청진 보위부 상위 박달곤에게 남측의 메시지를 전했고, 박달곤은 평양 당 중앙위원회로 연락을 넣었으며, 중앙위는 정보의 사실 여부를 확인한 후 당 위원장에게 최종 전달했는데 그가 받은 남측의 메시지는 다음과 같았다.

"할 애기가 있다."

당 위원장은 그 메시지에 대한 자신의 답을 다시 남측에 보내라고 명령했고, 중앙위는 박달곤 상위에게 전달했으며, 박달곤 상위는 김팔봉에게 전달했고, 김팔봉은 두만강을 건너 중국 지린성 옌지로 나가 작전명 영산강에게 전달했고, 영산강은 국정원장에게 전달했으며, 국정원장은 최종적으로 대통령에게 전달했는데 그 내용은 또 다음과 같았다.

"할 얘기가 뭐냐?"

남북의 메시지는 이런 과정을 통해 여러 차례 왕래했는데 마치 내외하는 고관 댁 도령과 규수처럼 먼저 핵심을 얘기하지 않고 변죽만 울려 댔으니 그 사이를 잇는 연락책들이 죽을 맛이었다.

특히 밀무역꾼 김팔봉은 가랑이 사이에서 방울 소리가 날 지경이었는데 마침 그날도 작전명 영산강이 지린성 옌지로 넘어오라며 연락해 온 참이었다. 새벽안개를 뚫고 두만강을 넘어 옌지로 나간 김팔봉은 영산강으로부터 남쪽 메시지가 담긴 봉투를 건네받고 저녁 어스름을 틈타 샛별로 돌아왔다. 김팔봉은 서둘러 체신소로 가 청진으로 전화를 넣었다.

"남에서 문서가 왔습다."

"아, 그거 날래 가져오라. 위에서 기다리고 있어."

그런데 전화를 끊자마자 곤란하게도 김팔봉은 똥이 마려웠다. 문제는 그가 심각한 변비 환자라는 사실이었다. 평소에는 길어도 삼십 분 안에 해결되던 것이 두 시간이 지나도 끝날 낌새가 보이지 않았다. 한시라도 지체했다가는 교화소행이 될 터였다. 마음이 급해진 김팔봉은 아내를 향해 소리쳤다.

"똥이 아이 나와."

안 그래도 찢어지게 가난한 애옥살이에 불만 많은 아내가 답했다.

"잘됐슴다. 밑 닦을 필요도 없으니까니 그냥 일어나쇼."

그건 김팔봉의 처지를 모르고 하는 소리였다.

"아니, 아니. 아예 아이 나오는 건 아이고 시작하는 대가리는 나왔는데 끄트머리가 아이 나온다 말이."

"아, 그냥 자르고 나옵세."

"아이 잘리니까니 문제라 내 말 아이 했니?"

"안까이랑 새끼들은 먹지 못해서리 똥이라고는 피식 방구도 아이 나오는데 누군 똥이 아이 잘릴 만큼 자시고 다녔슴까?"

김팔봉은 아내를 변소 문 앞으로 불러 사태의 심각성을 설명했다. 낯빛이 바뀐 아내가 뒤곁으로 가 삽을 들고 왔고, 변소 문을 화들짝 열어 젖혔다.

"궁둥이 좀 들어 보기요. 내 확 끊어 드리갔슴다."

아내가 몇 번이나 삽으로 내려쳐도 똥은 끊어질 기미가 보이지 않았다. 오히려 삽날에 이가 나갈 정도로 김팔봉의 똥은 강하고 단단했다. 그러자 아내는 삽을 내던지고 대가리를 길게 내민 김팔봉의 똥을 덥석 잡았다.

"끊기지 아이 하믄 뽑갔습다."

아내는 화장실 문턱에 다리를 개고 뒤로 몸을 눕히며 김팔봉의 똥을 당겼다. 김팔봉의 비명과 함께 그의 항문에서 피가 날 뿐 똥은 뽑히지 않았다. 오기가 생긴 아내는 인근 마을에서 가장 오랜 그리고 가장 탁월한 솜씨를 자랑하는 산파, 끗년네 할멈을 불러왔다.

"누구? 누가 애를 낳는다니?"

투덜대며 끌려온 끗년네 할멈은 김팔봉네 변소 앞에서 그만 입이 떡 벌어지고 말았다.

"나 보고 지금 똥을 받으라고?"

하지만 딱한 사정을 들은 할멈은 소매를 걷어붙였다.

"팔봉이, 배에 힘을 주지 말고 허리에 힘을 주기요. 숨을 한 번에 크게 들이 마신 다음에 잘게 쪼개서 내뱉구."

그로써 끗년네 할멈과 김팔봉 똥과의 사투가 벌어졌다. 네 쌍둥이, 다섯 쌍둥이, 일곱 쌍둥이는 물론이요 거꾸로 선 애, 옆으로 선 애, 서다 만 애, 다 서고 안 나오는 애까지 받아 본 데다가 심지어 남의 애를 받으면서 자기 애도 받은 적이 있는 55년 경력의 베테랑 산파는 역시 남달랐다. 장돌뱅이 발바닥 티눈처럼 박여서 안 나오던 똥이 아주 조금씩 미끄러져 나오기 시작한 것이다. 하지만 김팔봉의 똥도 결코 만만한 똥은 아니라서 나오기는 나오는데 그 끝이 어딘지 모를 정도로 길었다. 그리하여 배설도 아니고 출산도 아닌 이 이상한 광경은 그 후로도 장장 3박 4일 동안 계속됐다. 더럽다며 연신 구토를 해 대던 김팔봉의 아내가 끝내 못 견디고 친정으로 도망가 버린 게 첫째 날 밤이었고, 가구당 1톤씩 할당된 거름 생산량을 맞추지 못한 인근 주민들이 당에 바칠 똥 좀 얻어 보겠다며 몰려든 게 둘째 날 밤이었고, 김팔봉이 탈진해 쓰러진 게 셋째 날 밤이었다. 그래도 할멈은 포기하지 않았다. 할멈은 똥을 고쳐 잡고 다시 한 번 용을 썼다. 마침내 나흘째 되는 날, 홀로 외로운 투쟁을 이어가던 끗년네 할멈의 손에 직경 11센티미터, 길이 8미터짜리 거대한 똥이 온전히 뽑혀져 나왔다. 그 기쁨의 순간, 안타깝게도 김팔봉은 이미 절명해 있었다. 김팔봉의 비극적인 죽음에 끗년네 할멈은 한숨을 내쉬며 한마디 내뱉었다.

"인생은 짧고 똥은 길구먼."

끗년네 할멈은 김팔봉이 싼 똥을 동銅이라고 속여 파철 기업소에 팔았고 그 돈으로 막내손녀 끗년을 탈북시켰다.

* * *

배달 사고를 숨기기 위해 박달곤은 남으로부터 오던 연락이 모두 끊겼다고 상부에 거짓 보고했고, 북한의 당 위원장은 남조선한테 무시당했다며 불같이 화를 냈다. 정치국, 비서국, 중앙위, 군사위의 참모들은 '거짓말 왕초' 남조선에 공화국의 가공할 무력을 과시해야 한다고 바람을 넣었고, 당 위원장은 수락했다. 이튿날 새벽 5

시 15분, 서해 NLL 상에 떠 있는 윈드메리호를 향해 북한의 사거리 1000킬로미터 노동2호 미사일이 날아갔다. 조선중앙통신의 호방한 여성 아나운서가 다시 방송했다.

"거짓과 기만으로 일관하는 겁쟁이 남조선 정부를 대신해 위대하신 위원장 동지께서 미제의 송장들을 물리치시었다. 우리 문제는 우리식으로 해결해야 한다는 빛나는 영도가 아닐 수 없다."

그러나 어찌된 일인지 윈드메리호는 침몰하지 않고 그 위치 그대로에서 레이더에 포착됐다. 체면 구긴 북한이 미사일 한 발을 더 발사했지만 레이더 위의 하얀 점은 사라지지 않았다. 곧장 한국과 중국의 논평이 뒤따랐다. '북한은 미사일 도발을 중단하라.' 하지만 일본은 달랐다. '처참한 수준의 정밀함', '불발 아닌 것이 다행', '봉사 문고리 잡기' 등 배를 침몰시키지 못한 북한 미사일을 조롱하는 기사가 일본 언론을 뒤덮었다. 그때부터 북한의 미사일이 서해 바다에 폭우처럼 쏟아지기 시작했다. 사거리 300킬로미터 스커드 미사일부터 12,000킬로미터 광명성 미사일까지 도합 48기가 이틀에 걸쳐 윈드메리호 머리 위로 떨어졌다. 소나기 끝자락처럼 마지막으로 화성10형 미사일이 떨어졌을 때 윈드메리호는 마침내 자취를 감추고 사라졌다. 조선중앙통신의 여성 아나운서가 호방하다 못해 우렁찬 목소리로 다시 방송했다.

"공화국의 위대한 미사일 무력이 미제의 송장들에게 본때를 보이었다. 간악한 승냥이 무리 일본도 함부로 나불대다간 미제의 송장 꼴을 면치 못할 것이다."

하지만 윈드메리호는 북한 미사일에 격침된 것이 아니라고 주장하는 사람들이 나타났다. 중국 산둥성 저인망 어선 루렁루이 818호 선장과 선원들이었다. 그중 한 선원이 일본 방송과 인터뷰했다.

"황해로 불법 조업을 나갔다가 북한의 미사일 소나기가 떨어지자 복항하기 위해 선수를 틀었지요. 때 아닌 안개가 깔렸어요. 안개를 뚫고 가는데 어디선가 음악 소리가 은은하게 들리는 거예요. 쿵짝짝 쿵짝짝. 이게 대체 무슨 음악인지 몰라 어리둥절했는데 그래도 대학 물 먹은 적 있다고 류웨이가 말했지요. 이거 왈츠예요. 서양 댄스곡인데, 쿵짝짝 쿵짝짝, 이때 추는 춤도 왈츠라고 불러요. 류웨이의 설명을 듣자 이유는 모르겠지만 저희는 갑자기 왈츠가 추고 싶어졌어요. 평생 춰 본 적 없는 춤인데 말이죠. 그래서 배 위에서 너 나 할 것 없이 손을 맞잡고 춤췄어요. 쿵짝짝 쿵짝짝. 그때 안개 뒤로 대형 선박의 그림자가 어스레하게 비쳤어요. 윈드메리호가 나타난 거예요. 그 배가 점점 다가오자 저희는 저희가 뜬금없이 춤추는 이유를 알 수 있을 것 같았어요. 윈드메리호 갑판 위에서도 수백 마리 좀비들이 너 나 할 것 없이 손을 맞잡고 왈츠를 추고 있었거든요. 쿵짝짝 쿵짝짝. 골 깨진 놈, 팔 떨어진 놈, 다리 꺾인 놈 할 것 없이 덜그럭거리며, 쿵짝짝 쿵짝짝, 피범벅인 놈, 고름 터진 놈, 살 문드러진 놈 할 것 없이 삐걱대면서 스텝을 옮기고 있었던 거예요. 좀비들이랑 저희가 춤추는 바다는 노랗게 벼 익은 들로, 빨갛게 단풍 든 숲으로, 하얗게 눈 내린 산으로 수시로 풍경을 바꾸었고 저희 위로 해가 지고, 달이 뜨고, 달이 지고, 해가 뜨고, 다시 해와 달이 함께 뜨고, 달과 해가 같이 졌어요. 그렇게 삐걱대고 덜그럭거리며 한참을 춤추는데 윈드메리호 흘수선 위로 바닷물이 오르는 거예요. 바닷물이 오른 게 아니라 윈드메리호가 밑바닥부터 바닷물로 변한 것일지도 몰라요. 현측이 변하고 갑판이 변하고 그 위에서 춤추던 좀비들이 변하고 함교가 변하고 굴뚝이 변하고, 그렇게 꼭대기까지 바닷물로 변하고 난 뒤 윈드메리호와 좀비들은 수면 위로 무너지며 바다가 되어 버렸죠. 그제야 저희는 정신을 차릴 수 있었어요. 뭍에 올라 선원들끼리 다시 왈츠를 춰 보려고 했는데 춤이 안 춰지는 거예요. 그전에 한 번도 춰 본 적 없는 춤이니 출 수 있을 리가 없죠. 요즘 저희 선원 여덟 명은 그때 그 황홀한 경험을 잊지 못하고 왈츠를 배우러 댄스 학원에 다녀요."

하지만 사람들은 선원의 인터뷰를 허풍으로 치부했고, 중국인의 '허풍'을 믿어 주는 이는 아무도 없었다.

미국, 오클라호마
티모시와 새라

* * *

미국의 비극을 보도하는 뉴스는 한 꼭지도 없었다. 뉴스가 사태를 인지하고 육하를 취재하기도 전에 미국은 쓰러진 것이 분명했다. 그저 몇몇 채널들이 의도치 않게 미국의 망조를 전했을 뿐인데 그 처음은 내셔널와이드 뉴스 채널 앵커 폴 해리슨이었다. 플로리다 총기 난사 사건을 목청 높여 비판하던 폴 해리슨이 갑자기 귀에서 인이어를 빼 던지더니 카메라 프레임 밖으로 뛰쳐나갔다. 텅 빈 스튜디오를 비추는 카메라 밖으로 부산한 소음만 오고갔다. 잠시 후 폴 해리슨의 목소리가 다급하게 끼어들었다.

"총 없어? 총? 이 새끼들아. 이래서 수정헌법 2조가 있는 거야."

이어 세 방의 총성이 울리고 곧 잡음 섞인 노이즈 화면이 TV를 뒤덮는 뉴스였다.

티모시 레이놀즈는 이 뉴스를 자신의 작은 식료품 가게에서 보았다. 처음에는 놀랐지만 그간 보아 온 폴 해리슨의 뉴스를 떠올리면 그리 놀랄 일은 아니었다. 폴 해리슨은 '콜럼버스의 날'을 '아메리카 원주민의 날'로 바꾼 몇몇 주들의 역사의식을 비판했고, 부모 국적에 상관없이 주어지는 '출생 시민권'에 핏대를 세웠으며, 미국의 '멜팅 팟Melting Pot' 안에 녹아들지 않는 것들을 이물질 취급했다. 감정이 지극한 그의 목소리는 잘 들렸고, 그래서 잘 지쳤다. 지친 시청자들은 채널을 돌렸고 티모시 레이놀즈도 자주 전원 버튼을 눌렀다. 그의 목소리 말고도 세상에 지칠 일은 가득이었다. 채널을 바꾸려고 티모시 레이놀즈가 리모컨을 잡는데 마침 같은 뉴스를 보았는지 이웃에 사는 버나드가 가게 문을 열고 들어왔다. 버나드는 카운터 유리 상판 위에 20달러짜리 지폐 한 장을 떡하니 내려놓았다.

"난 3분에 20 걸겠네. 3분이면 화면이 돌아오면서 '뻥이야'라는 자막이 뜰 거야. 저 느끼한 앵커 새끼 아이디어겠지. 저놈은 돈 되는 일이라면 주지사 똥구멍에 회충도 뽑아 먹을 놈이야. 다음 멘트는 뻔하지. 시청자 여러분. 테러리스트에게 방송국이 공격당하면 이런 일이 벌어집니다. 미국을 지킵시다."

티모시 레이놀즈는 머리가 빠져 휑한 이마를 손등으로 쓸었다. 티모시가 말했다.

"2분. 40달러."

두 늙은이는 카운터에 기대 TV와 시계를 번갈아 쳐다봤다. 2분이 지나도 노이즈 화면은 변화가 없었다. 5분이 지나자 아예 '신호

없음'으로 넘어갔다. 두 늙은이는 TV와 시계 대신 서로의 얼굴을 번갈아 쳐다봤다. 버나드가 카운터 상판에 놓인 20달러를 챙기면서 어줍게 혼잣말했다.

"육십 넘게 살면서 본 TV 방송 중에 이게 제일 재미있네."

티모시 레이놀즈는 말없이 채널을 돌렸다. 다른 채널 방송은 모두 정상이었다. 그의 리모컨이 멈춘 곳은 오클라호마시티에서 송출하는 지역 케이블 뉴스였다. 백인 여자 앵커가 이번 웨더포드 로데오 챔피언인 케빈 하워드와 스튜디오에서 인터뷰하는 중이었다. 여자 앵커가 케빈 하워드의 베어백 브랑크 라이딩 기술을 칭찬하고, 세나폴 로데오 경기장이 중국 기업에 팔린 사건에 대해 의견을 묻는데 TV 화면이 까딱까딱 흔들렸다. 여자 앵커가 별안간 웃음을 터뜨렸다.

"죄송합니다. 도저히 못 참겠네요. 하하하하."

여자 앵커는 카메라를 향해 말했다.

"톰. 장난 좀 그만해요. 죄송해요. 저희 스튜디오 어시스턴트가 자꾸 카메라맨 목을 물어서요."

티모시와 버나드는 다시 한 번 서로를 쳐다봤다.

"톰, 이제 카메라 좀 놔줘요. 톰. 톰. 아아아악. 톰이 목을 물었어요. 목의 살점을 뜯었어요."

화면에 한 줄기 붉은 피가 쏟아지며 카메라가 위로 들렸다. 사람들의 비명이 사방에서 터져 나오는데 화면은 렌즈를 타고 흐르는 붉은 피 뒤로 스튜디오 천장의 플럭스 조명만 비출 뿐이었다.

티모시 레이놀즈가 사는 작은 마을 델머는 미국 오클라호마주 남쪽 끝에 붙은 벽지였다. 그날 밤 스무 명 남짓한 마을 주민들이 버나드의 집에 모였는데 모두 머리 희끗한 늙은이들이었다. 거실 구석에서 신호 잃은 TV가 지직거리고 있었지만 누구도 그걸 끄지 않았다. 벽에 붙인 커다란 지도 앞에서 버나드가 입을 열었다.

"그럼 정리해 보자고. 지미. 오클라호마시티에 있는 아들놈은 지금 전화를 안 받는다는 거지?"

거실 소파에 몸을 묻은 지미는 말이 없었다. 버나드는 지도 위 오클라호마시티에 큼직하게 X표를 그었다.

"잭. 덴버에 사는 네 딸도 연락이 안 되는 게 맞지?"

잭은 덩가리스 작업복 바지 밑단에 잔뜩 묻은 흙이 미안했는지 현관 앞에 서 있었다.

"스무 번은 전화했을 거야. 받질 않아. 그래서 내가 평소에 그렇게 교회에 나가라고 한 건데."

버나드는 X표를 계속 그어 나갔다.

"캔자스, 밀워키, 신시내티도 연락이 안 된다고 했고. 그런데 아론, 포틀랜드는 연락이 닿았다고?"

냉장고 옆에 붙어 감자 칩을 퍼먹던 아론이 답했다.

"응. 동생하고 통화했어. 거기 사람들은 캐나다로 도망치고 있대.

당한 사람이 얼마나 많은지 멀티노마 폭포에 강물이 아니라 핏물이 떨어지고 있다는구먼."

이어 척이 손을 들었다.

"내 자식 놈들도 연락이 닿았어. 피닉스랑 헬레나. 거기도 아비규환이래."

일인용 소파에 앉아 무릎 담요를 덮은 주디는 한 병에 12달러짜리 조지디켈 테네시 위스키를 소리 없이 마시고 있었다. 잔을 든 그녀의 손 거죽은 찰기 없이 늘어져 헐렁했다. 갑자기 그녀가 울음을 터뜨렸다.

"내 아들, 내 아들 스튜어트도 연락이 안 돼."

아론이 화를 냈다.

"이 할망구야. 네 아들 연락 안 된 지 10년도 넘었어. 마지막으로 여기 떠날 때 그 개새끼가 내 차 훔쳐 타고 갔잖아."

버나드는 표시된 지도를 다시 들여다보았다. X표는 미국 중부 도시에 집중적으로 그어져 있었고 제일 남단은 오클라호마시티였다.

"보는 것처럼 서부, 북부는 괜찮은데 중부가 쑥대밭이 됐어. 오클라호마시티가 당했으니 여기도 금방 놈들이 닥칠 거야. 내 아들 스티브한테 온 전화로는 댈러스시티 사람들도 모두 멕시코로 떠나기 시작했대. 나보고도 빨리 출발하라는데 어쩔 생각들이야?"

사람들 대부분은 빨리 멕시코로 떠나자며 입을 모았다. 하지만 잭은 말 안 통하는 멕시코에 가서 어떻게 사냐며 고개를 저었고, 주디는 멕시코 음식은 냄새가 나서 싫다며 툴툴거렸다. 거실 진열장에 기대 있는 티모시 레이놀즈만 말이 없었다. 표정조차 읽히지 않았다. 버나드가 물었다.

"티모시. 안 떠날 거야?"

사람들이 수군거렸다.

"티모시는 안 가? 왜 안 가?"

"애들 기다리나?"

"이 영감탱이가 알츠하이머야? 사만다는 보스턴에 있고, 크리스는 뉴욕에 있는데 걔네들이 여길 왜 와?"

"동부네? 동부는 괜찮은가?"

"그걸 내가 알아?"

"애들이 아니라 새라 기다리는 거 아냐?"

"새라가 누구야?"

"아 왜… 아이들 엄마. 사만다랑 크리스 엄마."

"아, 그 여자. 늘씬했지. 궁둥이도 우리 집 젖소만큼 컸고."

"저 아래 개천가에서 하모니카를 곧잘 불곤 했어. 연주가 근사했지."

"근데 그 여자 죽은 거 아니었나?"

"티모시가 다시 찾아내면 죽여 버리겠다고 입에 달고 살아서 그렇지 안 죽었을걸? 티모시 감방 가는 거 본 사람 없잖아."

"20년도 더 된 일 아냐? 그 여자를 왜 기다려?"

사람들의 입방정이 짜증이 났는지 티모시가 떨구고 있던 고개를 들었다. 티모시가 숱 없는 머리를 쓸어 넘기더니 말했다.

"주디, 너는 도망갈 필요가 없지. 좀비가 좀비를 물어 죽일 리 없잖아. 잭. 멕시코 가서 말 안 통할 걸 왜 걱정해? 네가 종종 시티로 나가서 돈으로 샀던 아시아 여자들. 말 통한 적 있어?"

티모시의 이죽거림에 잭이 현관 밖으로 카악 침을 뱉었다.

"누가 견뎌. 말본새가 저러니까 마누라가 도망가지."

티모시가 잭에게 달려들어 주먹을 날렸다. 주디가 비명을 질렀고, 사람들이 들러붙어 티모시를 뜯어냈다. 자리에 주저앉은 잭은 코피를 흘렸다. 하지만 주디의 비명은 멈추지 않았다. 버나드가 주디의 어깨를 잡았다.

"주디. 괜찮아. 다 끝났어."

말라비틀어진 노파의 몸 어느 구석에 그런 기운이 남아 있었는지 주디의 비명은 가시지 않았다. 버나드가 언성을 높이며 주디의 어깨를 흔들었다.

"주디. 그만해. 다 끝났다니까!"

주디가 비명을 멈추며 서서히 손가락을 들었다. 주디의 손가락이 가리킨 것은 거실 구석에 있는 TV였다. 지직거리던 TV가 멎었던 영상을 다시 송출하고 있었다. 사람들이 주디의 손가락을 좇아 TV로 시선을 돌렸다. 화면 속에서 누군가가 카메라 렌즈에 묻은 핏자국을 옷소매로 닦았다. 느릿느릿 피를 닦은 그는 기울어진 카메라를 다시 세워 스튜디오 정면 데스크로 줌인했다. 데스크는 텅 비어 있었는데 그 누군가가 걸어가 거기에 앉았다. 줌인을 잘못한 탓에 얼굴이 아닌 넥타이만 한가득 보였다. 사람들은 숨죽인 채 화면에 몰두했다. 화면 안의 그는 다시 일어나 카메라 방향과 줌을 재조정했다. 그리고 재차 데스크에 앉았다. 이번에는 그의 상반신 모두가 정확히 잡혔다. 눈동자는 터져 흰자위와 경계가 불분명했고, 왼쪽 볼은 피부가 벗겨져 광대뼈가 훤히 들여다보였으며, 붉은 수포로 얼굴 곳곳이 빼곡히 덮인 것으로도 모자라, 물어뜯긴 목은 근육이 드러났고, 그 근육에서도 누런 고름이 비어져 나왔지만 슈트만은 감색 스트라이프 무늬 깔끔한 새것이었다. 그리고 그는 이번 웨더포드 로데오 챔피언인 케빈 하워드였다.

사람들이 경악하는데 케빈의 광대뼈 아래 간신히 붙어 있던 피부 한 점이 그만 툭 떨어졌다. 케빈이 그걸 순식간에 잡아채 입에 넣고 우물우물 씹다가 목구멍으로 넘겼다. 목에 드러난 근육의 고름이 꿀렁거렸다. 그는 이어 자신의 오른팔을 들었다. 사람들은 그의 행동에 집중했다. 그는 들어 올린 자신의 팔뚝을 주저 없이 깨물어 뜯었다. 검붉은 피가 솟구치면서 살점과 힘줄이 뜯겨 나왔고 드러난 목 근육에서 고름이 다시 꿀렁댔다. 입안의 살점을 대강 씹어 넘긴 그가 어렵게 입을 열었다. 느리지만 정확한 발음이었다.

"씨.발… 다.이.어.트. 배고파… 죽.겠.네…."

버나드의 집에 모여 있던 사람들은 혼비백산, 모두 차를 몰고 멕시코로 도망쳤다. 티모시 레이놀즈만 집으로 돌아가 조용히 문을 걸어 잠갔다.

* * *

작은 마을 델머는 별다른 일 없이 평화로웠다. 티모시가 가장 먼저 한 일은 창문을 비롯한 모든 출입문에 판자를 덧대는 일이었다. 가로로 기다란 판자를 창문에는 네 개씩 못질했고 출입문에는 여덟 개씩 못 박았다. 밖에서 무언가 기척이 들리면 판자 틈으로 빼꼼히 내다보았다. 대부분 갈 길 몰라 하는 회전초일 따름이었고 사람 떠난 마을은 한결같이 적막했다.

처음 며칠간 티모시는 케빈 하워드의 일인 방송을 보며 지냈다. 케빈 하워드는 자기 몸을 뜯어 먹으며 같은 말만 지껄였다.

"하루… 600킬로칼로리… 너나… 처.먹.어."

케빈은 자기 입이 닿는 신체 부위를 천천히 먹어 치웠다. 먹는 속도가 너무 느려 케빈의 식사는 고양이의 몸단장처럼도 보였다. 침을 바르는 것인지, 무언가를 씹는 것인지 분간되지 않았는데 좀 있다 보면 손목이 없고, 한참 있다 보면 팔뚝이 사라져 있는 식이었다. 참혹한 광경이었지만 현실 같지는 않았다. 3일째 되는 날 전기 공급이 끊겨 더 이상 TV를 볼 수가 없었다. 티모시는 주방 뒷문에 덧댄 판자를 떼어 내고 자신의 식료품 가게로 나갔다. 기름 랜턴과 양초, 술과 통조림을 그러모았다. 아득한 지평선에서 밀려온 석양이 가게 진열창에 맺히고 있었다. 자신의 몸뚱어리를 뜯어먹는 괴물들이 공격하고 있다고는 믿기지 않는 따뜻하고 온화한 붉은빛이었다. 생필품을 챙긴 티모시는 마을 아래 개천까지 산책 갔다. 오클라호마주와 텍사스주를 가르는 레드강의 작은 지류였다.

마을 사람들 얘기대로 새라는 이곳에서 하모니카를 불곤 했다. 10홀짜리 하모니카였지만 그녀가 혀를 누르고 세우고, 입술을 모으고 내치면 서른일곱 가지 음이 버무려졌다. 그 음정들로 비벼 낸 그녀의 컨트리 곡들은 이 마을의 넓은 목초지와 그 목초지를 먹이는 레드강과 그 레드강으로 물을 대는 야트막한 산들의 합창 같았다. 들고 내쉬며 자유롭게 조율하는 그녀의 숨결은 하모니카 황동판의 떨림을 머금고 마을 이곳저곳을 넘실댔다. 가게 문을 닫고 개천가로 내려오면 석양에 반사된 그녀의 황금빛 머리카락과 붉은 주근깨가 눈썹 위에서 환하게 부서져 티모시는 눈을 뜰 수가 없었다. 새라는 그 눈부심 속에서 처음 모습 그대로 티모시를 향해 웃고 있었다. 세월은 티모시에게서만 흘렀고 새라에 대한 기억은 늙는 법이 없었다.

티모시 레이놀즈가 고등학교를 졸업하는 해, 과부로 늙어 가던 그의 어머니마저 죽었다. TV 드라마 속에서는 위트 넘치는 경찰 콤

비가 악당들을 때려눕히고, 스크린 위에서는 우주 전쟁을 승리로 이끈 주인공이 민주주의를 실현하는데 대도시도 한 번 나가 본 적 없는 티모시는 홀로 소똥을 치웠다. 몇 해 후 티모시는 선대로부터 물려받은 목장을 팔고 댈러스시티로 나갔다. 농기계 딜러로 일하면서 돈을 모았다. 통장에 찍히는 저금이 불어 갈수록 티모시가 만나는 도시 역시 화려해졌다. 욕망과 야망과 희망을 구별도 못하던 스무 살 시절이었다. 티모시는 새라를 그때 만났다. 댈러스시티 이스트캠벨 로드에 있는 술집 모하우Mohow에서였다. 그녀는 그곳에서 공연하는 컨트리 밴드의 일원이었는데 다른 악기에 맞춰 하모니카를 불거나 노래했다. 티모시는 새라를 처음 만난 그 순간을 잊지 못한다.

기타 애드리브가 끝나자 무대 뒤에 처져 있던 그녀가 조명 아래로 걸어 나오며 하모니카를 연주하기 시작했다. 베이지색 카우보이모자 아래로 곱슬한 그녀의 금발 머리가 쏟아졌다. 그 순간 정오의 태양을 받은 황금빛 밀밭이 술집 안으로 밀려들었다. 어깨까지 내려오는 그녀의 금발은 목덜미 사이사이로 노란 그늘을 드리웠고 그 그늘이 앉은 하얀 목덜미는 대리석처럼 차가웠는데, 그 차가운 목덜미는 어떤 고대 사원의 대리석 아치도 따라오지 못할 곡선을 그리며 그녀의 어깨로 떨어졌다. 연주에 따라 하느작거리는 그녀의 소담스러운 어깨 위로 비가 오고 눈이 내렸다. 베이스에 맞춰

발을 쿵쿵 굴릴 때 그녀의 단정한 어깨 위로 폭양이 내리쬐고 흙먼지가 일었다. 그 어깨를 감싼 그녀의 하얀 맨즈 스타일 셔츠는 가슴골까지 단추가 풀려 있었다. 하모니카를 불며 그녀가 어깨를 들썩일 때마다 셔츠 아래 숨은 가슴은 어렴풋한 윤곽을 내보이며 위아래로 흔들렸고, 그 흔들림으로 가늠하는 그녀의 젖무덤에 술집 안의 시간들이 고였다가 흘러갔다. 가슴의 윤곽이 사위는 곳에서 시작하는 그녀의 허리는 숨골이 조이도록 잘록해지다가 유려하게 엉덩이로 이어졌다. 블루바넷이 낮게 피는 계절, 창틈을 오가며 레이스 커튼을 나부끼게 하는 봄바람의 맵시가 그녀의 엉덩이와 겹쳐졌다. 나풀대고, 하늘대며, 산들대면서, 살랑댔다. 그 엉덩이를 덮은 짙은 청바지는 그녀의 몸매를 그대로 따라 흐르며 높지 않은 봉우리를 만들었는데 누구도 오를 수 없는 곳이라서, 낮은 곳에서 보는 이는 숨 가빴다. 누구도 오를 수 없는 곳이라서, 보는 이는 모두 낮았고 그녀는 매우 높았다. 그 높이가 일으키는 현기증은 길게 뻗은 그녀의 허벅지를 따라 추락하고, 가늘어지는 종아리를 따라 마모되다가, 그녀의 뒤꿈치가 디딘 곳이 딱딱한 지상이 아니라 풍만한 강물이라는 사실을 만날 때, 그 강물 속으로 익사했다. 그녀의 색바랜 마카로니 부츠가 얇은 합판 무대를 굴리면 물결이 일고 물보라가 튀었다. 그녀가 하모니카를 멈추고 박수를 쳐 리듬을 몰아가면 낮은 이들의 체온이 올랐다가 내리고, 오르지 못한 이들의 호흡이 솟았다가 꺼졌다. 그 오름과 내림, 솟음과 꺼짐은 그녀의 격정이 만든 폭이었고 그 넓은 격정의 폭들은 그녀 안에서 익었을 수많은 경험이 빚은 결과였다. 첫 키스를 함께했을 그녀의 어린 동급생이, 대마초를 돌려 피며 첫 경험을 나눴을 그녀의 앳된 남자 친구가, 불붙듯 사랑했지만 결국 상처를 준 후 떠나갔을 그녀의 철없는 동거남이 그녀의 하모니카에 녹아 있었다. 그 시간들이 만들어 놓은 그녀는 첫 순간부터 영원토록 눈부셨다. 바로 그때 티모시 레이놀즈는 새라 로빈슨에게 마음을 빼앗기고 만 것이었다.

새라는 생계를 위해 주중에는 식당 웨이트리스 일을 했다. 그 사실을 알게 된 티모시는 매일 그 식당을 찾았다. 하지만 말도 한마디 붙이지 못했다. 그저 식대의 70에서 80퍼센트에 달하는 팁을 내려놓는 것으로 용기 내지 못하는 구애를 대신했다. 티모시의 팁에 새라는 반응하지 않았다. 후한 팁이 소문이 났는지 다른 여종업원들이 티모시를 자기 테이블에 앉히려고 다퉜다. 팁으로 사람을 차별할 수는 없는 일이어서 티모시는 다른 여종업원에게도 넉넉한 팁을 내려놓았다. 지갑은 금세 비었고 티모시는 그 식당에서 자주 식사할 수 없는 처지가 되었다. 티모시는 식당 주차장에 차를 세워 두고 저녁 늦게 퇴근하는 새라의 모습을 지켜보는 것으로 짝사랑을 달랬다. 새라는 언제나 웃는 얼굴로 식당을 나왔고, 가끔은 열린 문을 잡은 채 안을 향해 손을 흔들었으며, 종종 문 앞에서 다른 직원과 수다를 떨다가, 오른쪽 후미등 떨어진 쉐비를 몰고 사라졌다. 그렇게 두어 달 지난 어느 날, 퇴근 시간이 지났는데도 새라가 식당

밖으로 나오지 않았다. 한 시간을 기다린 티모시가 돌아가려고 차에 시동을 거는데 갑자기 운전석 차창으로 누군가가 얼굴을 들이밀었다.

"오래 기다렸어요? 더 빨리 오고 싶었는데… 저 근무 시간 바뀌었어요."

뛰어왔는지 숨을 몰아쉬는 그녀는 새라였다.

그 일을 계기로 둘은 연인이 됐고 오래지 않아 새라는 티모시의 작은 스튜디오 아파트로 이사했다. 단출한 옷이 새라가 가진 짐의 전부였지만 단 하나 큼직한 물건이 있었다. 대형 흑백 사진이었다. 벽돌 건물들이 한적하게 들어선 거리를 배경으로 다섯 명의 백인 남성과 한 명의 백인 여성이 포즈를 취하고 있었는데 그중 하나는 기타를 메고 있었다. 사진은 침대 머리맡에 붙여졌는데 사진의 넓이보다 벽의 폭이 좁아 새라는 사진의 오른쪽 면을 이어지는 벽으로 조심스레 접어 붙였다. 잠들고 깰 때마다 여섯 명의 백인이 그들을 지켜보았다. 주말 오후가 되면 새라는 펍에 나가 공연했다. 펍 안의 모든 조명을 혼자 흡수하는 새라의 무대는 언제나 찬란했고 많은 남성의 다양한 시선이 새라의 연주를 우러르거나 새라의 몸을 훑었지만, 새라는 아랑곳 않고 무대 앞에 앉아 있는 티모시에게 윙크했다. 공연이 끝나면 새라는 흥분에 들떠서 컨트리의 고향, 내슈빌에 대해 얘기했다. '그랜드 올 오프리'의 역사와 '버번 스트리트 블루스 앤 부기 바'가 어떻게 연주자를 고르는지 열정을 다해 설명하는 새라에게 티모시는 매번, 그럼 우리 내슈빌로 이사할까, 라고 물었다. 그저 그곳에 간다고 설 수 있는 무대가 아니라며 손사래를 치는 새라는 늘 티모시에게 먼저 키스했다. 키스는 길었다. 그 긴 키스의 순간순간 속에서 딸 사만다가 태어났고, 저금은 늘어 갔고, 아들 크리스가 태어났고, 더 큰 집으로 이사했고, 넓은 벽면도 많아져 새라의 흑백 사진은 새라의 기분에 따라 거실과 주방을 옮겨 다녔다.

걸프전이 발발했을 때가 이 행복의 절정이었다. 기름값이 오를 거라고 모든 사람들이 떠들었다. 티모시는 있는 돈, 없는 돈 가리지 않고 끌어다가 작은 오일 플랜트에 투자했다. 전쟁이 끝날 무렵 티모시가 투자한 회사는 소리 소문 없이 사라졌다. 그 회사의 복잡한 돈 거래를 따라 가까스로 추적한 주소는 영국령 버진 아일랜드의 페이퍼 법인이었고 거기에 이름을 올린 운영자들은 모두 일본인이었다. 티모시는 술에 절어 살았고, 그 얼마 후 가족을 데리고 멜머로 돌아왔다. 그리고 그해 가을 새라는 티모시를 떠났다.

티모시의 딸 사만다가 보스턴에 있는 대학으로 진학할 때였다. 이사하기 위해 자기 짐을 옮기던 사만다는 창고 구석에서 사진 하나를 발견했다. 사진은 신문지에 감겨 돌돌 말려 있었는데 갈기갈기 찢긴 것을 얼기설기 테이프로 붙여 놓은 상태였다. 새라가 집에 붙였던 흑백 사진이었다.

"행크 윌리암스와 드리프팅 카우보이즈네. 여기 내슈빌 같은데?

걸레가 다 된 사진을 안 버렸네."

사만다의 말에 티모시가 물었다.

"유명한 사람들이야?"

사만다가 눈을 흘기며 답했다.

"행크를 몰라? 컨트리 레전드잖아."

티모시는 사진을 오래 들여다보았다. 돌이켜 보니 사진의 주인공들이 누구이며, 사진의 배경이 어디인지 물어본 적이 없었다. 그 사진을 그토록 오래 보고도 왜 묻지 않았을까, 티모시는 후회했다.

* * *

작은 마을 델머는 변함없이 평온했다. 먼 들판은 여전히 황무지로 마르다 지평선으로 이어졌고, 언덕이 드물고 있더라도 낮아서 지평선 위 하늘은 한결같이 넓었다. 그 하늘은 매일 해를 뱉었다 삼키고, 노을을 펼쳤다 걷고, 달을 걸었다 품고, 별을 뿌렸다 담아서 티모시는 혹시 사태가 진정된 것은 아닐까도 생각했다. 하지만 수십 일이 지나도 끊긴 전기나 떠난 사람들, 뭐 하나 돌아오지 않았다.

종종 제프리네 축사에서 소들이 울었다. 소들은 넓고 크게 울지 못하고 그저 오래 울었다. 방목지로 나가지 못해 축사에 갇힌 소들이었다. 티모시는 현관에 덧댄 판자를 뜯고 나가 제프리네 축사를 둘러보았다. 헤어포드 종 50여 마리가 사료 통을 덜그럭거리며 콧구멍을 핥았다. 사료 통은 비어 있었고, 밀짚과 토탄이 깔린 바닥은 똥오줌에 젖어 두엄으로 썩었다. 멀리 웃자란 목초가 아지랑이에 흔들리고 있었다. 티모시는 축사 문을 열어 소들을 풀어 주었다. 머뭇대는 놈은 잔등을 때려 몰아냈다. 꼬리를 찰싹대고 콧물을 뿜으며 소들은 떼로 이동했다. 늘 가는 곳, 늘 찾는 풀이 있는 것인지 소들은 자연스럽게 줄을 맞추었다. 소들의 육중한 엉덩이가 아지랑이에 흔들리며 멀어졌다. 축사 문을 잠그려다가 문득 녀석들이 다시 돌아올 수도 있다는 생각이 들어 티모시는 문을 개방한 채로 내버려 두었다. 집으로 돌아온 티모시는 현관에서 떼어 낸 판자 역시 덧대지 않고 내버려 두었다. 덧대지 않았지만 누구 하나 돌아오는 이 없었다.

지평선 너머에서 이따금 작은 불꽃이 일 때도 있었다. 낮에 불꽃이 오를 때는 검은 연기가 길게 피어났고 밤에 불꽃이 오를 때는 새까만 하늘이 밝아졌다 꺼졌다. 먼 도시의 정유소나 주유소가 터지는 것일 거라고 티모시는 막연하게 내짚었다. 폭발음은 불꽃 다음에 뒤따랐다. 신음 같은 소리였는데 터질 것은 다 터졌는지 그런 폭발음마저 얼마 후 사라졌다. 문명의 소리가 들리지 않는 세상은 적막했고, 종말을 맞은 것이 분명해 보였다.

티모시의 집 벽장에는 총 다섯 자루가 보관돼 있었다. 샷건 두 자루와 권총 세 자루였다. 모두 티모시 아버지의 유품이었다.

“영혼이 없으면 죽을 일도 없지.”

티모시의 아버지는 그렇게 중얼거리며 매일 총만 닦았다. 항상 침실 창문 옆 나무 의자에 앉아 암막 커튼 뒤에 숨어 닦았다. 총을 닦지 않을 때는 커튼을 들추고 창밖 풍경만 노려보았다. 티모시의 아버지는 아픈 곳 없이 자주 아팠고 일하지 않았지만 늘 무기력했다. 티모시의 아버지는 식탁에서 식사하지 않았고 어머니가 끼니 때마다 식사를 접시째 날랐다. 어린 티모시는 그런 아버지를 자주 지켜보았다. 아버지는 영혼의 반을 총구멍 깊은 곳 어딘가에, 나머지 반을 창밖 풍경 어딘가에 감춰 놓은 사람 같았고, 자기 몸뚱어리에는 영혼이 없다는 사실을 스스로 증명하고 있는 것처럼 보였다. 넋 나간 아버지를 훔쳐보는 어린 자식을 보며 티모시의 어머니는 안타까운 목소리로 말했다.

"티모시. 네 아빠가 저 모양이 된 건 끔찍한 전쟁을 치러서란다. 파병을 마치고 돌아왔을 때는 잠도 자지 못하더구나. 침대 아래 기어들어 가고, 옷장 안에 숨고. 뭐가 그리 무서웠는지 버는 돈은 족족 총을 사는 데만 썼단다. 하지만 아빠가 피를 흘린 덕분에 전쟁이 터졌던 그 어두운 나라도 이제 밝아졌잖니. 그러니 아빠를 원망해선 안 돼."

어린 티모시가 물었다.

"엄마. 아빠가 피를 흘리면 밝아져?"

"백인의 피는 단 한 방울만 섞여도 모든 걸 하얗게 밝히는 법이거든."

"말도 안 돼. 백인 피가 섞여서 하얘진다면 백인이랑 결혼한 흑인은 무조건 백인만 낳겠네?"

"그건 피가 섞이는 게 아니라 정자랑 난자가 섞이는 거잖아. 가서 숙제나 해."

빈 마을에도 바람이 들렀다. 풀내 속에 햇볕 냄새가 실린 바람은 들을 건너오는 바람이었고, 물비린내 끝에 흙냄새가 묻은 바람은 개천에서 올라오는 바람이었다. 바람의 냄새는 유년과 다르지 않아서 바람이 불 때마다 티모시는 어린 시절 어머니한테 들은 '단 한 방울의 피'라는 말이 떠올랐다. 그럴 때면 티모시는 술을 이길 재간이 없었다. 싸구려 버번은 식도 끝에 느끼하게 단맛을 흘리다가 거칠게 취기를 풀었다. 술에 취하면 시간도 희미해지고 몸도 희미해졌다. 몸이 희미해질 때 티모시는 잠들었고, 시간이 희미해질 때 티모시는 마을에 혼자 남은 지 얼마나 됐는지 잊었다. 잠에서 깨면 선명한 시간이 뚜렷한 몸에 달려들었다. 티모시의 살아 있는 몸은 덤벼드는 시간 앞에서 도망갈 곳이 없었다.

어둠이 느슨해 지평선이 부옇게 뜬 어느 밤이었다. 홀로 술 마시던 티모시가 마침내 자리에서 일어났다. 티모시는 비틀비틀 복도 끝으로 걸어가 벽장을 열었다. 총 다섯 자루가 뿜어내는 서늘함이 벽장 안에 팽팽했다. 티모시는 그중 레밍턴 샷건을 꺼냈다. 기름 랜턴의 붉은 불빛이 샷건 표면에서 일렁였다. 멕시코로 달아나던 마을 사람들의 뒷모습이 멀어지는 소들의 엉덩이처럼 그 일렁임 안에서 흔들거렸다. 종말을 피해 도망가면 종말하지 않으리라는 그들의 믿음은 믿기지 않는 것이었다. 세상의 종말과 개인의 종말은 구별할 수 없는 것이어서 바깥에 닥친 세상의 종말은 끝내 개인에게도 당도할 것이었다. 도망갈 곳이 없는 티모시는 다만 고통보다 종말이 먼저 뇌수를 뚫고 당도하기를 바랐다. 티모시는 샷건의 총구를 천천히 입에 물었다. 개머리판을 당겨 총구를 입천장에 바싹 붙였다. 손을 더듬어 방아쇠를 찾았다.

멀리서 쇠기러기들의 울음소리가 들렸다. 떼로 울지 않고 몇몇이 우는 소리였다. 쇠기러기의 본대는 대륙을 종단해 캐나다로 갔을 터인데 남아 있는 것을 보면 무리에서 낙오한 녀석들 같았다. 기러기들은 멀리 울다가 낮게 지저귀었고 따로 울다가 서로 화답했다. 종말 후에도 녀석들이 울음을 울지, 쇠기러기 울음 퍼지는 종말은 과연 어떤 모습일지 티모시는 총구를 입에 물고 잠시 생각했다.

그날, 퇴근 시간이 지났는데도 새라는 집에 오지 않았다. 그저 퇴근이 늦는 것이려니 생각하며 티모시는 그때도 혼자 앉아 술을 마셨다. 다음 날 티모시가 숙취 속에 깨어났을 때 집에는 아무도 없었다. 새라도, 사만다도, 크리스도 보이지 않았다. 티모시는 사납게 집을 뒤졌다. 무슨 옷이 있었는지 알지 못하니 어떤 옷이 사라졌는지 역시 알 수 없지만, 새라와 아이들의 옷장이 눈에 띄게 비어 있다는 점은 알 수 있었다. 새라와 아이들이 사라진 것이었다. 티모시는 새라와 아이들을 찾아다녔다. 개천 너머 황무지와 국도 변 채석장과 가끔 들짐승이 어슬렁대는 산언덕과 새라가 일하는 시티의 식당을 뒤지고 헤쳤다. 누구도 새라와 아이들의 행방을 보지 못했고, 알지 못했다. 경찰에 실종 신고를 냈으나 아이들의 소셜 넘버가 등록된 주소는 발견되지 않았다. 사만다가 여섯 살, 크리스가 네 살 때였다.

늘 마시는 술이었지만 그 후 티모시는 술이 더 늘었다. 델머로 돌아와 빚으로 차린 가게의 술까지 자기가 다 비웠다. 두 달에 한 번씩 주류를 공급하는 위치타폴스 증류주 딜러는 입금이 밀렸다며 납품을 끊었다. 가끔 마을 사람들이 시티에 나갈 일이 생기면 티모시는 술을 부탁했다. 팔 술은 아니고 제 마실 술이었다.

사라지기 전 새라는, 주중에는 시티까지 한 시간 거리를 운전해 나가 식당 웨이트리스 일을 했고 주말이면 개천가에 내려가 하모니카를 불었다. 아름다운 연주였지만 티모시는 새라의 하모니카 소리가 버겁고 힘겨웠다. 사람들의 환호를 받던 새라의 하모니카는 이제 촌구석 무지렁이들과 목초지 아래로 굴을 파는 들쥐들만이 듣고 있었다. 새라의 하모니카는 마을처럼 궁벽했고 외떨어져 갔다. 그것을 타박하는 양 새라는 공연을 하던 주말 그 시간이 되면 꼭 개천가로 내려가 하모니카를 불었다. 티모시는 그 소리가, 따지고, 원망하며, 모든 책임을 묻는 소리처럼 들렸다. 새라가 개천가에서 올라왔을 때 티모시가 술 마시다 물었다.

"그래, 관객은 좀 있었고?"

새라가 티모시를 쏘아보았다.

"별로. 술 취한 사람은 안 받았거든."

"맨 정신으로는 듣기 힘든 연주인가 보지."

"모르겠네. 맨 정신인 적은 있는 사람인지…."

티모시가 자리에서 벌떡 일어나 주방으로 달려갔다. 티모시는 주방 벽에 붙은 새라의 흑백 사진을 찢어발겼다. 찢고 포개고 찢고 포개고 다시 찢어 갈기갈기 뿌렸다.

"네가 실력 있는 사람이라면 이 촌구석에 왔겠어? 찾는 사람이 없으니까 여기 와 있는 거지. 여기 온 게 내 탓이야? 이거 붙여 놓으면 여기가 댈러스라도 되는 줄 알아?"

새라는 그 자리에 한참을 서 있었다. 찢기고 갈라진 사진 속 내슈빌은 알아볼 수 없었다. 고개 숙인 새라는 그 내슈빌을 눈에 담는 듯 미동하지 않았다. 새라의 표정 또한 그늘져 알아볼 수 없었다. 티모시는 마저 술을 마셨다.

비슷한 일은 댈러스에서도 있었다. 술에 전 티모시는 투자 사기를 친 일본인들을 욕했다.

"원폭을 더 떨어뜨려야 했어."

"아예 지도에서 지워 버렸어야 했는데…."

"개 같은 인디언 새끼들."

밴드를 관두고 야간 식당에서 접시를 나르던 새라가 퇴근해 돌아와 티모시를 말렸다.

"그만해, 티모시. 아이들 듣잖아."

"아이들 듣는다니까. 지우긴 뭘 지워?"

"티모시. 그만하라잖아. 그리고 일본인과 인디언은 다르다고 몇 번을 얘기해."

티모시는 마시던 술잔을 던졌다. 벽에 부딪힌 술잔은 깨어졌고 유리 파편이 새라의 이마를 긁었다. 깊고, 길고, 진하게 흐르는 피를 새라는 닦지 않았다. 그때도 티모시는 깨진 술잔을 주워 마저 술을 채웠다. 아이들을 데리고 2층으로 올라가는 새라의 발자국 소리가 쿵쿵쿵쿵, 등 뒤에서 울렸다.

돈이 떨어지자 사랑은 각박해졌다. 티모시는 새라가 떠난 이유를 짐작할 수 있었다. 포근한 펄프 벽지에 둘러싸였던 침실 벽은 거스러미 일어난 페인트 마감이 대신했다. 네모 귀 반듯했던 주방 카운터 대리석 상판은 유행 지난 타일이 차지했다. 6피스짜리 소파를 앉혀도 여유로웠던 거실은 카우치 하나로 꽉 들어찼다. 마룻바닥에 깔린 카펫은 북실북실 먼지를 날렸고 끼익끼익 스프링 소리를 내지 않는 매트리스는 없었다. 창문턱에는 바람이 옮겨 온 먼지가 수북했고 그 너머에는 가축 분뇨 냄새가 흥건했다. 델머 집은 세월에 닳아 있었고 가난에 해져 있었다. 델머는 내슈빌이 아니었다. 새라는 그래서 떠난 것일 터였다.

티모시는 침실로 갔다. 암막 커튼은 걷어 버린 지 오래지만 아버지의 나무 의자는 그대로였다. 티모시는 아버지처럼 창문 옆 나무 의자에 앉아 아버지의 총을 닦았다. 총의 주인인 아버지는 티모시가 열두 살이던 어느 밤 실종됐다. 남몰래 침실을 빠져나가 홀연히 사라졌고 영원히 나타나지 않았다. 온전치 못한 사람이 사라져 나타나지 않았으니 죽은 것이라고 봐도 무방했지만 가족은 사라진 가장의 장례를 치르지 않았다. 때때로 자기네 전통 양식대로 머리에 독수리 깃털을 달고 쇠가죽을 통으로 잘라 만든 브리치클라우트 차림의 인디언들이 마을에 찾아와, 이곳은 대지모신의 나무가 쓰러진 자리라서 그 둥치가 있던 구멍에 사람이 빠지면 다시는 찾을 수 없다는 흰소리를 지껄였다. 마을 사람들은 문을 닫고 그들에게 물 한 잔 내주지 않았다. 그러나 그들이 다녀갈 때마다 티모시의 어머니는 자주 먼 황무지를 쏘다녔다. 어린 티모시가 아버지의 나무 의자에 앉아 밖을 내다보고 있으면 지평선 가까이에서 휘청휘청 황무지를 헤매는 어머니의 모습이 보였다. 지평선에 노을이 들면 황무지도 붉은 물이 들었고, 그 땅을 들쑤시는 어머니도 붉게 젖었다. 사방이 깜깜해지고 난 후에야 어머니는 돌아왔다. 대지모신의 나무가 쓰러진 구멍 같은 것이 존재할 리 없으니 구멍을 찾을 수 있다는 희망도 존재할 수 없는데, 희망이라는 것은 품기만 해도 사람을 희망하게 만들어서, 구멍을 찾겠다는 희망을 이루지 못한 어머니는 늘 절망한 얼굴이었다. 눈가와 입매가 처지고 눈빛은 풀이 죽고 휘젓던 어둠을 온 얼굴에 묻혀 왔다. 휘청휘청 황무지를 헤매는 어머니를 바라보던 티모시는 고개를 돌려 거울을 들여다보았다. 어머니처럼 처지고 어둠에 잠긴 자신의 얼굴이 거울 속에 담겨 있었다. 부모의 어둠은 자식에게 전염되는 것이라고, 그때 어린 티모시는 자신의 뺨을 만지며 생각했다. 새라는 아이들을 데리고 떠났다. 티모시는 새라와 함께 살아갈 아이들을 상상했다. 가난을 버리고, 꿈을 좇아 델머를 떠난 새라가 과연 꿈을 이뤄 가난을 벗어날 수 있을는지는 미지수였고 오히려 생계에 쫓기고 세상에 몰려 얼굴에 새까만 어둠이 드리울 것이었다. 세상은 뜻대로 되지 않는 것이어서 세상을 휘젓던 새라는 얼굴에 온통 어둠을 묻히고 귀가할 것이었고, 아이들은 엄마의 그 어둠을 들여다보아야 할 것이었다. 어린 시절 자신처럼, 아버지의 부재와 어머니의 어둠 아래에 아이들은 놓일 것이었고, 그 속에서 아이들의 얼굴은 대물림처럼 처지고 그늘질 것이었다. 티모시는 아이들의 그 얼굴이 눈에 밟혔다. 그 얼굴이 힘들어 티모시는 더 많이 술 마시고 더욱 열심히 총을 닦았다. 잘 닦인 총이 서슬을 번득일 때마다 티모시의 마음속에서 증오가 부글거렸다. 증오는 다져져 단단해지고, 각져 모나서 티모시의 이성을 때리고 찌르고 헐었다. 떠난 새라는 용서할 수 있지만 아이들을 데리고 떠난 새라는 용서할 수 없었다. 제프리네 목초지가 시들고 마른 개천 밑창에서 비린내가 올라올 때쯤, 티모시는 새라를 찾아 죽여야 한다고 결론 내렸다. 반년 간 마신 술이 내린 결론이었고, 증오에 찔려 넝마가 된 이성이 내린 결심이었다. 마을 사람들은 티모시가 오랫동안 교회에 나가지 않아 마귀에 들렸다며 험담했다.

* * *

샷건을 입에 문 티모시가 방아쇠에 손가락을 걸었다. 창문을 막은 판자 사이로 별빛이 새어 들었다. 티모시의 입술이 떨리고 손가락이 부들거렸다. 방아쇠가 허용하는 미세한 유격 간격 안에서, 절망과 희망과 주저와 재촉과 후회와 미련과 기대와 포기와 분노와 관용의 감정들이 밀고 밀리고 끌고 채이고 당기고 쓰러지고 잦아들고 폭발하면서 맞서고 싸웠다.

판자 사이로 새어 들던 별빛이 끊긴 것은 그때였다. 우련했던 티모시의 시야가 갑자기 컴컴해졌다. 잠시 후 별빛이 다시 밀려드는가 싶더니 이번에는 옆 창문에서 쏟아지던 별빛이 차단됐다. 밖에서 누군가가 창문을 옮겨 다니며 안을 들여다보고 있었다. 방아쇠에 붙어 길항하고 분투하던 티모시의 온갖 감정들이 순식간에 흩어졌다. 놀란 티모시가 총구를 뱉고 가까스로 물었다.

"누… 누구요?"

밖의 누군가는 답이 없었다. 티모시는 총을 겨눈 채 창문 쪽으로 다가갔다. 덧댄 판자 틈으로 창유리를 긁는 놈의 손가락이 흐릿하게 보였다. 손톱이 빠져 손끝에서 피가 떨어지고, 새까맣게 살이 죽어 흐물거리는 손이었다. 소스라친 티모시가 창을 향해 방아쇠를 당겼다. 판자와 유리 파편이 사방으로 부서지는데 그 틈으로 도리어 놈의 팔뚝이 불쑥 들어왔다. 티모시는 급하게 다시 한 방을 갈겼다. 놈이 멀찌감치 나가떨어졌다. 티모시는 떨어져 나간 놈에게 총을 겨눈 채 장탄수를 생각했다. 습관대로 장전했다면 아직 두 발이 남아 있었다. 놈은 창에서 두어 발자국 떨어진 마당 위로 쓰러졌다. 어둠에 가려 하반신의 실루엣만 구별됐다. 놈의 다리는 아직 죽지 않고 꿈틀거렸다. 놈을 죽이든 자신이 죽든 티모시는 두 발 안에 결정해야 했다. 티모시가 창을 넘어 조심스레 놈에게 다가갔다. 그때 놈이 이상한 소리를 내기 시작했다.

"뿌뿌… 뿌빠뿌… 뿌… 빠… 뿌뿌…."

단절되고 기괴하게 시작한 소리는 금세 티모시의 귀를 사로잡았다. 음침한 마을의 어둠을 젖히며 황금빛 밀밭이 풍요롭게 밀려들었고 석양을 받은 레드강의 물결이 눈부시게 출렁였다. 그 소리는 분명 입으로 흉내 내는 하모니카 소리였고 그 곡은 분명 귀에 익도록 마을을 넘실대던 예전의 그 컨트리 음악이었다. 티모시는 다급하게 뛰어가 놈의 상체를 끌어안았다. 노래는 토막 소리로 이어졌다.

"뿌… 빠빰… 뿌… 뿌… 빰…."

좀비가 된 새라가 티모시의 품 안에 안겨 있었다.

새라와 아이들은 사라진 지 1년 만에 발견됐다. 오클라호마시티 공원 화장실에서 씻고 있는 아이들을 수상하게 여긴 한 시민이 아동보호국에 신고한 것이었다. 아이들이 어려 일을 제대로 할 수 없었던 보호자가 돈이 떨어지자 아이들과 함께 차에서 자고 공중 화장실에서 씻는 노숙 생활을 전전한 것으로 보인다고 경찰은 설명했다.

"모든 건 내 잘못이야. 티모시. 아이들만 내가 키우게 해 줘."

티모시가 새라를 다시 만났을 때 새라는 냉정한 얼굴로 이 말만 반복했다. 아이들을 키우게 해 달라는 새라의 요청은 이루어지지 않았다. 티모시가 거부한 때문이 아니었다. 불가피한 사유 없이 아이들을 위험한 환경에 빠뜨린 새라는 아동 학대죄로 기소됐고 양육권을 잃었다. 티모시는 새라를 총으로 쏘지도 않았다. 새라를 죽이겠다 먹은 마음은 오래돼 물러지고, 낡아 해져 있었다. 그 후 새라가 벌금형을 맞았는지, 징역형을 받았는지 아니면 벌금을 못 내 징역을 살았는지 티모시는 관심을 끊었다. 아이들은 집으로 돌아왔다. 집으로 돌아온 아이들은 자기들끼리 수군거렸고 티모시의 눈을 바라보지 못했다.

생활은 빠르게 새라를 지웠다. 생활의 시간은 시계 속 시간이나 달력 위 시간보다 빨랐다. 티모시가 아이들을 깨우고, 씻기고, 먹이고, 시티에 있는 학교까지 태워다 주고, 육가공 공장 포장 체인 청소 일을 하고, 아이들을 데려오고, 가게에서 담배, 병맥주, 캠벨 통조림, 냉동 해쉬브라운 따위를 팔고, 아이들을 먹이고, 씻기고, 재우고, 청소하고, 빨래하고, 일어나 아침에 보면 아이들은 목화처럼 자라 있었다. 아이들은 눈 뜨면 자랐고 뒤돌아보면 자랐다. 노숙의 경험 때문인지 불안해하던 모습도 자라는 만큼 씻겼다.

티모시가 아무리 부지런을 떨고 정성을 쏟아도 크리스의 옷은 늘 너저분했다. 크리스는 입가의 땅콩버터를 소매로 닦았고, 마시던 우유를 셔츠에 흘렸고, 다니는 거리별로 온갖 흙을 엉덩이에 묻혔고, 모든 바지의 무릎을 터뜨렸다. 사만다는 옷은 깔끔하게 입었으나 항상 머리가 들리거나 눌려 있었다. 사만다는 머리 빗는 일에 관심이 없었다. 티모시가 아침 일찍 사만다의 머리를 빗기거나 늦은 저녁 크리스의 빨래를 돌리고 있으면 끔벅끔벅 졸음이 쏟아졌다. 마을 사람들은 티모시가 아이들을 거지꼴로 키운다며 손가락질했다. 보다 못한 주디가 찾아와 티모시를 도와주었다. 주디는 사만다의 머리를 양 갈래로 빗어 머리끈을 묶어 주었고, 크리스에게는 티셔츠와 운동화와 청바지와 속옷을 같은 제품으로 여러 벌 골라 주었다. 주디에게 머리를 맡긴 사만다를 보고 있으면 아이들의 예전 모습이 집 안 곳곳에서 되살아났다. 크리스는 하얀색 티셔츠에 푸른색 재킷, 아가일체크 무늬 니트에 감색 코듀로이 바지, 겨자색 버튼 조끼에 상아색 면바지를 색 맞춰 입고 있었고, 사만다는 왼쪽 이마 깊숙하게 가르마를 타 긴 갈색 머리를 자연스럽게 흐르게 하거나, 뒤로 넘긴 앞머리를 머리띠로 잡아 도톰한 이마를 드러내거나, 한 갈래로 볼륨 있게 머리를 땋아 색색 가지 리본을 묶고 있었다. 식당에서 접시를 나르면서도 새라는 아이들의 매무새를 놓지 않았었다. 늦은 저녁 설거지통 앞에서 하품을 할 때마다 새라도 설거지통 앞에서 하품을 했는지 티모시는 이따금 궁금했다.

남부의 오랜 전통대로 티모시는 아이들에게 사격을 가르쳤다. 사만다는 총소리를 좋아했지만 크리스는 총을 잡으려 들지 않았다. 대신 크리스는 구리 탄알의 광택을 좋아했다. 국도 너머 황무지로 사격 연습을 나가면 크리스는 총알을 가지런히 세워 두고 들여다보기만 했다. 해가 각도를 달리하면 크리스도 따라 움직였다. 사막에 배를 깔고 총알에 넋을 뺀 크리스의 금발 머리는 구리 탄알처럼 윤이 났다. 새라가 물려준 것이었다. 티모시가 연습에 쓸 과녁으로 인형을 들고 나오면 사만다는 질색했다. 사만다는 자신이 쓸 과녁을 자신이 직접 만들었다. 가게에 들어오는 얇은 플라이우드 박스에 자신이 그린 그림을 붙였는데 달랑 동그라미 하나가 전부였다. 어느 날 동그라미가 삐뚤빼뚤한 육각형으로 바뀌었다. 티모시가 이유를 물었더니 사만다가 말했다.

"동그라미도 너무 예뻐서 가장 못생긴 걸 그렸어."

사만다는 식사 때면 식탁에 접시를 날랐고, 망친 요리를 마다하지 않았고, 콜라는 이틀에 한 병만 마셨고, 바람을 견디는 참나무를 오래 쳐다봤고, 너구리를 쫓아 들판을 내달렸고, 유리잔을 두드리며 빗소리를 따라 했고, 크리스에게 수학을 가르쳤고, 책 읽다 의자에서 잠들었다. 꺼리지 않고 고르지 않는 사만다의 성격은 새라를 닮아 있었다. 그런 사만다를 보며 티모시는 다시 새라를 떠올렸다. 델머의 집과 아이들을 품고 새라가 웅크렸을 공원 화장실 사이의 길을, 길에 찍힌 발자국을, 발자국에 배인 냄새를, 냄새를 쓰는 바람을, 티모시는 상상했다. 그럴 때면, 모든 건 내 잘못이야, 내 잘못이야 울부짖는 새라의 환청이 들려왔고, 창문 밖 어둠 안에서 새라의 환영이 어른거렸다. 왈칵 문을 열면 새라의 환영은 보이지 않았다. 오히려 어둠 안에는 술 마시고, 술 마셔 주정하고, 주정하며 시간을 낭비한 자신의 과거만이 환영처럼 어른거렸다.

사만다의 머리를 빗겨 주며 주디는 티모시의 집에 빈번히 드나들었다. 주말이면 시티에서 주디의 여동생 데비가 마을로 놀러 왔는데 데비 역시 언니를 따라 자연스레 티모시의 집에 들렀다. 셋은 주말 시간을 자주 함께 보냈다. 주디는 이른 저녁 토크쇼가 끝나면 피곤하다며 술을 남기고 돌아갔고 데비는 곧잘 남았다. 여행사에서 일하지만 오클라호마를 벗어나 본 적이 없다, 그래서 어디론가 여행 가고 싶다, 나이가 드니 같이 여행 갈 친구가 없다, 젊을 때 많이 다닐걸 그랬다 말하며 데비는 활짝 웃었다. 고른 치열이 어금니까지 드러났다. 데비는 화창하게 웃을 수 있는 여자였다. 데비가 화창한 웃음을 지어 보이면 술 채워진 온더락 잔으로 티모시는 늘 시선을 돌렸다. 창 밖 지평선 언저리에 가시지 않는 여름 태양을 티모시는 늘 더듬었다. 황금빛 밀밭이 밀려들던 댈러스 모하우를 티모시는 늘 추억했다. 새라가 하모니카를 불던 마을 어귀 개천을 티모시는 늘 떠올렸다. 늘 계속되는 티모시의 상념 속에서 가을과 겨울이 지나 또 봄이 들어섰고 데비는 더 이상 델머를 찾지 않았다. 크리스의 옷을 고르며 주디는 아쉬워했다.

* * *

티모시는 랜턴을 들어 쓰러진 새라를 살폈다. 새라의 눈동자는 경계가 무너져 흰자위로 푸르게 흘러들었고, 수척한 뺨에는 붉은 수포가 들어차 있었다. 벌어진 상처에서는 검은 체액이 새어 나왔고, 피딱지 앉은 상처에서는 누런 고름이 배어 나왔다. 산탄에 뚫린 하얀 셔츠는 피범벅이었다. 굽 낮은 단화는 오른발에만 끼여 있었고, 수일을 걸은 듯 벗은 왼발은 볕에 익어 검었다. 허리에 두른 남색 앞치마 주머니에는 피 번진 메모지 한 장이 꽂혀 있었다. 탄산수 1, 에일 맥주 2, 바비큐와 소시지 세트 1, 구운 옥수수, 데친 브로콜리, 후추 조금. 새라는 또 어딘가에서 접시를 나르고 있었다.

티모시는 새라를 거실 카우치에 길게 눕혔다. 새라의 상의를 벗기고 복부에 박힌 산탄 파편들을 핀셋으로 뽑았다. 끈적한 진물이 파편을 물고 늘어졌다. 여기저기 긁히고 뜯긴 상처들도 소독하고 붕대로 감았다. 나이 먹어 늘어진 가슴과 허옇게 각질이 인 옆구리께로도 붉은 수포가 여럿 올라와 있었다. 티모시는 알코올 적신 수건으로 수포 주위를 닦고 건조해 살비듬이 날리는 곳에 로션을 발랐다. 로션이 새라의 마른 피부를 지날 때마다 새라가 살아온 세월이 보이듯 만져졌다. 아스러질 듯이 미약하고 불려갈 듯이 빈약한 감촉의 세월이었다. 호흡 또한 쇠약해져 입으로 흉내 내던 하모니카 소리도 새라는 더 이상 내지 않았다. 티모시는 그제야 개인의 종말과 세상의 종말을 구별할 수 있었다. 개인이 종말을 맞지 않아도 세상은 종말할 수 있는 것이었다. 티모시가 소리 없이 웃었다. 랜턴의 기름진 불빛을 받은 티모시의 웃음은 일그러져 있었다. 가는 호흡 사이로 새라가 짧게 경련했다. 티모시는 새라의 어깨까지 모포를 덮었다.

새라가 사라진 후 티모시는 자주 개천으로 내려가 석양을 구경했다. 개천 너머 황무지는 서쪽으로 지평선을 열어서 늘 석양이 장관이었다. 하늘 저편 구름이 붉은 빛으로 스미면 금세 온 하늘이 붉게 우러났고, 낮은 땅에도 붉은 물이 배어, 황무지가 젖고, 들이 젖고, 티모시 발치 아래 개천이 붉은 비늘을 입고 파닥댔다. 개천은 새라 하모니카의 오버 블로우Over blow를 기억하는 듯 미끈하게 흘렀고, 물소리는 새라 하모니카의 스타카토처럼 찰랑거렸다. 자신의 하모니카에는 높은 시 음이 없고 자신의 목이 낼 수 있는 음역도 높은 시 음에 닿지 않으니 자신과 하모니카는 닮은꼴이라고 웃던 새라의 모습이 석양 내린 개천에 고여 있었다.

"프렛 없는 피들은 연주자 컨디션에 따라 음정이 달라져. 허버트가 전날 술 마셨는지, 이혼한 아내를 만났는지, 카우보이즈 경기를 보러 AT&T 스타디움에 갔는지, 그날 허버트의 피들 소리만 들으면 알 수 있지. 그래서 나는 프렛 있는 기타가 더 좋아. 하지만 기타 프렛은 넓은 데는 1.459인치야. 내 하모니카는 구멍 하나가 0.3369

인치인데 말이지. 내 삶은 그 0.3369인치 안에 있는 거야."

말은 그렇게 했지만 티모시가 기억하는 새라의 삶은 0.3369인치보다 넓었다. 새라는 아도보 소스를 뿌린 멕시코 돼지 족발을 먹었고, 대가리가 붙어 있는 중국식 닭찜을 먹었고, 쿰쿰한 냄새가 나는 인도 커리를 먹었다. 일본인 마트에서 두부를 샀고, 한국인 세탁소를 애용했고, 흑인 동네 플리 마켓에서 옛 음반을 뒤졌다. 새라는 아침 식탁에 오른 샐러드와 저녁 샐러드를 겹치지 않게 했고, 곁들이는 빵에 따라 오믈렛 속 재료도 달리했다. 닭을 튀길 때는 살을 펴서 미리 염지했다가 팬에 기름을 잠길 정도로만 두르고 지지듯이 오래 튀겼다. 검보를 끓일 때는 육수를 낸 새우 머리와 껍질을 버리지 않고 두었다가 야채를 볶을 때 꼭 함께 넣어 볶았다. 식기세척기나 빨래 건조기도 탐내지 않아, 그릇은 뽀독뽀독 소리가 날 때까지 손으로 닦았고 빨래는 볕에 말리려고 애썼다. 과학 다큐멘터리를 즐겨 시청했지만 '인어공주'를 보면서 훌쩍거렸다. 컨트리를 좋아했지만 오븐 앞에서는 밥 말리를 흥얼거렸다. 교회에는 나가지 않았지만 주말에는 성경을 읽었다. 새라는 싫은 것을 가리지 않았고 좋은 것을 고르지 않았다. 공연이 끝나면 새라는 다양한 관객들과 인사하고 악수했다. 무대에서 내려와 사람들과 인사할 때 짓는 새라의 미소는 무대 바깥으로 이어지는 연주 같았다. 무대 언저리에서 티모시는 그 미소를 자주 지켜보았다. 새라의 미소는 새라의 것도 아니고 티모시의 것도 아니어서 자유로웠다. 새라의 삶은 다채롭고 풍성하고 자족해 보였다.

그렇다고 새라의 삶이 마냥 풍성하고 넉넉한 것만은 아니었다. 댈러스에서였다. 티모시네 집 맞은편에 젊은 남자가 이사 온 적이 있었다. 티모시와 새라가 환영 인사를 하러 찾아갔을 때 티모시가 남자에게 이사 소감을 쓸데없는 농담으로 물었다.

"어때요? 아메리칸 드림을 이룬 기분이?"

티모시네 동네는 백인 비율이 높은 중산층 주택가였고 남자는 흑인이었다. 안색을 바꾼 남자가 티모시를 밀치며 욕하기 시작했다. 그때 새라가 끼어들었다. 새라는 남자 코앞에다 손가락을 흔들며 무섭게 소리 질렀다.

"너, 내 남편한테 욕하지 마!"

그러고는 곧장 티모시의 귀싸대기를 올려붙였다. 얼마나 세게 쳤는지 티모시의 턱이 돌아가고 눈에서 불꽃이 튀었다. 티모시를 욕하던 남자도 놀라 그 자리에 얼어붙었다. 그 뒤 남자는 티모시와 새라를 피해 다녔다. 종종 티모시는 그것이 귀싸대기까지 맞을 만한 일이었나 서운했지만 새라는 그 이상 얘기하지 않았다. 얘기하지 않고 설명하지 않는 일들을 티모시가 들여다볼 수는 없었고, 그래서 새라의 삶은 때때로 안개에 잠겨 있는 듯도 보였다. 출근할 때 본 모습 그대로 다 식은 커피 잔 앞에 앉아 있는 새라를 퇴근해서 만나거나, 저녁에 중요한 얘기가 있다며 아이들을 베이비시터 집에 맡긴 날 고작 꺼낸 말이 새로 산 청소 세제 얘기라거나, 잠든 아이들의 얼굴을 동이 트는지도 모르고 바라보고 있는 새라를 발견할 때 안개는 밀려왔고 그럴 때마다 티모시는 다가가 새라의 손을 꽉 잡았다.

새라의 과거 또한 안개에 가려 있었다. 루이지애나 모건에서 평범하게 학교를 졸업했고 부모와는 사이가 좋지 않아 연락을 끊었다고 새라는 자신의 삶을 간단하게 간추렸다. 루이지애나 출신 백인 여성이 댈러스로 나와 컨트리 음악을 한다는 것이 그렇게 간단한 일인지는 모호했고, 무슨 일로 가족과 절연했는지도 궁금했으나 역시 새라는 그 이상 말하지 않았다. 그러나 감정이 요동치는 어떤 순간, 그러니까 피크닉 간 들판에서 난데없는 사슴을 만나거나 공연을 망쳐 술에 엉망으로 취했을 때, 새라는 자신의 간단한 삶을 어지럽게 구겼다.

"우리 할머니는 미시시피에서 평생 목화를 쳤어."

"나는 형제도 없고 아빠도 없어. 엄마는 남자 없이 나를 낳았지."

가족 관계가 얼마나 틀어졌으면 이런 소리를 하나 싶어 티모시는 새라의 말을 주정으로 치부했다. 그러면 새라는 잔을 내려놓고 바에 붙은 의자를 밀치며 작은 무대를 만들었다. 높은 시가 나오지 않는 목으로 새라는 노래했다. 바텐더는 음악을 멈췄고 펍의 손님들은 몰두하던 자기 대화를 잊었다. 새라를 밝히는 조명이 아닌 것들은 모두 수줍어 눈 감았다.

하얀 목화를 따는 손은 까만데
사람들의 웃음은 하얗고
저녁 접시에 담긴 블랙빈 수프는 어두운데
술 취한 노랫소리는 밝아라.

그날 새라의 노래에 때아닌 눈이 내렸다. 눈은 목장에도, 목화밭에도 차분하게 차별 없이 쌓였다.

새라는 사라졌지만 새라의 그림자는 길고 짙었다. 딸 사만다가 5학년 스쿨 탤런트 쇼를 할 때였다. 크리스마스 당일은 경건했지만 크리스마스 앞서 열리는 스쿨 탤런트 쇼는 매년 들떴다. 아이들의 노래와 춤, 연기에 맞춰 관객들은 환호했고 부모들의 카메라 플래시는 쉴 새 없이 터졌다. 열두 명이 펼치는 화려한 치어리딩 쇼가 우레와 같은 박수를 받고 무대를 내려간 뒤 조명이 꺼졌다. 핀 조명 하나가 어둠 가운데 떨어졌다. 사회를 맡은 교감이 “이번 순서는 좀비 춤입니다.”라고 공연을 소개했다. 한 아이가 핀 조명 아래로 걸어 들어왔다. 찢어진 옷을 입고, 머리를 삐죽삐죽 세우고, 팔목과 발목에 붉게 핏자국을 그려 넣은 아이였다. 왈츠 음악이 흘러나오자 아이는 삐걱삐걱 관절을 움직이기 시작했다. 오른팔이 올라가면 왼발이 따라 들렸고 그 반대 팔다리도 같은 동작을 반복했다. 왈츠 리듬은 아이의 율동 밖에서 겉돌았다. 아이는 가끔 무언가에 맞은

듯 고통스럽게 등을 구부리면서도 사지에 들어간 힘을 빼지 않았다. 춤이라기보다 삐걱대고 덜그럭거리는 몸부림이었다. 벅적하던 강당은 이내 잠잠해졌다. 정적을 깨고 몇몇 아이가 울음을 터뜨릴 때쯤 공연이 끝났다. 당황한 목소리로 교감이 마무리 소개를 했다.

"5학년 사만다 레이놀즈였습니다. 많은 박수 바랍니다."

단 하나의 박수도 나오지 않았다. 마른 바람이 매섭게 강당 창문을 때리는 소리가 그제야 들렸다. 티모시마저 미처 박수칠 생각을 하지 못했다.

"공연에 앞서 각자 아이디어를 발표하는 자리였어요. 사만다가 혼자 나와 그 춤을 춘 거예요. 아시겠지만 마이클 잭슨 '스릴러'의 좀비들은 그런 동작이 아니거든요. 어느 아이가 좋아하겠어요. 사만다와 같이하겠다는 친구는 아무도 없었죠. 저도 말렸어요. 그런데 사만다가 어찌나 고집을 부리는지…."

공연이 끝나고 만난 담임의 말이었다.

그날, 집으로 돌아온 사만다는 자기 방과 화장실을 뻔질나게 들락거렸다. 울음소리도 들리지 않았고 눈물도 보이지 않았지만 눈두덩은 벌겋게 익어 있었다. 다음 날 아침까지도 가라앉지 않은 사만다의 눈을 보고 티모시가 한마디했다.

"좀비 춤을 그러게 왜 춰?"

지난밤 내내 욱여 담았던 눈물을 사만다가 펑펑 쏟았다.

"좀비 춤 아니야. 좀비 춤 아니라고! 사실대로 말하면 선생님이 허락 안 할 게 뻔해서 거짓말한 거야. 좀비 춤 아냐. 채찍 춤이라고!"

티모시는 처음 들어보는 '채찍 춤'을 사만다는 엄마한테 들었다고 고백했다. 엄마를 따라 집을 떠날 때 들었고, 집을 떠나서도 여러 차례 들었다고, 사만다는 새라의 이야기를 티모시에게 전했다.

사만다. 옛날 옛적에 사람이 사람을 사냥하던 시절이 있었단다. 사냥당한 사람들은 커다란 배 밑창에 깔려 고향을 떠났지. 사냥당한 사람들을 실은 배는 두 달이고 석 달이고 바다를 건넜단다. 자기 왼팔을 묶은 수갑이 왼쪽 사람 오른발에 엮였고 그 사람 왼발을 채운 족쇄가 그 옆 사람 오른팔을 옭맸지. 사람들은 그 상태로 밑창에 눕혀졌고 눕혀진 사람 위로 또 사람이 누웠단다. 그 사람들이 누운 채로 싼 똥오줌이 치는 파도대로 배 밑창에 넘실댔지. 수많은 사람이 죽었고, 죽지 못한 사람들은 죽은 사람들을 부러워했어. 죽은 사람들은 갑판 위로 올려져 바다에 던져졌으니까. 벼락 치고 폭풍 할퀴는 바다더라도 배 밑창의 산목숨보다 갑판 위의 죽은 목숨이 나았으니까. 그런데 가끔 배 밑창의 산목숨이 갑판 위로 올려질 때가 있었단다. 죽지 못해 숨만 쉬던 배 밑창 사람들에게 갑판의 공기는 살아남은 보람이었지. 콧구멍, 입 구멍, 귓구멍, 똥구멍부터 굳은살로 뒤덮인 발바닥 모공까지 벌름거리며 청량한 바다의 공기를 마실 때, 그들을 사냥한 사람들이 소리쳤어. 춤춰! 초췌하게 늙은 선원이 갑판 구석에서 바이올린을 켰고, 이제 열댓 살도 안 돼 보이는 풋덩어리 선원이 배럴을 두드렸지. 음악이 퍼지자 사냥한 사람들은 다시 소리쳤어. 춤춰! 하지만 누구 하나 몸을 움직이지 못했지. 춤춰, 라는 말은 그들이 아는 고향 말이 아니었으니까. 난생처음 듣는 말에 놀란 사람들은 벌벌 떨었고, 그들 팔다리에 채워진 수갑과 족쇄가 따라 떨리며 깡깡 깡 부딪쳤지. 바이올린이 울리는 가락에도, 배럴을 두드리는 박자에도 사람들이 춤을 추지 않자 사냥한 사람들은 채찍을 휘둘렀어. 한 번 휘두를 때마다 두세 사람의 살이 묻어 나왔고 서너 줄기의 피가 솟구쳤지. 사냥당한 사람들은 어쩔 수 없이 채찍을 피해 몸을 움직였어. 수갑 묶인 자리에서 피를 흘리며 삐걱삐걱. 욕창으로 떨어진 피부에서 고름을 흘리며 덜그럭덜그럭. 살아 있지만 살지 못하고, 죽어 있지만 죽지 못하는 자들의 춤이었지. 사람들이 고통에 찬 춤을 추자 채찍을 휘두르던 사람은 자신이 악단의 지휘자와 같다고 느꼈어. 그래서 그는 자신의 지휘에 이름을 붙였단다. '채찍 춤'이라고. 사만다. 네 생각은 어떠니? 그 사람들에게, 숨 못 쉬고 죽어 가는 배 밑창이 나았을까, 살을 가르는 채찍 아래서라도 숨 쉴 수 있는 갑판이 나았을까? 사만다. 내 딸 사만다. 엄마는 그게 궁금하단다.

집을 떠났을 때 들었다면 사만다가 여섯 살 때였다. 여섯 살 아이에게 새라가 그런 해괴하고 끔찍한 이야기를 들려주었을 리 없었다. 티모시는 사만다의 방을 뒤졌다. 책꽂이와 책상 서랍에 만화책과 VHS 비디오테이프들이 잔뜩 들어 있었다. 티모시는 그것들을 전부 방바닥에 쏟아부었다.

"말해. 어느 걸 보고 베낀 거야?"

사만다가 까치발을 들고 대들었다.

"아니야. 엄마가 해 준 이야기야!"

"엄마가 그딴 얘기를 해 줄 리 없잖아. 말하면 그것만 압수하고 말 안 하면 여기 있는 거 몽땅 불살라 버릴 거야. 만화에서 본 거야, 뮤직비디오에서 본 거야. 좀비 춤 어디서 본 거야? 어서 말해."

"좀비 춤 아니야. 채찍 춤이야!"

티모시는 떠난 엄마를 핑계로 올리는 사만다의 영악함이 괘씸했고, 선생님이 반대하는 공연을 기어코 하고야 마는 사만다의 극성스러움이 밉살스러웠다. 티모시는 사만다를 사납게 방에 가두고 밖에서 문을 걸어 잠갔다. 두 시간이 지나도, 네 시간이 지나도 사만다의 방에서는 숨소리조차 나지 않았다. 다음 날 티모시가 사만다의 방문을 열었을 때 사만다는 갇힐 때 모습 그대로 침대에 앉아 있었다. 결국 참지 못한 오줌이 바지를 적시고 침대 시트를 축축하게 물들인 다음이었다. 눈물 자국 하나 없이 퉁퉁 부은 눈으로 사만다는 중얼거렸다.

"좀비 춤 아니야. 채찍 춤이야."

사만다가 앉아 있는 침대는 티모시 바로 한 걸음 앞에 있었지만 티모시는 그 한 걸음을 다시는 건너지 못하리라 예감했다. 예감대로, 고등학교를 졸업한 사만다는 멀리 동부로 진학해 사회학을 공부했다. 예감대로, 대학에 들어간 사만다의 연락은 곧 끊어졌다.

* * *

티모시는 새라의 머리맡에 앉았다. 새라는 들고 나는 숨이 거칠었고, 숨과 숨 사이가 멀었다. 치료라고 해 주었지만 그것으로 새라가 나을 리 없다는 것을 티모시는 잘 알고 있었다. 새라는 죽어 가는 듯 보였다.

부서진 창으로 별빛이 들이쳤다. 판자에 막히지 않는 별빛은 여리고 순했다. 새라의 얼굴 위를 흐르는 별빛은 맑고 시원했다. 별빛에 닦인 새라의 얼굴이 예전의 얼굴을 가냘프게 드러냈다. 겹겹이 잡힌 눈주름 밑으로 화사했던 예전의 눈웃음이 비추었고, 메말라 갈라진 입술 아래로 다부졌던 예전의 입매가 떠올랐다. 새라를 매만지는 별빛을 따라 티모시가 새라의 뺨을 쓸었다. 좀비라는 탈 아래 숨은 새라의 얼굴이 조금씩 만져졌다. 세월도, 좀비도 가리지 못하는 새라의 해사한 얼굴이 티모시의 손끝에 서서히 묻어났다.

티모시는 그 해사한 얼굴을 우연히 보았다. 새라가 집을 떠난 지 수년 후 시티에서였다. 주유소 커뮤니티 보드에 전단 한 장이 붙어 있었다. '제이크 파티와 올가미 밴드Jake Partie & Lasso Band'의 공연 홍보

전단이었다. 코트지도 아니고 인쇄한 것도 아닌, 일반 용지에 흑백 출력한 전단이어서 전단 속 인물들이 흐릿했지만 티모시는 그 얼굴을 분명히 식별할 수 있었다. 새라가 포스터 구석에서 웃고 있었다. 새라는 그 밴드 멤버였다.

내슈빌까지는 갈 수 없었는지 새라의 공연 장소는 멤피스였다. 티모시는 멤피스로 향했다. 100석 규모의 조촐한 지역 홀이었다. 제이크 파티는 작은 체구에 구레나룻과 코밑 털이 긴 훌리히hulihee 수염의 백인 남자였다. 그가 기타를 치고 노래하면 새라가 무대를 오르락내리락하면서 하모니카를 불거나 화음을 넣었다. 공연이 끝나고 새라는 여러 사람과 허그하고 볼 키스를 나누었다. 제이크 파티와는 입을 맞추었다. 긴 키스의 시간 속에서 티모시는 새라 앞에 나설 수 없었고, 새라는 티모시를 발견할 수 없었다. 멤버들과 밴에 오른 새라는 공연장을 빠져나갔다. 티모시는 그 모습을 우두커니 지켜본 뒤 싸구려 호텔로 돌아와 술 마시다 잠들었다.

마틴루터킹 데이가 있는 1월이나 목화 축제가 열리는 5월에 새라는 자주 공연했고 티모시는 몇 번이고 찾아가 관람했다. 새라는 주로 제이크 파티가 작곡한 곡을 같이 노래하거나 연주했고 관객들의 호응도 갈수록 뜨거워졌다. 그러던 어느 날 공연이었다. 제이크 파티가 새 곡을 발표했다. 제목은 「하우 어바웃How about」이었다.

"이 노래는 한 여자를 생각하며 썼습니다. 완성하면 '서프라이즈' 하려고 몰래 썼는데 힘들더군요. 그 여자는 저랑 같이 공연하는 여자니까요. 이제 그 여자에게 정식으로 청혼하려고 합니다. 새라 로빈슨. 나랑 결혼하자."

제이크 파티는 손을 들어 새라를 가리켰고 관객의 환호가 터져 나왔다. 드럼 소리로 시작한 전주가 길게 연주되는 동안 제이크 파티는 조끼 주머니를 뒤져 반지 함을 꺼냈다. 새라는 손으로 입을 가리며 놀라워했다. 티모시는 함성 소리를 뒤로 하고 공연장을 빠져나왔다. 호텔에서 술을 마시다 이튿날 집으로 돌아왔다. 국도에서 마을로 이어지는 지방도는 늘 황량했다. 인근에 하나 남은 사업체였던 지카일라 채석장마저 폐업하자 이 도로를 달리는 차는 마을 주민의 남루한 트럭뿐이었다. 뜯어진 채석장 펜스 철망 틈으로 오소리 한 마리가 들락였다. 바람이 낮은 관목을 쓸자 먼지가 올랐다. 놀란 메추라기들도 호들갑스레 날아올랐다. 메추라기들은 채석장 너머로 날아 점점이 석양에 묻혔다. 그날 티모시는 황무지 너머 지평선을 헤맸다. 커다란 구멍이, 사라진 모든 것들을 다시 찾을 수 있는 구멍이 어딘가에 있으면 좋겠다고, 저무는 석양 아래를 뒤지며 티모시는 생각했다. 마을 사람들은 티모시가 마귀가 들리다 못해 이제는 인디언 귀신까지 믿는다며 다시 험담했다. 티모시는 그 후 새라의 공연을 찾지 않았다.

아들 크리스마저 대학 진학을 위해 동부로 떠난 뒤 새라의 소식이 티모시에게 다시 들려왔다. 티모시의 가게에 들어오는 남성 잡지에 제이크 파티의 기사가 실려 있었다. '제이크 파티와 올가미 밴드'의 음반이 불티나듯 팔리고 있다는 내용이었다. 멤피스를 중심으로 활동하는 제이크 파티와 그의 아내가 만든 밴드라는 설명이 붙어 있었다. 기사 속 제이크 파티는 밴드 멤버 없이 홀로 사진을 찍었는데 면도한 턱이 매끈하게 반짝였다. 티모시는 눈을 비비며 기사를 확인했다. 밴드의 보컬은 제이크 파티의 아내인 제시카 더프라고 기사는 쓰고 있었다. 그길로 티모시는 시티로 나가 '제이크 파티와 올가미 밴드'의 음반을 구입했다. '하우 어바웃'도 수록곡 가운데 하나였다. 음반을 아무리 반복해 들어도 새라의 목소리나 하모니카 소리는 들리지 않았다. 음반 설명에도 새라 로빈슨이라는 이름은 적혀 있지 않았고, 음반 표지에도 새라의 모습은 보이지 않았다. 제시카 더프는 스트로베리 블론드에 녹색 눈동자를 가진 어린 백인 여자였다.

"여자 목소리 좋다."

제시카 더프의 목소리에 버나드가 이끌려 왔다. 버나드는 음반과 CD 플레이어를 통째로 빌려 갔다. 버나드의 부엌 창에서 오크라 튀기는 기름 냄새를 따라 제시카 더프의 목소리가 새어 나왔다. 새라가 떠난 후 음악 들을 일 없던 마을을 그 여자 목소리가 기웃댔다. 주로 활기차고 가끔 스산한 목소리였다.

티모시는 새라의 행방을 수소문했다. 음반사에도 연락하고, 기획사로도 연락하고, 공연장에도 연락했다. 누구 하나 새라를 알지 못했다. 제이크 파티와의 연결은 불가능했다. 관계자들은 신원이 불분명한 티모시를 제이크 파티와 연결시켜 주지 않았다. 그날 밤 티모시는 오랜만에 아버지의 총을 꺼냈다. 다섯 자루 총을 자기 침대 위에 늘어놓았다. 무거운 어둠 안에 들어앉아 밤새 총이 뿜는 광택을 노려보았다. 광택이 번득일 때마다 새라의 모습도 깜빡였다. 꿈을 찾아 정착했으리라 믿었던 새라가 두터운 안개 안에 갇혀 있었다.

몇 주 후 티모시는 아버지의 권총을 가슴 아래 차고 제이크 파티의 공연장을 찾았다. 리틀룩에 위치한 공연 전용 씨어터였다. 티모시는 공연이 끝날 때까지 건물 입구에서 기다렸다. 공연이 끝나고 한참 뒤 가드 두 명이 밴드 멤버들을 이끌고 나왔다. 멀리 제이크 파티가 보였다. 꽤나 많은 팬들이 몰려들었는데 티모시도 거기에 묻혀 몰려갔다. 티모시가 제이크 파티에게 다가가자 덩치 큰 가드가 막아섰다. 가드 팔에 매달린 티모시가 소리쳤다.

"제이크! 새라 어딨어? 새라 로빈슨 어딨어?"

제이크 파티는 신경도 쓰지 않고 티모시 앞을 지나쳤다.

"제이크! 새라 로빈슨 어딨냐고!"

"새라 어딨냐? 새라!"

"야, 이 새끼야. 안 들리냐? 새라 로빈슨 어딨냐고 묻잖아!"

제이크 파티는 반응이 없었다. 가슴에 찬 권총이 심장 박동대로 두근거렸다. 티모시가 다급하게 다시 한 번 고함쳤다.

"야 이 개새끼야! 새라 로빈슨 왜 버렸냐? 새라 왜 버렸어?"

가드들이 티모시를 제지하는데 티모시의 외침을 들었는지 제이크 파티가 걸음을 멈췄다. 제이크 파티는 아내 제시카 더프를 차로 먼저 보내고 티모시에게 다가왔다. 영문도 모르는 팬들이 소리를 지르는데 제이크 파티가 가드를 사이에 두고 티모시에게 나직이 말했다.

"내가 버려? 내가 뭘 버려? 난 욕심이 많아서 쑤신 이쑤시개도 모으는 사람이야. 내가 새라를 버려? 지랄하네. 내가 버린 게 아니라 그년이 날 엿 먹이고 튀었어. 내가 애써 신곡을 만들어 공연 중에 청혼했는데 그년은 내가 준 반지를 집어던지고, 나한테 욕하고, 무대에서 도망쳤어. 수백 명 관객 앞에서 씨발 나를 완전히 능멸했다고. 왜 도망쳤는지 내가 어떻게 알아. 그 후로 본 적도 없는데 그년 사는 데를 내가 왜 알아야 해?"

말을 마친 제이크 파티는 근처 팬들과 형식적인 악수를 나눈 뒤 밴을 타고 공연장을 떠났다. 모여 있던 팬들도 곧 흩어졌다. 티모시만 그 자리에 오래 붙박여 있었다. 붙박여 티모시는 생각했다. 새라는 또 어디로 사라진 것일까.

티모시가 마을로 돌아왔을 때, 버나드의 집 부엌 창에서 흘러나온 제시카 더프의 목소리가 여전히 마을 이곳저곳을 기웃거리고 있었다. 마침 곡은 제이크 파티가 새라에게 바친 청혼가 '하우 어바웃'이었다. 무심히 흘려듣던 가사가 티모시의 귀에 와 박혔다.

나랑 사는 거 어때요?

언덕 위 새하얀 대저택에서

수많은 하인의 시중 속에서 살게 해 줄게요.

요리도, 청소도 당신 일이 아니죠.

가난한 거리, 어두운 술집도 안 어울려요.

언덕 위 새하얀 대저택에서

노래하며 살게 해 줄게요.

나랑 사는 거 어때요?

나랑 사는 거 어때요?

새라는 이 노래를 듣고, 받은 반지를 집어던지고, 욕하고, 무대에서 도망쳐 사라졌다. 컨트리 가수라는 꿈을 한 발짝 앞에 두고 새라는 그 모든 기회와 가능성을 팽개친 것이었다. 티모시는 새라가 다시 사라진 이유를 알 수 없었다. 새라가 사라진 그곳이 어디인지도 짐작되지 않았다. 다만 새라가 사라진 그곳은 어두운 술집이나 언덕 위 대저택이 아닐 것이라는 믿음만이 어렴풋하게 뒤따랐다. 마침 비육장에 나가던 잭이 언제 노래를 익혔는지 '하우 어바웃'을 따라 흥얼거렸다. 잭이 티모시를 향해 외쳤다.

"티모시. 노래 좋지? 이 노래 불렀더니 글쎄 우리 집 암소가 같이 살자며 나한테 달려들더라니까."

티모시가 뛰어가 잭의 턱에 주먹을 꽂았다. 소란을 들은 사람들이 집에서 뛰쳐나와 티모시를 말렸다. 마을 사람들은 티모시가 마귀가 들다 못해 마귀가 되었다며 또 험담했다.

연락이 끊긴 사만다가 소포를 보내온 것은 그맘때였다. 소포에는 사만다의 졸업 논문이 들어 있었다. 안부를 전하는 편지나 엽서는 동봉되어 있지 않았다. 건너지 못한 한 걸음이 거기에도 담겨 있었다. 그래도 티모시는 딸의 논문이 반갑고 귀해 얼른 책장을 펴들었다. 어렵고 복잡한 내용이어서 쉽게 읽히지 않았다. 대충대충 책장을 넘기는데 논문 중간에 끼어 있던 사진 한 장이 툭 떨어졌다. 크리스의 어린 시절 사진이었다. 카우보이모자를 쓴 꼬맹이 크리스가 손에 빨랫줄을 쥐고 뾰로통한 표정을 짓고 있는데 앵글이 낮은 걸 보면 아마 당시 사만다가 찍은 사진처럼 보였다. 티모시는 기억에 없는 사진이었고, 이 사진을 왜 같이 보냈나 티모시는 의아했다. 그때 사진이 끼어져 있던 페이지의 내용이 티모시의 눈에 들어왔다. 티모시의 머리털이 곤두섰다.

…당시 노예무역의 참혹한 실상을 예수회 선교사 알론소 데 산도발Alonso de Sandoval• 은 생생히 기록하고 있다. 노예무역선 선창에 수백 명씩 적재된 아프리카 사람들은 서인도제도까지 50일이 넘는 항해를 견뎌야 했다. 이들은 사탕수수, 목화, 옥수수 등을 재배하는 백인 소유 대농장에 팔릴 상품이었다. 100톤급 배에 400명 정도의 사람을 실

• 알론소 데 산도발Alonso de Sandoval : 1576~1672. 스페인 선교사. 저서 〈Treaties on Slavery〉에 '채찍 춤'을 비롯한 당시 노예무역의 실상을 기록했다.

었고, 생선 널 듯 선창에 눕혀 옆 사람과 쇠사슬로 엮었는데, 이때 사람 한 명에게 할당된 공간은 가로 16인치(40cm), 세로 68인치(167cm), 높이 18인치(46cm)였다. 서로 묶여 있었기 때문에 용변을 해결하기 어려워 사람들은 누운 채로 배설했고 이로 인해 피부병과 전염병이 돌았다. 부실한 식사와 신선하지 않은 식수는 영양실조와 이질, 괴혈병 등을 유발했다. 자세를 바꿀 수 없어 등에는 욕창이 생겼고 수갑과 족쇄에 묶인 자리는 피부가 괴사했다. 특히 심각한 질병은 관절염이었다. 긴 항해 기간 동안 좁은 공간에서 움직일 수 없었던 탓에 많은 사람들의 관절이 망가졌다. 관절을 움직이지 못하는 사람들은 무사히 서인도제도에 도착한다고 해도 상품 가치가 없었다. 그래서 선주들은 수시로 아프리카 사람들을 갑판 위로 끌어내 음악을 들려주며 춤추도록 강요했다. 이들의 관절이 굳지 않게 하려는 조치였다. 춤을 추지 않으면 선주들은 채찍을 휘둘렀다. 여섯 명씩 수갑과 족쇄에 묶인 수백 명의 아프리카 사람들은 대서양 한복판에서 채찍에 맞으며 춤췄다. 채찍 춤은 그렇게 노예의 삶을 열었다…

티모시는 사만다의 논문 앞장을 들춰 제목을 살폈다. 「17세기 노예무역과 채찍 춤」이었다. 티모시가 크리스의 사진을 허겁지겁 다시 들었다. 사진 속 크리스의 모습이 티모시의 기억 깊은 곳에서 스멀스멀 올라왔다. 티모시가 가족을 데리고 델머로 돌아온 해 가을, 핼러윈 날이었다.

"티모시, 오늘은 술 마시지 말고 아이들 핼러윈 분장 좀 해 줘. 난 오늘 저녁 근무라 늦어."

"동네에 애들이라고는 쟤들뿐인데 무슨 핼러윈이야."

"그러니 더 해야지. 댈러스에서는 매년 했는데 시골로 이사 왔다고 안 하면 애들 실망이 더 클 거 아냐. 내가 나가면서 사람들한테 밤에 잭오랜턴Jack-o'-lantern 좀 걸어 달라고 부탁할게."

"아, 대충 살자. 대충…."

술 마신 티모시가 아이들을 대충 분장했다. 해가 지자 티모시는 아이들을 앞세우고 마을을 돌았다. 사람들이 폭소를 터뜨렸다.

버나드가 배꼽을 잡으며 물었다.

"이게 뭐야?"

티모시가 답했다.

"사만다는 좀비."

아론이 물었다.

"근데 사만다 얼굴에 왜 검정 칠을 했어? 좀비가 검둥이야?"

티모시가 답했다.

"집에 있는 게 물감이랑 숯검정뿐이어서. 그냥 있는 걸로 대충."

잭이 거들었다.

"아냐. 이게 맞아. TV에서 봤는데 좀비는 본래 아이티 흑인들이 믿는 부두교에서 유래했대. 그러니까 좀비는 검둥이지."

주디가 물었다.

"그럼 크리스는?"

티모시가 답했다.

"좀비 헌터."

척이 물었다.

"손에 빨랫줄은 뭐야?"

티모시가 답했다.

"채찍. 만들기 귀찮아서…."

버나드가 말했다.

"카우보이모자를 씌웠으면 총을 쥐여 줘야지. 왜 채찍이야?"

잭이 받았다.

"검둥이가 제일 무서워하는 게 채찍이지. 총은 걔네들이 무서워하기는커녕 좋아하잖아. 총 없으면 어떻게 강도질을 하겠어? 티모시가 디테일을 잘 살렸구먼."

지미가 빈정댔다.

"디테일 좋아하네. 발목에 족쇄를 채워야 디테일이지."

티모시가 답했다.

"귀찮아. 대충 해. 빨리 애들 사탕이나 줘."

주디가 말했다.

"검둥이 좀비면 사탕 말고 치킨을 줘야 하는 거 아냐?"

마을 사람들이 길 한복판에서 한통속으로 웃고 떠드는데 그 가운데로 자동차 헤드라이트 불빛이 밀고 들어왔다. 라이트는 꺼지지 않고 오랫동안 사람들과 아이들을 비췄다. 차 안에는 퇴근하고 돌아오는 새라가 타고 있었다.

그날 박장대소하던 마을 사람들의 웃음과 그 사람들을 무섭게 노려보던 새라의 눈빛과 그 사이에서 겁먹은 아이들의 표정이 손에 잡힐 듯 티모시의 눈앞에 펼쳐졌다. 술에 취해 덮어 두고 까맣게 망각한 기억이었다. 너무 사소해 망각했다는 사실조차 망각했지만 생각해 보면 새라가 아이들을 데리고 떠난 것은 바로 그 직후였다. 티모시는 머리를 감싸 쥐고 주저앉았다. 새라는 가난 때문에 떠난 것도, 남편의 술주정 때문에 떠난 것도, 자신의 꿈을 찾아 떠난 것도 아니었다. 새라는 이곳에서 아이들을 키울 수 없어서 떠난 것이었다. 티모시는 그동안 자신이 뱉었을 수많은 말들을 돌이켰다. 둔하고, 무딘 생각들이 예리하고 날카로운 말들로 벼려져 세상을 무차별하게 베고 썰고 찔렀다. 사만다의 논문은 그에 대한 항의였다. 둔하고, 무디며, 예민하지 않은 생각으로 타인에게 상처 주며 살았다고, 타인에게는 상처를 주면서도 자신은 누구에게도 상처 받지 않는 특권을 누리며 살아왔다고, 그 특권은 차라리 싸우고 투쟁해서 쟁취한 것이라면 나으련만 아무 노력 없이 날 때부터 그냥 주어진 것이었다고, 그래서 엄마를 떠나보낸 것이라고, 사만다의 논문은 격렬하게 항의하고 있었다. 섬세하게 과거를 기억한 사만다는 어린 시절 엄마의 이야기가 사실이었음을 결국 논문으로 증명했다. 그 증명 앞에서 티모시는 둔하고, 무디며, 예민하지 않게 살아

온 지난날들이 죄처럼 느껴졌다. 그 죄가 무거웠는지 티모시는 자리에서 일어서질 못했다. 바람이 몰아쳐 사방 창문이 길길이 날뛰었다. 창밖 삼나무 가지가 찢어발겨지듯 바람에 들끓었다. 바닥에 엎드린 티모시가 어깨를 들썩였다. 티모시의 흐느끼는 소리는 무서운 바람소리에 감겨 멀리 퍼지지 않았다.

티모시는 새라에게 용서를 빌고 싶었다. 그 용서로 새라를 되찾고 싶었다. 티모시는 새라의 행방을 사설탐정에게 의뢰했다. 착수금 1,000에 성공 수당 2,000달러로 계약한 탐정은 보름 만에 티모시를 찾아왔다.

"아무것도 없습디다. 부모도 없고 형제도 없고 친구나 애인도 하나 안 나와요. 비빌 건덕지가 있어야 행방을 찾지. 이건 전형적인 행불자 케이스예요. 뭐 더 뒤져 보긴 하겠지만 기대하진 마쇼."

티모시는 사설탐정이 신뢰가 가지 않았다.

"학교는 어딜 나왔습디까?"

사설탐정이 한쪽 입꼬리를 씩 올리며 웃더니 가방에서 서류 몇 장을 꺼냈다.

"아유. 그렇지요. 고객님 같은 의뢰인들 참 많아요. 내가 펑펑 놀다 와서 구라치는 줄 안다니까. 이건 실종자 학적 기록이요. 초·중·고등학교를 모두 루이지애나 모건에서 나왔습디다. 위탁 가정에서 자랐더군요. 위탁 부모를 만나 봤는데 뻔한 이야기지만 고등학교 졸업한 뒤로 서로 전화 통화 한 번 한 적 없대요. 그 사람들 말로는 실종자가 본래 내슈빌에서 엄마랑 같이 살았는데 약물 중독으로 엄마가 죽으면서 위탁 아동이 된 거래요. 이건 그때 학적 기록이요. 초등학교 2학년까지는 내슈빌에서 다녔어요. 그러니까 생모가 죽은 게 아마 그때쯤인가 봐요. 아무튼 그런데… 어때요? 아직도 내가 주둥이로만 일하는 거 같아요?"

티모시는 몰랐다. 새라가 내슈빌에 살았다는 사실도, 위탁 가정에서 자란 고아였다는 사실도 티모시는 몰랐다. 사설탐정이 꺼내놓은 학적 기록에는 티모시가 몰랐던 사실들이 그 외에도 수없이 적혀 있었다. 새라는 몸이 건강하고, 독서량이 부족하고, 활동적이지만 소극적이고, 집중력이 좋지만 고집이 센 아이였다. 새라는 영어와 역사가 뛰어나고, 생물과 수학을 낙제하고, 육상에 소질이 있고, 음악을 사랑하는 소녀였다. 새라는 합창단 활동을 하고, 지역 박물관에서 자원봉사 하고, 모든 수업을 개근하고, 학교 행사에는 참석하지 않는 학생이었다. 티모시는 서류가 적지 않은 새라의 모습까지도 행간에서 읽었다. 위탁 부모의 눈치를 보며 소리 죽여 하모니카를 연습하는 새라가 읽혔고, 용돈을 벌기 위해 식당에서 파트타임 잡을 하는 새라가 읽혔고, 교내 행사에 응원하러 온 친구의 가족들을 부러워하는 새라가 읽혔고, 엄마와 함께 살던 내슈빌을 그리워하는 새라가 읽혔다. 티모시의 눈 안에서 서류의 글자가 울렁거렸다. 티모시는 서둘러 눈물을 훔쳤다.

“이게 그렇게까지 감동할 일이요? 감동을 깨서 미안한데 이제 더 쑤셔 볼 곳도 없어요. 죽은 엄마한테 가서 탐문할 수도 없고….”

티모시는 서류를 다시 들여다보았다. 가족란에는 아빠 이름 없이 엄마 이름만 수기로 적혀 있었다. 엘리자베스 로빈슨. 이름이 성대를 울리고 혀 위를 흘렀다. 약물 중독과 같은 사나운 사인은 그 이름에서 발음되지 않았다. 굳이 찾아보지 않아도 그 이름의 주인이 부식돼 사라졌음을 알 수 있을 만큼 서류의 글자는 세월에 바래 있었다. 온통 수기로 적힌 서류의 다른 부문도 퇴색되어 있기는 마찬가지였다. 주소란 제일 윗줄에는 찍찍 선을 그어 지운 주소도 하나 있었다. 티모시가 미간을 오므려 지워진 주소를 읽으려고 애썼다. 사설탐정이 다시 끼어들었다.

“뭘 그렇게 뜯어봐요? 금방은 훌쩍대더니 이제는 내가 서류를 위조했을까 봐 의심하는 거요? 다 손으로 쓰던 시절 아니오? 그때는 이렇게 줄그어서 새로 쓰고 그랬어요. 무슨 주소를 지운 거야? 어디 보자. 미시시피주 네쇼바 카운티? 여기면 거기서 수백 마일 거리인데 헬기라도 타고 통학했겠어요? 단순 실수로 잘못 적은 거겠지.”

사설탐정의 말에 티모시는 새라의 이야기가 떠올랐다. 우리 할머니는 미시시피에서 평생 목화를 쳤어…. 티모시의 심장이 조여왔다.

단순 실수라는 그 주소는 미시시피 네쇼바의 쇠락한 어느 시골이었다. 왕복 2차선의 낡은 도로가 낮은 구릉 사이로 유연했다. 마구 자란 도로변 잡목들 뒤로 간간히 드러난 초지가 앙상했다. 도로가까이 드문드문 터 잡은 단층 목조 주택들은 페인트가 떨어져 꾀죄죄했다. 차 소리에 놀란 새들이 무너진 폐가 지붕 틈에서 날아올라 방풍림 너머로 건너갔다. 티모시의 차가 멈춘 곳은 그런 집들 가운데 하나였다. 무너진 곳은 없지만 헐벗기는 마찬가지인 단층 오두막이었다. 곱슬한 백발을 하얀 머리망으로 감싼 백인 노파 하나가 현관 테라스에 나무 의자를 내놓고 앉아 있었다. 티모시는 차 안에서 노파를 지켜보았다. 주름 골이 깊게 잡힌 피부는 창백했고 백내장을 앓는지 탁한 눈은 텅 비어 있었다. 노파가 초점 잡히지 않는 눈으로 외쳤다.

"차를 거기 세우면 내가 맡는 레드버드 꽃 냄새가 옅어진다오. 멀찍이 세워요."

티모시가 차를 다시 세우고 내렸다. 티모시가 노파에게 물었다.

"사람을 찾는데요. 새라라고…."

노파는 어디를 보는지 알 수 없는 눈으로 정면을 향해 말했다.

"새라라는 이름이 어디 한둘인가? 우리 교회에서 피아노 치는 할망구도 새라고, 연못가 농장 와이프도 새라고, 카운티 큰길에 있는 헤어살롱 매니저도 새라요."

티모시가 머뭇대며 물었다.

"혹시 손녀 분 이름이… 새라 아닌가요?"

노파는 손에 쥔 성경의 가죽 커버를 쓸었다.

"나는 손녀가 없다오."

"그러면 이 집 주소를 쓴 사람이 어르신 말고 또 있을까요?"

"없을 거요. 이 집에 주소를 둔 사람은 평생 나랑 내 딸밖에 없었으니까."

티모시는 입안의 침이 말랐다.

"그 따님이 혹시 내슈빌에 살지 않았나요?"

"나는 그 아이가 어디 사는지 몰라요. 살았는지 죽었는지도 몰라. 그 아이가 열여섯일 때였나 일곱일 때였나, 이제 기억도 안 나네요. 일자리를 찾아 대처로 떠났지. 보다시피 이 근처 농장이랑 목장이 말라비틀어지면서 흑인들이 할 수 있는 일이란 다 사라졌으니까."

티모시의 미간이 심하게 꿈틀거렸다.

"흑인이라고요?"

바람 빠지는 소리를 내며 노파가 웃었다.

"믿지 못할 얘기겠지만 맞아요. 나도 그렇고 그 아이도 그렇고 흑인이라오. 어찌 그럴 수 있는지 모르겠지만 우리 집안 여자들은 대대로 하얀 아이만 낳았지. 어렴풋 기억하는 우리 할머니도 하얬고, 똑똑히 기억하는 우리 엄마도 백인처럼 하얬다오. 할아버지도 백인이었다지. 캐러밴을 끌고 여기저기 떠도는 채굴업자였다고 들었소. 하얀 여자가 하얀 남자를 만나면 하얀 아이를 낳는 게 당연한 일 아니겠소? 하지만 할머니가 엄마를 낳자 사람들은 흑인이 백인을 낳는 마법이 일어났다며 입을 다물지 못했다오. 왜냐면 우리 집안은 검둥이 집안이었고 피부 색깔이야 어찌 됐건 할머니는 흑인이었으니까. 그래서 하얀 우리 엄마는 평생을 흑인으로 살았소. 내 부친 또한 테네시에서 목재상을 하는 백인이었다오. 본처한테 발각되기 전까지 이곳에서 나름 행복하게 살았나 보오. 나를 낳았으니까. 하지만 나 또한 흑인으로 살았소. 왜냐면 우리 집안은 검둥이 집안이었으니까. 나를 임신시킨 남자 역시 백인이었소. 내가 일하던 목화 농장 주인의 동생이었지. 그 시절 흑인이 어떻게 백인과 정식으로 결혼하겠소? 그 작자가 나를 몇 번 건드리는 것으로 끝났지. 내가 아이를 낳자 그 인간은 아예 이 마을을 떠나 버렸다오. 그 후로 얼굴 한 번 보지 못했지. 내 딸은 서늘한 피부에 푸른 눈동자, 머리색까지 금발이었소. 내가 그 아이를 낳았을 때 사람들은 흑인이 백인을 낳는 마법이 또 일어났다며 놀랐지. 하지만 내 딸은 아홉 살 때부터 백인 가정에서 식모 일을 했다오. 이 조그마한 촌구석은 우리 집안이 검둥이 피라는 사실을 모두 알고 있었으니까. 우리 집안 여자들이 하얀 아이를 낳는 일 따위는 마법이 아니라오. 진짜 마법이 뭔지 아오? 원 드랍 룰One-drop Rule•. 단 한 방울이더라도 흑인

• 원 드랍 룰One-drop Rule : 조상 중 단 한 명만 흑인이어도 흑인으로 간주한다는 과거 미국의 인종 분류 방식. 따라서 흑인 혼혈은 혼혈이 아니라 흑인으로 취급한다. 현재 법적으로는 완전히 사라졌지만 가수 머라이어 캐리나 골프 선수 타이거 우즈 등은 혼혈이라는 이유로 흑인과 백인 중 인종을 선택하라는 강요를 받았다. 백인이 아니면 다 흑인이라

피가 섞인 사람은 흑인 취급받는 거. 그런 게 진짜 마법이라오. 안 될 소리겠지만 나는 인종차별 같은 걸 믿지 않는다오. 사람들은 인종을 차별하는 게 아니니까. 인종? 신분? 직업? 재산? 사람들은 그런 걸 차별하는 게 아니라오. 그런 것들은 다 구실일 뿐, 사람들은 그저 차별하고 착취할 대상이 필요한 것일 뿐이라오."

노파는 성경 책갈피에 끼워 놓은 사진 한 장을 내들었다.

"내 딸을 도시로 보낸 건 나였소. 다시는 이곳으로 돌아오지 말라고 당부한 사람 또한 나였지. 요즘은 피가 섞인 사람들이 자기 인종을 스스로 정한다고 들었소. 자기가 백인이라고 생각하면 백인이고 흑인이라고 생각하면 흑인이라는 거요. 자기가 정한다고 남들이 그렇게 취급해 줄지는 모르겠소만 그래서 보냈다오. 아무도 모르는 곳에 가서 백인으로 살라고. 지금껏 연락 한 번 없는 걸 보면 살아 있는 거 같진 않구려. 사진이 있어도 눈이 멀어 이제는 얼굴조차 볼 수 없으니… 어떻게, 내 딸 사진 한번 볼라우?"

티모시는 사진을 보지 않았다. 사진 속 얼굴이 새라를 닮았을까 두려워서였다. 노파의 딸 이름이 엘리자베스인지도 묻지 않았다. 티모시는 도망치듯 그곳을 빠져나왔다.

그 후 티모시는 매일 집을 청소했다. 그릴 주변 기름때는 레몬즙

는 백인우월주의의 잔재였다. 그들은 결국 혼혈임을 포기하고 흑인임을 선언했다. 아일랜드계 백인 어머니와 케냐 출신 흑인 아버지 사이에서 태어난 버락 오바마 미국 대통령도 사실은 혼혈이지만 자신의 정체성을 일찍 흑인으로 삼은 케이스다.

으로 긁어냈다. 주방 조리대 타일 상판은 대리석 상판으로 갈아 붙였다. 욕실 벽과 욕조는 식초와 베이킹소다로 닦아 본래 색을 꺼냈다. 새라는 돌아오지 않았다. 주인이 떠나 휑한 아이들 방은 계절마다 침구를 갈고 해마다 새 커튼을 달았다. 페인트 마감이던 침실 벽은 흰색 벽지로 도배했다. 카우치 아래 북슬북슬 털 긴 카펫은 산뜻한 베르베르 카펫으로 바꿔 거실 전체로 덮었다. 새라는 돌아오지 않았다. 흙 밭이던 현관 입구는 시멘트를 깔아 대문까지 이었다. 시멘트 이편저편으로 떼잔디를 입혔다. 마당에 잔디를 입힌 집은 마을에서 티모시네가 유일했다. 새라는 돌아오지 않았다.

티모시는 개천가까지 산책 갔다. 지평선 멀리 붉은 석양은 낮게 깔린 블루바넷 들판 위에서 보랏빛이었고, 개천을 거슬러 티모시의 눈썹 위에서는 자줏빛이었다. 모든 것은 그대로인데 이곳에서 하모니카를 불던 새라만 없었다. 티모시는 새라가 내슈빌에 있기를 바랐다. 티모시는 자신의 내슈빌은 어디에 있는지 생각하며 돌아오지 않는 새라와 함께 석양을 맞았다.

* * *

내슈빌에 있길 바랐던 새라는 좀비가 되어 카우치에 누워 있었다. 헛헛하게 새라의 얼굴을 쓰다듬던 티모시가 문득 야윈 미소를 웃었다. 티모시는 침실로 들어가 무언가를 손에 들고 새라 곁으로 돌아왔다. 사진첩이었다. 티모시는 두꺼운 사진첩 여러 권을 바닥에 내려놓은 뒤 그중 하나를 새라의 가슴께에 펼쳐 들었다. 티모시가 다정하게 말했다.

"이건 크리스 아홉 살 때야. 케이크를 만든다는 놈이 자기 얼굴을 케이크로 만들었어. 이건 열 살 때. 이 턱선 날렵한 것 좀 봐. 나 아냐. 널 빼다 박았어. 사만다는 공부를 잘했어. 줄곧 이렇게 책상에 앉아 있었지. 이건 사만다 다리 부러졌을 때. 찌르레기 둥지 구경한다고 지붕에 올라가다 떨어졌지. 그래도 안 울었어. 누굴 닮아서 그렇게 씩씩했나 몰라. 씩씩한 사만다 엄마. 이제 그만 정신 차리고 봐 봐. 아이들 자라는 모습 보고 싶었을 거 아냐."

티모시의 눈에 눈물이 고였다. 새라의 터진 눈동자가 짧게 흔들렸다.

"이건 둘이 같이 패션쇼한 날. 침대보며 커튼이며 죄다 뜯어서 난리를 쳐 놨더라고. 아, 이건 사만다 스쿨 탤런트 쇼. 이때 학교가 뒤집어졌어. 사만다가 얼마나 괴상망측한 춤을 췄는지 알아? 팔을 이렇게 들고 또 다리는 이렇게…."

티모시가 일어나 사만다의 춤을 흉내 냈다. 오른팔을 들더니 왼발을 따라 들었고, 그 반대 팔다리도 같은 동작을 반복했다. 춤추는 티모시의 관절은 둔탁했고 팔다리는 투박했다. 춤이라기보다 삐걱대고 덜그럭거리는 몸부림 같았다. 매끄러운 건 오직 티모시의 눈물뿐이었다. 그렁그렁하던 티모시의 눈물이 방울로 맺혀 쪼르륵 뺨을 타고 매끄럽게 흘렀다. 그 순간 마법 같은 일이 일어났다. 새라의 터진 동공이 동그랗게 오므라들었다. 새라 얼굴의 수포가 살갗 안으로 움츠러들었다. 까맣게 죽었던 새라의 손발에 붉게 피가 돌고, 뚫려 체액을 쏟던 새라의 복부에 몽실하게 살이 차올랐다. 새라가 아지랑이처럼 가물대며 자리에서 일어났다. 달빛을 머금은 새라의 황금빛 머리카락과 붉은 주근깨가 티모시의 눈썹 위에서 부서졌다. 가리지 않고, 고르지 않던 환한 웃음이 새라의 얼굴에서 피어났다. 정오의 태양을 받은 밀밭이 거실 안으로 밀려들었고, 낮게 깔린 블루바넷이 벽을 덮으며 뻗어 갔다. 다시 살아난 새라가 처음 만나던 시절의 모습으로 돌아오고 있었다. 놀라는 티모시에게 느리지만 정확한 발음으로 새라가 말했다. 오래전 티모시가 식당 주차장에서 들은 바로 그 말이었다.

"오래… 기다렸어? 더… 빨리 오고… 싶었는데…."

늘 그랬던 것처럼 새라가 먼저 키스했다. 늘 그랬던 것처럼 긴 키스였다.

그날 밤 티모시는 꿈꿨다. 내슈빌의 '버번 스트리트 블루스 앤 부기 바'에서 새라가 공연하는 꿈이었다. 새라는 무대 바로 앞에 앉은 티모시에게 윙크했고, 곁에 앉은 사만다와 크리스가 환호했다. 공연이 끝났을 때는 마을 어귀 개천가였다. 손을 맞잡은 티모시와 새라가 함께 석양을 맞고 있었다. 지평선 너머로 기운 해가 사방으로 붉은 빛을 묻혀 놓아서 둘의 발밑까지 석양이 밀려왔다. 새라가 그

음하게 웃었다.

"티모시, 나는 우리가 처음 만난 식당을 가끔 생각해. 과한 팁을 내놓는 너는 뻔하고 유치했지. 다른 종업원들에게도 같은 금액의 팁을 내려놓았을 때 너는 귀여웠어. 나 말고 다른 웨이트리스들은 모두 흑인이거나 히스패닉이었거든. 너는 팁을 차별하지 않았고 나는 그때 네가 나쁜 사람이 아니라는 것을 알았어. 모든 건 내 잘못이야. 솔직하게 말하지 않은 잘못. 단 한 방울의 피로 결정되는 세상을 부정하려고 애쓴 잘못. 티모시, 사만다 출생 신고할 때 기억나? 유색인종 부모들은 자신의 출생 국가, 출신 지역별로 자기 인종을 선택하도록 되어 있었어. 아프리카 출신인지, 멕시코 출신인지, 아메리카 원주민인지, 하와이 원주민인지 수많은 선택지 중에서 하나를 골라야 했지. 하지만 백인의 선택지는 세상 어디 출신이든 간에 오직 하나밖에 없었어. 'White.' 하지만 그걸 어떻게 고를 수 있겠어. 이마를 스치는 바람을 동남풍으로 가르고, 북서풍으로 나눌 수 있어? 석양에 물든 저 구름이 난층운인지 층적운인지, 내 손을 잡은 네 손의 체온이 36.5도인지 36.7도인지 구별하고 구분해야 해? 나는 내 이마를 훑는 바람과 붉게 젖은 구름과 내 손을 잡은 네 손의 체온을 그저 한 가지로만 기억할 거야. 모두 싱그럽고 아름답고 따뜻했다고. 티모시, 아이들 잘 키워 줘서 고마워."

멀리서 쇠기러기 울음소리가 들렸다. 몇몇이 우는 소리가 아니라 떼로 우는 소리였다.

* * *

창가에 덧댄 판자 사이로 직사광선이 쏟아져 티모시의 눈꺼풀을 두드렸다. 이미 해는 중천에 걸려 있었다. 티모시는 침대에서 벌떡 일어났다. 새라가 보이지 않았다. 허겁지겁 거실로 나가 보았지만 그곳도 마찬가지였다. 새라를 눕혔던 카우치에는 아무런 자취도 없었고 샷건에 맞아 뚫린 창도 없었다. 판자 틈으로 들어오는 정오의 햇살이 티모시의 몸을 가로로 사등분했다. 티모시는 긴 한숨을 내쉬며 카우치에 엉덩이를 묻었다. 술을 너무 과하게 마신 탓인지 꿈을 너무 생생하게 꾼 탓인지 티모시는 가늠할 수 없었다. 새라는 여전히 없었고 티모시는 홀로 델머에 있었다. 티모시는 숱 없는 머리를 감싸 쥐었다. 좀비로 뒤덮인 세상은 종말을 맞았고 연락 끊긴 아이들의 운명은 짐작조차 아득했다. 가족의 생사를 모른 채 홀로 멕시코로 가서 살 마음은 먹어지지 않았고 가서 산다는 일 자체가 무의미했다. 티모시를 사등분하던 햇살이 어느새 엷어져 거실 바닥으로 흩어졌다. 한참을 굳은 채로 앉아 있던 티모시는 이번에야말로 죽어야겠다고 결심했다. 티모시는 거실 테이블에 기대 놓은 샷건을 들었다. 턱을 당겨 샷건의 총구를 입에 물었다. 덜덜덜, 방아쇠에 손가락을 걸었다. 죽음에 대한 공포보다 망쳐 버린 삶에 대한 후회가 더 참담하게 손가락에 걸렸다. 자신의 죽음은 무섭지 않았지만 생사 모를 새라와 아이들의 삶은 무서웠다. 그때 내리깔린 티모시의 시선에 거실 테이블 귀퉁이가 들어왔다. 테이블 유리 상판 위에 못 보던 메모지가 한 장 붙어 있었다. 티모시가 총구를 뱉고 천천히 메모지를 들었다.

뉴욕 북쪽 말론으로 가.

거기서 NY-30번 도로를 타고 국경을 넘으면 캐나다 힌친브룩이 나와.

사만다와 크리스는 그곳, 제29난민 수용소에 있어.

티모시, 부디 죽지 마.

- 어제 마침내 내슈빌에 도착한 당신의 새라.

티모시는 손을 떨며 메모를 읽고 읽고 또 읽었다. 메모를 곱게 접어 셔츠 주머니에 넣은 다음에도 불현듯 눈물이 나 다시 메모를 꺼내 읽었다. 눈물은 통곡으로 이어져 티모시는 바닥에 주저앉아 엉엉 소리 내 울었다. 두툼한 옷가지 몇 점을 가방에 넣고, 자신의 가게에서 식료품을 챙기고, 빈집을 돌아 휘발유를 모으고, 다섯 자루 총과 총알을 차에 싣는 동안에도 티모시는 흐느끼고 훌쩍댔다. 마침내 낡은 왜건에 시동을 걸었는데 그때까지도 티모시는 눈물을 그치지 못했다.

그날 캐나다를 향하는 티모시의 왜건 뒤로 눈물 자국이 길게 이어졌다. 레드강이 살포시 새어 나와 티모시의 눈물을 품었고, 델머의 붉은 석양이 그 눈물과 강물을 자욱하게 감쌌다.

조선, 성저십리 자자와 좀가

* * *

티모시 레이놀즈가 미국을 종단해 캐나다 국경을 넘을 무렵 바다 건너에서도 국경을 넘는 사람이 있었다. 끗년네 할멈의 막냇손녀 끗년이었다. 끗년은 밀무역꾼 김팔봉의 똥을 동銅이라고 속여 팔아 할머니가 마련해 준 돈으로 국경을 넘었다. 뇌물 먹은 군대는 끗년의 도강을 눈감아 주었고, 눈앞은 칠흑이라 자빠지길 수차례였고, 언 강은 칼바람에 쩡쩡 울어 댔고, 눈만 빼고 온몸을 칭칭 싸맨 조선족 브로커가 강 건너에서 끗년을 받아 주었다. 강이 다 풀리지 않은 초봄의 어느 그믐밤, 두만강이었다.

탈북하는 날, 끗년은 할머니에게서 책 한 권을 받았다.

"집안 대대로 내려온 귀한 책이야. 남조선은 도자기니 그림이니 하는 골동이가 값이 비싸댔어. 무사히 도착하면 팔아서리 요긴하게 쓰라. 수백 년은 묵은 거니까네."

다 떨어져 네 귀퉁이가 날긋날긋한 책이었다. 제목부터 내용까지 모두 한자로 적혀 있어서 끗년은 그 책이 어떤 책인지 알지 못했다. 오래됐으니 귀할 수는 있겠으나 그토록 귀했다면 가난한 집안 내력에 지금껏 남아 있을 리 없다고 짐작만 할 뿐이었다. 그래도 끗년은 할머니의 책을, 챙긴 것 없는 보따리에 넣어 꼭꼭 여미었다. 어쩌면 평생 못 볼지도 모르는 막냇손녀 떠나는 길. 책은, 군대에 뇌물 고이고 브로커 경비 충당하느라 쥐어 줄 것이라고는 옥수수가루떡 몇 점밖에 남지 않은 할머니의 애환 같았다. 자리만 잡으면, 일찍 떠난 양친 대신 자신을 길러 준 할머니를 얼른 모셔 오겠다고, 할머니뿐 아니라 위로 줄줄이 고생하는 일년이, 이년이, 삼년이 언니 다 데려다 떵떵거리며 살겠다고, 언 강을 디디는 발자국 하나하나마다 끗년은 다짐했다. 두만강을 밟기 전에도 끗년은 다짐했었다. 알도 여물지 않은 다락밭 옥수수를 수확할 때나, 겨울 땔감이 없어 남의 무덤 묘표를 도둑질할 때나, 두 시간을 기다려 받은 배급이 돌반지기 강내쌀일 때 끗년은 어서 빨리 이놈의 고달픈 팔자를 떨쳐야지 하고 아랫입술을 깨물었었다. 끗년이 매일 삿갓봉 산마루에 올라 어슴푸레한 강 너머를 바라다본 것은 그 때문이었다. 강 너머 지평선은 해가 져도 전깃불이 걸려 훤했다. 그곳은 벼가 익고, 물자가 흐르고, 돈이 돌 것 같았다. 일을 하고 밥을 벌어 식구와 나눠 먹는 그 당연한 일을 할 수 있을 것 같았다. 그러나 전깃불 들어오는 곳이라고 그 당연한 일이 다 당연한 것은 아니었다. 끗년이 도착한 한국은, 끗년이 두만강에서 맞던 칼바람이 사시사철 불었다.

끗년이 할머니에게서 받은 책의 제목을 알게 된 때는 그녀가 한국에 정착한 지 수년 후였다. 책을 팔려고 끗년이 고서점 가게를 찾았을 때 가게 사장이 책의 제목을 읽어 주었다.

"'자자마도집子子磨道集'이라. 무슨 도를 연마한 내용을 엮은 책 같은데… 북에서 났다고 했나요? 거기가 아직 발굴이 안 돼서 오래된 물건이 많이 나온다니까."

몇 해를 끼고 있었지만 읽지 못한 책의 제목은 '자자마도집'이었다.

"가격이 얼마나 할까요?"

"나야 중개상이라 확답할 수 없고. 원하면 수집가를 연결해 드릴까요?"

끗년은 고서점 가게 사장에게 책을 팔아 달라고 부탁했다. 책을 판 돈으로 끗년은 한국을 버리고 캐나다로 떠날 작정이었다. 가게 입구에 붙은 벽걸이 TV에서는 미국의 비극을 전하는 뉴스가 여전히 흘러나오고 있었다. 가게 문을 밀고 나가다가 문득 무엇인가 떠올랐는지 끗년이 가게 사장에게 물었다.

"그런데 사장님, 자자가 뭐예요?"

가게 사장이 대답했다.

"책 제목만 봐서는 모르겠네요. 사람 이름 같기도 하고…."

고향도 아닌데 가게 밖 골목으로 칼바람이 들이쳤다. 칼바람은 정처 없이 떠도는 끗년의 살갗을 고향에서처럼 여기저기 찔렀다.

살아 있지만 살지 못하고, 죽어 있지만 죽지 못하는 좀비 같은 인생은 대서양 한복판이든 태평양 한복판이든, 미국이든 북한이든, 한국이든 조선이든 동서고금을 막론하고 어디든 있기 마련이어서 끗년네 가문 사람들은 모두 그런 삶을 산 사람들이었다. 끗년에게 책을 물려준 끗년네 할멈부터가 그랬다. 할멈은 끗년과 함께 두만강 연선에 붙은 하모니카 집에 오래 살았지만 그곳이 끗년네 할멈의 나고 자란 고향은 아니었다. 평양을 가로지르는 대동강은 상류로 120리 길을 거슬러 오르면 비류강을 만나는데 그 물목 언저리, 삼십여 가구가 모여 사는 달랫골이 끗년네 할멈의 고향이었다. 마을 사람들 대개가 소작농이었고 끗년네 할멈의 아비도 그곳에서 소작으로 그나마 풀칠을 했다. 때는 일제 시대였고 할멈의 아비는 평남 제일가는 지주 무라야마의 논을 갈았다. 한번 소작은 평생 소작인 것이 그간의 규칙이었지만 무라야마 아래에서는 그조차 쉽지 않았다. 무라야마는 매년 소작 계약을 갱신했고 마음에 차지 않으면 소작을 주지 않았다. 세금까지 소작인에게 덤터기를 씌워 소작료가 7할까지 올라갔지만 산 입에 거미줄이라도 걷으려면 울며 겨자 먹기였다. 곳곳에서 소작 쟁의가 잇달았으나 할멈의 아비는 못 본 척했다. 할멈의 아비의 아비도 소작을 쳤다. 할멈의 아비의 아비의 아비도 소작을 쳤다고 들었다. 봄에는 파종을 하고 가을에는 수확을 한다는 것이 그 아비들이 할멈의 아비에게 가르친 삶의 법칙이었고, 싸우고 항의한다고 이길 수 있는 세상이 아니라는 것이 그 아비들이 할멈의 아비에게 물려준 피의 천성이었다. 할멈의 아비는 그저 다섯 두락 부치는 소작논이 늘어나기만을 몸을 떨며 바랐다. 할멈의 아비는 그래서 무라야마네 궂은일을 도맡았다. 할멈의 어미도 무라야마의 집을 들락거리며 살림을 도왔는데 그때 무라야마의 둘째 아들 타카오가 할멈의 어미를 강간했다. 할멈의 아비는 이 일을 알고도 모른 척했다. 그러자 할멈의 어미도 태연하게 무라야마의 집에 계속 드나들었다. 타카오는 열일곱이었고 할멈의 어미는 서른둘이었다. 비류강 강둑에 복사꽃이 넘치듯 피어날 때 어미의 배도 넘치듯 불러 왔다. 어미의 배가 부풀어 오르자 무라야마는 아비의 소작논을 스무 두락으로 늘려 주었다. 해가 지면 아비는 달랫골 집으로 돌아와 탁주를 마시며 구성지게 노래를 불렀다. 어미는 자신의 볼록한 배를 쓰다듬으며 아비 곁에서 배시시 웃었다.

머슴 살러 오려무나.
나 시집가는 데로다가 머슴 살러 오려무나.
옥양목 버선에 반돌바지, 감투밥 내가 모두 감당하마.
갈까 보다 가알까 보다.
물 닷 되, 여물 닷 되, 콩 닷 되 멕였더니
봉추나 고개를 잘도 끌고 넘어 간다.

끗년네 할멈은 남의 집 머슴을 살면 옥양목 걸치고 감투밥 먹으면서 잘살겠구나 생각하며 아비 안주 소반의 쓰케모노를 깨작거리다 잠들었다.

할멈의 어미는 남자아이를 낳았는데 갓난아이치고는 양물이 과하게 묵직했다. 아비는 자신을 닮지 않은 아들의 양물이 영 못마땅했지만 사람들에게는 "다 집안 내력이야." 하며 으쓱대고 다녔다. 그해 광복이 찾아왔다. 무라야마는 일본으로 떠나며 할멈의 아비가 소작 치던 땅문서를 모두 그의 손에 쥐여 주었다. 할멈의 아비에게 광복은 스무 두락의 땅이었다. 할멈의 아비가 무라야마에게 마지막 인사를 하러 갔을 때 무라야마는 할멈의 아비 품에 안긴 갓난쟁이의 양물을 안타까운 눈빛으로 쳐다보았다. 마침 날콩네 아비도 늦둥이 아들을 안고 무라야마에게 인사를 하러 와 있었다. 날콩네 아비는 예순이 넘었는데 평생 자기가 주무르던 낫날처럼 허리가 굽어 있었다. 무라야마는 같은 눈빛으로 날콩네 늦둥이도 쳐다보았다. 녀석의 양물도 과하게 묵직했다. 그날 날콩네도 소작 치던 무라야마의 땅 열 두락을 받았다. 할멈의 아비나 날콩네 아비가 받은 무라야마의 땅문서는 일본인의 적산이어서 휴지 쪼가리에 불과했지만 할멈의 아비는 그 사실을 받아들이지 않았다. 대대로 물려주고 물림 받던 소작의 핏줄로 단 한 번도 쥐어 본 적 없는 것이 땅문서였다. 땅문서가 없어서 굶고, 매질당하고, 설움 받아야 했다. 땅문서는 일본 순사보다 무섭고, 임금님보다 무섭고, 홍수나 가뭄보다 무서운 것이었다. 그런 무서운 것이 손에 있으니 할멈의 아비는 개벽하는 세상이 두렵지 않았다. '김일성 장군 환영 대회'가 열리고, 인민 위원회가 날로 세를 뻗어 갔지만 땅문서를 손에 쥔 할멈의 아비는 김일성이 뭔 소용이고 위원회는 얻다 써먹는가 싶었다. 이듬해 3월 할멈의 아비가 모판을 짜고 있을 때 당국은 '북조선 토지 개혁에 대한 법령'을 발표했다. 법령의 골자는 '무상몰수 무상분배'였지만 기본적으로 토지는 국가 소유여서 사람들이 분배받은 것은 땅의 소유권이 아닌 경작권뿐이었다. 할멈의 아비도 마찬가지였다. 당국은 할멈의 아비가 일본인 지주에게서 받은 적산 스무 두락의 소유권을 몰수하고 그중 다섯 두락에 한해서만 경작권을 인정했다. 땅문서만 믿고 있던 할멈의 아비는 땅을 치며 슬퍼했다.

"땅을 갖지 못하고 갈기만 하면 그게 소작이랑 뭐가 다릅네까? 모판은 놓고 가기요, 모판은."

그 경작권조차 오래가지 않았다. 전쟁이 끝나고 몇 년 후, 당국은 사회주의적 소유를 강조하며 협동 농장 체제를 도입했고 사람들의 경작권마저 박탈했다. 재물이라는 게 무서운 것이어서, 손에 쥔 것 없을 때는 소작 쟁의는 고사하고 무라야마의 그림자도 피해 밟던 할멈의 아비는 손에 쥐었다고 여긴 땅을 잃고, 그 땅에 대한 경작권마저 잃자 결국 폭발했다.

"개도 안 물어 갈 잡소리 말라. 협동 농장? 남의 땅 갈아 주고 낙정미 주워 먹으라는 거네? 일본 놈들 대신해서 당이 지주 노릇하더니만 이제는 아예 백성들을 종살이 시키는구나야."

천지개벽한 세상에서도 소작 치고 종살이해야 하는 팔자에 눈알이 뒤집힌 할멈의 아비는 지도 나온 기관원들을 구타하고 당을 욕했다. 결과는 뻔한 것이었다. 할멈의 가족은 정든 고향 달랫골에서 쫓겨나 칼바람 부는 북쪽 변방 국경으로 추방됐다.

끗년네 할멈의 집안에 족보가 있을 턱이 없으니, 할멈이 아는 것이라곤 아비의 아비도 소작질을 했다는 사실뿐, 할멈은 자신의 조상들이 어떤 사람들인지 알지 못했다. 아나 모르나 소작이나 종살이나 매한가지라서, 가계를 거슬러 올라가면 소작, 종, 소작, 종이 되풀이되는 고달픈 핏줄일 뿐이었다. 하지만 피는 무거운 것이어서 할멈은 자신의 운명이 조상들처럼 고달픈 삶으로 마감될 것이라는 사실을 예감하고 있었다. 어렴풋하던 예감이 더욱 선명해진 것은 고난의 행군 때였다. 건넛집 바깥양반이 강에 빠져 죽었다며 마을 사람들이 강바닥을 뒤졌을 때 이름도 모를 시체들이 물 밑에서 수두룩하게 올라왔다. 그 시체들을 묻은 산비탈은 한나절 비에도 쓸려 갈 만큼 벌거벗었고 흙 위로 드러난 시신을 주린 개들이 물고 달렸다. 그나마 기력 남은 사람들이 그 개들을 잡아 삶았는데 누린 국물 한 사발 얻어먹자는 사람들이 몰려들어 싸웠다. 싸울 덩치가 없는 아이들은 먹지 못해 자라지 못했고, 싸울 힘이 없는 여자들은 먹지 못해 일어서질 못했다. 버티지 못한 사람은 죽었고, 죽지 않은 사람은 죽지 못해 버텼다. 끗년네 할멈 역시 버텨서 죽지 않은 것인지, 죽지 못해 버틴 것인지 알 도리는 없었다. 그저 죽지도 살지도 못하는 팔자를 부여잡고 자신의 대에서 이 고달픈 운명을 끊어야 한다고 다짐만 할 뿐이었다. 다짐은 다짐으로만 끝났다. 할멈은 죽을 때까지 가난을 떨치지 못했고, 한국으로 보낸 끗년을 다시 보지 못했다.

할멈의 핏속에 침잠된 고달픈 운명이 어디 딴 데서 온 것은 아니라서 할멈의 조상들 또한 모두 박복하기 이를 데 없는 팔자들이었다. 끗년네 할멈의 아비는 소작을 쳤고, 그의 아비도 소작을 쳤으며, 그의 아비의 아비는 장돌림이었다. 다시 그 윗아비는 종살이를 하다 주인에게 맞아 죽었고, 그 아비의 윗아비는 유리걸식하다 굶어 죽었으며, 그 아비의 윗아비의 윗아비는 산적질하다 참수 당했다. 다시 그 윗아비는 남사당을 돌았는데 돈 몇 푼에 매품팔이 나섰다가 중곤 30대에 장독이 도져 죽었고, 그 윗윗아비는 면천한 노비였는데 면천되는 날 청군한테 붙잡혀 심양으로 끌려가던 중 얼어 죽었으며, 그 윗윗윗아비는 화전을 쳤는데 비탈에서 굴러 터진 이마에 약이 없어 골마지를 발랐다가 눈알에 농이 차 죽었다. 또 그 윗윗윗아비의 아비는 어깨너머 배운 왜인들 말로 왜군에게 붙어먹다 난이 끝난 뒤 멍석말이당해 죽었고, 그 선대 아비는 가뭄에 호박 줄기를 긁어 먹다 똥구멍이 막혀 죽었으며, 그 선대 아비의 아비는 군역을 피하려고 승적을 조작해 가짜 중노릇하다 발각돼 옥사했다. 끗년네 가문은 이렇듯 박복한 무명씨 팔자들이었지만 그래도 한 명만은 역사에 이름을 남겨 실록에도 기록된 이가 있으니, 그가 바로 끗년의 먼 방계 조상 종가從加였다. 종가뿐만 아니라 종가의 아비 또한 훗날 신문지상에 이름을 올릴 만큼 유명세를 떨치는 인물인데 그는 캐나다로 건너간 끗년이 티모시를 만나는 계기까지 제공한다. 그는 이름이 자자子子로 '자자마도집'의 '자자'가 바로 그였다. 살아 있지만 살지 못하고, 죽어 있지만 죽지 못하는 가문의 고달픈 팔자가 바로 그로부터 시작된 것이다.

* * *

자자는 한양 성저십리에 살던 양인 신분의 사람으로 그의 본래 이름이 자자는 아니었다. 자자의 아비 되는 사람은 과거를 치른다고 평생에 걸쳐 허송세월했고, 유일무이한 자식의 이름을 처음에는 공맹이라고 지었다.

"궁핍한 살림에도 반딧불에 기대 사서를 읽고 솔잎을 씹으며 오경을 논하는 나의 자식이라면 아호는 급제, 이름은 공맹쯤 돼야지."

자자가 일 보고 알아서 뒤 닦을 나이 즈음해서 이웃들이 그를 보고 한마디씩 입을 댔다.

"공맹아. 너는 네 이름이 무슨 뜻인지 아니?"

"성현의 이름을 이리 노골적으로 갖다 붙이는 꼴을 보니 니 아비 공부가 멀어도 아직 한참 멀었구나."

"아니여. 이번 과거 시험에선 당상 벼슬까지 가겄구먼. 낙방은 따 놓은 당상."

"자고로 사람 이름은 천해야 장수하는 법이란다. 그래서 우리 집 새끼들 이름은 억척스럽게 살라고 억척이, 질기게 살라고 질구, 평생 굶지 말고 쩝쩝대고 먹으라고 접순이로 지었지."

"그런데 니 이름은 귀하디귀하니 아무래도 니 아비가 네 주둥이를 군입으로 여기나 보구나."

연방 코를 마시던 자자가 눈이 똥그래져 물었다.

"아저씨. 그게 무슨 말이래요?"

"니가 이름값이 무거워 일찍 죽어야 먹을 입이 줄고 그래야 니 아비 과거 치를 노잣돈이 보전된다 이 말이다."

자자가 울며 집으로 돌아와 아비에게 따졌다.

"아버지, 나 일찍 죽길 바라요?"

아비는 영문을 모르겠다는 얼굴이었다.

"이놈아. 그게 무슨 소리냐?"

"뒷집 길성이 아재가 그러는데 제 이름은 귀한 이름이라 일찍 죽는대요. 아버지가 나 일찍 죽으라고 그리 이름을 지었대요."

"이런 터무니없는…. 이름대로 자라라고 공맹이라 지었다."

"아니래요. 아니래요. 이름은 천하고 상스러워야 좋은 거랬어요. 저 이름 바꿔 줘요. 바꿔 주라고요."

어린 자자가 하도 떼쓰고 넉장거리하는 통에 책을 잡을 수 없었던 아비가 버럭 소리쳤다.

"이놈아. 이름을 바꾼대도 말 타고 버선 깁듯 해서 되겠냐? 배곯는 놈 씻나락 주무르듯 신중해야지."

"지금 바꿔 줘요. 지금요. 제가 이름도 받아 왔어요."

이번엔 아비가 눈이 똥그래져 물었다.

"이름을 받아? 그걸 누구한테 받았냐?"

"길성이 아재요."

"그래, 그 이름이 뭣이냐?"

"개질동이요."

개질동介叱同은 한자를 차자한 이름인데, 질叱은 음으로 읽는 것이 아니라 사이시옷 역할이니 소리 내어 읽으면 '갯동', 한마디로 '개똥'이었다. 하나 있는 자식의 이름을 차마 개똥이라 지을 수 없었던 아비는 공자孔子와 맹자孟子의 앞 글자 대신 뒤 글자를 따 아들 이름을 자자子子로 고쳤다. 다행히 어린 자자는 아비 뜻대로 곧잘 천자문을 읊고 사자소학을 외웠다.

"일립지곡 필분이식一粒之穀 必分而食이라. 한 톨의 밥알이라도 반드시 나누어 먹어라."

"잘하는구나."

"그런데 아버지. 우리는 나눠 먹을 밥알이 없는데 어떻게 성현의 가르침을 따르나요?"

"밥알이 생겼을 때 따르거라."

"그런데 아버지. 건넛집 굴뚝에서는 밥 짓는 연기도 나고, 콩 삶는 냄새도 나는데 왜 우리한테 안 나눠 주나요?"

"책을 읽지 않아 금수가 되었고, 금수가 되었으니 삼강을 몰라서 그러느니라."

공맹을 숭앙하고 강상으로 수신한다고 해서 밥통의 허기가 채워지고 겨울의 한기가 달아나는 것은 아니었다. 자자가 사는 한양 성 저십리 두뭇개나루는 인가가 적은 덕분에 물에서 잡히는 고기가 많았다. 강기슭에서는 참게가 잡혔고 강 복판에서는 사시사철 누치가 올라왔다. 봄에는 알밴 꺽정이가 흔했고, 여름에는 황복과 장어가 걸려 값이 좋았고, 가을에는 참마자 씨알이 굵었고, 겨울에는 얼음 밑 뱅어를 채그물로 건을 수 있었다. 어채선漁採船이라도 타면 밥은 굶지 않을 것인데 자자의 아비는 길게 기른 손톱으로 책장만 넘겼다. 그런 지아비 뒷바라지만 하던 자자의 어미는 자자가 철들 무렵 폐질을 앓다 죽었다. 자자의 아비는 아내를 관곽 없이 부들자리로 감아 매장했다. 자자는 곁에서 오래도록 곡했다.

그것이 동티가 났는지 그때부터 자자는 공부는 뒷전이요 망종으로 자라났다. 공술 몇 잔 얻어 마시려고 색주가 중노미 노릇을 하는가 하면, 남의 집 씨종자를 도둑질하고, 집안 세간을 팔아 투전판을 기웃거렸다.

"미투리는 내다 팔고 부지깽이는 남겨 줘서 고맙다."라며 아비는 부지깽이로 자자를 매질했다. 맞으면서도 자자는 아비를 끊임없이 조소했다.

"아버지 책 몇 권만 팔았어도 어머니 약 한 첩은 썼을 텐데…. 책이 어머니보다 더 귀했는갑소."

"아버지 정실부인은 논어고, 둘째 부인은 맹자고, 셋째 부인은 대학이네요. 그럼 우리 어머니는 몇 번째였소?"

"아버지는 좋겠소. 모기 다리에서 선지 빨아 목 축이고, 벼룩 간 씹어 배 채우니…. 그 기술 어머니한테 가르쳐 줬으면 어머니 굶지는 않고 눈 감으셨겠구먼."

"책력 봐 가며 밥 자신다더니 우리 아버지가 그 꼴이네. 그래 다음 밥 자실 길일은 뽑으셨소?"

자자의 아비가 자자의 얼굴을 향해 부지깽이를 내던졌다.

"이놈아. 니놈이라도 어미 봉양하지 그랬냐! 열심히 글 읽어서 관원으로 나가 니 어미 호강시켜 주지 그랬냐? 지금이라도 늦지 않았다. 죽은 어미 원 풀게 들어앉아 공부해라."

이미 늙고 쇠한 아비의 부지깽이는 한창 싱싱하고 왕성한 아들의 얼굴에 채 닿지 못했다. 자자가 삽짝을 걷어차며 소리쳤다.

"아버지 돈 있소? 선접꾼• 못 사면 현제판•• 구경은커녕 과장••• 입장도 못하는 거 모르시오? 있는 집 나리님들 시험지에 암표하고,

• 선접꾼 : 과거를 볼 때 남보다 먼저 시험장에 들어가 좋은 자리를 차지하는 사람

•• 현제판懸題板 : 과거를 볼 때 문제를 써서 내걸던 널빤지

••• 과장科場 : 과거 시험장

대리로 시험 보고, 시험 제목 빼돌리는 거 모르시오? 입술이 부르터라 아버지가 읽어 대는 그 책에는 이런 썩어질 세상 물정 안 나와 있소? 세상 물정도 모르는 그 책 보느라고 우리 어머니 굶겼소? 아무짝에도 쓸모없는 그 책들, 나는 안 볼라요!"

혼인을 해서 거둬야 할 식솔이 생기면 정신을 차리려나 싶어 자자의 아비는 자자를 길성이네 딸내미 접순이한테 급하게 장가들였다. 워낙 먹성이 좋은 탓에 집에 들이면 살림 거덜 난다고 소문이 돈 접순은 마땅한 혼처를 구하지 못하고 있었다. 길성은 딸의 혼사를 흔쾌히 동의했다. 번다한 절차 생략하고 신부 집 마당에서 달랑 교배례 하나 올리는 것으로 접순은 자자와 혼인했다. 접순은 먹성도 좋았지만 부지런했다. 콩나물을 길러 두뭇개나루 생선과 교환했고, 그 생선을 이고 사대문 안으로 들어가 어물 행상으로 곡식을 얻었다. 밤에는 삼베를 짰는데 어찌나 열심이었는지 삼을 째는 앞니가 패이고 삼실을 꼬는 넓적다리에 생딱지가 앉아 굳을 틈이 없었다. 농한기에는 왕십리 미나리꽝까지 가서 품을 팔았다. 접순은 그런 희생으로 시아비를 봉양하고 지아비를 받들었다. 행상이 잘돼 어물 소쿠리가 일찍 비는 날이면 접순은 운종가 시전 구경이니 소덕문 난전 구경이니 하며 한눈팔지 않고 일찌감치 남대문을 빠져나와 두텁바위 방향으로 길을 잡았다. 두텁바위 청파방 술도가 박씨는 노름판 와주였는데 그 집 봉놋방은 투전방이었다. 접순은 박씨네 초가 마당에 들어서서 봉놋방 띠살문에 대고 속삭이듯 말했다.

“여보, 그만 가요.”

“여보, 이제 가요.”

“여보, 해 져요.”

그제야 자자의 마른 목소리가 문도 열어 보지 않고 건너왔다.

“기다려. 끗발 올랐어.”

접순은 박씨네 건넌방 쪽마루에 앉아 멀리 용산 너머 한강 방향을 물끄러미 바라보았다. 산에 가로막혀 강은 보이지 않았다. 용산 위로 새매가 높게 오르자 딱새랑 곤줄박이 무리가 잡목 사이로 부산스레 숨어들었다. 접순이 걸머진 걸망 안에는 그날 행상으로 번 곡식이 푼푼했다. 어물 값으로 저화나 면포를 받으면 남편은 어김없이 뺏어 갔다. 곡식은 무거워서 노름판 밑돈으로 쓰이지 않는다는 사실을 안 후부터 접순은 어물 값으로 곡식만 받았다. 그러자 남편은 집에 들어오지도 않았다. 남편은 곡식에는 관심이 없었다. 가끔 허기가 질 때 불현듯 찾아와 입 안으로 밥을 밀어 넣었고, 종종 몸이 동할 때 이불 안으로 들어와 접순을 더듬었다. 접순은 걸망 속 곡식이 슬펐다. 해가 지자 강에서 불어오는 바람이 비렸다. 혼기 놓친 박씨네 큰딸이 수수부꾸미 한 접시를 들고 와 내밀었다. 접순은 걸망에서 겉보리 한 됫박을 퍼 박씨네 큰딸 치맛자락을 모아 부어 주었다. 멀리서 인정을 알리는 종소리가 스물여덟 번 번지듯 울었다.

피는 무겁고 종자는 힘이 세서, 자자는 어미를 챙기지 않은 아비를 영락없이 닮아 접순을 챙기지 않았다. 그저 투전방만 들락댔는데 어느 날 강원도에서 왔다는 숯장수가 판돈을 싹쓸이하는 일이 벌어졌다.

"보인다. 보인다. 이녁은 알칠이고 그대는 비사로구나."

"팔자를 알고 행전을 쳐야지. 따라지 팔자가 춘추땡 앞에서 웬 엄포야?"

"그쪽 투전목 위에 신장님이 앉았으니 나는 죽을라요."

마치 남의 패를 읽듯, 치고 빠지고 덮고 키우는 숯장수의 기술이 사나흘 투전방을 휩쓸자 그간 조선 팔도 최고수인 양 까불던 설레꾼들은 알거지가 되었다. 며칠 후 숯장수는 집으로 돌아가겠다며 길을 나섰고 자자도 따라나섰다. 자자가 말도 못 붙이고 꽁무니만 밟는데 진고개 넘어 이현으로 접어들 때쯤 숯장수가 불쑥 뒤를 돌아보더니 자자에게 말을 건넸다.

"궁금하지? 내가 어떻게 판쓸이를 했는지?"

저 양반이 틀림없이 사람 속을 읽는구나 싶어 자자는 부리나케 달려가 무릎을 꿇었다.

"아이고 도사님. 그 용한 재주의 비결이 뭡니까요? 이놈한테 미꾸라지 볼가심만큼이라도 알려 줍쇼."

숯장수는 바랑에서 서책 한 권을 꺼냈다.

"이것이 뭣이냐? 신라 고승 현준이 지었다는 보사유인술步捨游引

術이야."

"그게 무슨 뜻인데요?"

"보사步捨, 혼백이 몸 밖으로 걸어 나가, 유인游引, 삼라만상과 놀다가 다시 몸과 합쳐지는 재주라 이 말이지."

자자는 이 무슨 도깨비 혹 주머니에서 노래 나오는 소리인가 싶어 되물었다.

"그래서요?"

"혼백이 걸어 나가 삼라만상과 놀면서 뭐 하겠나?"

"뭐 할까요?"

숯장수는 자자에게 몸을 바투 붙이고 목소리를 낮췄다.

"남의 패를 보지."

자자 눈동자에서 불똥이 튀었다.

"아이고 도사님. 그 책 나한테 파쇼."

"책값은 싸. 면포 한 필. 하지만 책만 본다고 되는 일이 아니야. 환반술還反術에 기반한 책이라 수행법을 익혀야 하는데 전승자가 나밖에 없어. 그래서 내 강습비가 비싸지."

"강습비가 얼맙니까요?"

"면포 열 필. 술법만 닦으면 노름판 돈을 다 쓸어 담을 터인데 비싼 게 아니지."

접순이 부지런히 길쌈하면 1년에 삼베 15필 정도를 짰다. 열 필이면 접순이 1년 가까이 짜야 하는 양인데 책값은 삼베도 아닌 무명천이었다. 자자가 아무리 생각해도 집구석에 이 정도 값을 치를 수 있는 물건이라고는 하나밖에 없었다. 아비의 책이었다. 그날 밤 자자는 아비의 책을 몽땅 훔쳐 책 거간에게 내다 팔고 숯장수한테서 보사유인술을 얻었다.

"좌향坐向의 혈심부穴深部가 깊어 비룡입수격飛龍入首格이요, 뒤로는 비로봉이 받치고 앞으로는 대청봉이 품으니 여룡토주격驪龍土珠格이며, 육산肉山으로 식생이 좋아 굶을 걱정 없고, 덕산德山으로 짐승이 온화해 상할 근심 없는 강원도 오대산이 도량으로는 적격일세. 거기로 가서 수행하세."

숯장수는 자자를 꽁지에 붙이고 강원도를 향해 길을 재촉했다.

책이 사라진 것을 안 자자의 아비는 쓰러졌다. 쓰러진 자자의 아비는 눈과 입이 일그러지고 몸을 쓰지 못했다. 끼니를 아껴 모은 책들이었으니 살과 피를 덜어 산 책이나 다름없는 것인데 그 책을 하나 있는 아들이 팔아먹었으니 자자의 아비는 육신도 잃고 아들도 잃은 것이라고 이웃들은 안타까워했다. 접순은 자리보전하는 시아비의 똥오줌을 받고 똥오줌이 빠진 만큼 시아비의 입 안으로 좁쌀미음을 흘려 넣었다. 시아비 병구완으로 집을 멀리 떠날 수 없는 탓에 접순은 어물 행상을 치우고 가까이서 소작을 시작했다. 경칩에 접순은 논을 갈아 거름을 쑤시고 엉덩걸음으로 나물을 뜯다가 산을 넘었다. 청명에 접순은 써레질로 논을 삶고 콩을 쑤어 장을 담갔다. 망종에 접순은 파종을 하고 마을 두레에 끼어 보리타작을 했다.

보리 닷 되에 다녀간 의원은, 시아비는 뇌풍이 온 것으로 소속명탕小續命湯을 써야 하는데, 약값이 어려우면 비단개구리 즙을 먹이라고 일러 주었다. 입추에 접순은 논에 붙어 김을 매고, 삼을 거둬 베를 짜고, 개울을 뒤져 개구리를 잡았다. 시아비는 좁쌀미음은 마시고 개구리 즙은 뱉었다. 접순은 부뚜막에 쪼그리고 앉아, 김매다가 나락 이파리에 베이고 찔린 상처에 시아비가 마다한 개구리 즙을 발랐다. 백로에 접순은 이삭을 베고, 노적을 타작하고, 관아에 전세를 바쳤다. 풍저창이 있는 서강나루까지 뱃삯이 들었고 창지기들은 뇌물이 없으면 몇 날 며칠이고 기다리게 했다. 낟알을 털어 낸 볏짚도 접순이 것이 아니어서 지주는 지주대로 곡초 값을 받아 갔다. 입동이 되자 접순은 뒷간 숙분熟糞에 재를 뿌려 밭에 널고, 매봉에 올라 장작을 했다. 소한에도 남편은 오지 않았고 대한에 시아비가 죽었다. 시아비는 접순의 혼례로 교배례만 치러 주었지만 접순은 염장이를 부르고, 산역꾼을 사고, 지관에게 길일을 받아 유월장踰月葬을 치렀다. 평생 공맹 타령하던 시아비보다 언문 한 줄 모르는 며느리가 주자가례를 더 잘 안다고 언 땅을 파던 산역꾼들이 잡담했다. 입춘이 왔을 때 접순은 상복을 벗었고 홀가분했다. 처지는 청상이지만 남편이 살아 있으니 청상이 아니었고, 모실 시부모도 젖 줄 아이도 없으니 개나리 꽃망울 쳐다보는 데만 한 식경씩 보냈다. 달거리가 다가와 입맛이 당기는 날이면 붕어 살을 발라 넣어 졸인 간장에 고봉밥을 두 사발씩 비벼 먹어도, 누구 눈치 볼 일 없었다.

접순은 남편이 돌아오지 않기를 바랐다.

하구에서 밀려오는 바람이 매섭다가 아련해지자 그 바람을 타고 광나루로 향하던 소금 배 수부水夫들이 때때로 두뭇개나루에서 내렸다. 수부들은 살이 거멓고 알통이 두텁고 수염발이 듬성했다. 수부들은 남도 어딘가에서 서해를 거슬러 왔을 터인데 뭍에 있어도 그들의 낯에 바다에서 붙은 빛 톨들이 자글거렸다. 남도는 쌀이 달고, 젓갈이 걸고, 장이 향기롭다고 접순은 나루터 사공으로부터 들었다. 물자가 풍부해 도둑이 없고, 이웃 간에도 우애가 깊어 농계農契나 길쌈계가 모이면 100명씩 모인다고도 접순은 들었다. 접순은 칡 순을 꺾으며 소금 배 수부들을 훔쳐보았다. 남도로 향하는 염선鹽船 소금가마 위에 접순이 올라타 있었다. 수부들 낯에 붙어 있던 빛 톨들은 해한테서 떨어진 것이 아니라 반짝이는 바다의 수면이 튕긴 것이었고, 바람의 종류도 숱하게 많아 배를 미는 바람과 배가 가르는 바람이 접순의 치마폭을 쥐고 춤을 추었다. 남도는 사시사철 따뜻하고 비가 넉넉해, 흙이 질고 곡물이 잘 자랐다. 넓은 어깨에 비린 생선 꾸러미를 들쳐 멘 수부 한 명이 선창에 내리자마자 접순을 향해 손을 흔들었다. 접순네 지붕 용마름을 수평선에서 핀 하얀 구름이 덮었고 초가 굴뚝에서 오른 밥 연기가 그 구름에 보태졌다. 해가 지면 뒷산 솔숲을 헹군 바람이 들창 안으로 솔향기를 날라서 수부 피부의 소금기가 달큼했다. 접순은 떠날 수만 있다면 보쌈이라도 당하고 싶었다. 그해 겨울 자자가 돌아왔다. 자자는 게걸

든 듯 밥을 밀어 넣으며 그간 겪은 일을 떠들었고, 밤에는 접순의 몸을 더듬으며 앞으로의 계획을 설파했다.

"숯장수가 수행의 기초는 몸을 단련하는 거래. 그러니 산 아래 가서 돌을 지어 오래. 다음에는 흙을 퍼 나르래. 숯장수가 그 돌과 흙으로 가마를 만들더만. 이제는 몸을 정화해야 하니 참나무, 신갈나무, 물푸레나무를 베어서 기를 받으래. 숱하게 베었더니 숯장수가 그걸 구워 백탄을 만들데. 숯장수가 이제는 인내를 배워야 할 차례라며 기다리래. 자기는 백탄을 지고 산을 내려가더구먼. 그러고는 오지 않아. 몇 달을 기다리는데도 오지 않는 거야. 나도 산을 내려가서 대처로 나갔지. 혹시나 해서 사람들한테 물었어. 저기 오대산 두로고개 기슭 숯장수 아냐고. 그랬더니 사람들이 거기에 숯장수가 있냐는 거야. 그렇다고 했더니 그럼 거기서 나무를 베었냐는 거야. 그렇다고 했더니 거기는 나라님이 정한 관방금산關防禁山이라 벌채했다가는 치도곤을 치른다는 거야. 어이쿠야 하고 그길로 내뺐지."

자자는 거지 밥주머니 같은 망태에서 서책 한 권을 꺼냈다.

"그래도 이 책이 내 손에 있으니 아직 끝난 게 아니야. 보사유인술. 보법 몇 가지는 배워 뒀으니 제대로 수행만 하면 이제 자네도 청자로 쌀독 삼고, 뒷간에 기와 올리고 사는 거야. 수행할 도량이 중요한데 강원도로 갔다가는 잡힐 수도 있으니 서쪽으로 가 볼까 해. 강화도에 산이 좋다는데, 그쪽으로."

한 달가량 집에 머문 자자는 접순을 남겨 두고 강화도로 떠났다. 자자가 떠난 후 접순에게 애가 들어섰다. 남편은 절기 분간 않고 내키는 대로 떠나는데 떠나고픈 접순은 애가 붙들었다. 땅을 갈고, 김을 매고, 땔감을 패고, 거름을 지는 노동은 그대로인데 배는 점점 불러 와서 접순의 몸은 천근만근이 되었다. 결국 산달 즈음해서 접순은 몸져누웠다. 얼굴에는 황달이 끼었고 온몸에 부종이 심했다. 누구 하나 수발들어 주는 사람이 없어서 접순의 병은 더욱 깊어졌고 하루에도 열두 번씩 졸도하기에 이르렀다. 가근방 사는 접순의 오라비들은 이대로 두었다가는 자신들이 상 치르게 생겼다면서 강화도로 가는 진선을 통해 자자에게 기별을 넣었다. 접순은 신열 속에서 다시 남도로 향하는 소금 배에 올랐다. 볕이 좋아 접순이 눈을 감았더니 배가 수면 위로 떠올랐다. 안개를 몇 마장 헤치고 구름을 몇 점 뚫는 사이 배가 수만 마리 생선 떼로 바뀌었다. 대구, 우럭, 민어, 도다리가 접순의 엉덩이를 받치고, 조기, 병어, 준치, 청어가 접순의 종아리를 떠받고, 명태, 볼락, 놀래기, 전갱이가 접순의 등을 괴니 접순은 두 다리 쭉 뻗고 하늘을 날았다. 평생의 노동이 바람에 씻겼다. 파닥거리는 고기들 생동의 힘이 어찌나 맹렬한지 생선 위에 올라탄 접순의 아랫도리가 풀렸다. 벤자리 몇 마리가 세차게 지느러미를 놀리며 그 틈으로 들락거렸다. 접순은 팔자에 박힌 노동의 고통을 씻듯 밑으로 드나드는 벤자리 몇 마리와 함께 몸을 풀었다. 접순은 딸을 낳고 죽었다. 그 나흘 뒤 도착한 자자는 기가 막혔다. 접순의 오라비들은 접순을 사랑에 눕힌 채 멍석만 덮어 놓았고 아이는 이불로 감싸 그 옆에 뉘였는데 배고픈 아이가 죽은 어미 앞섶을 풀고 젖을 빨고 있었다. 자자는 통곡했다.

"사람들아. 이 매정한 사람들아. 죽은 사람이야 도리 없다 쳐도 아이는 살려야지. 어찌 이리 몰인정하고 어찌 이리 잔인한가. 내 밥이 생기면 반드시 내 아이만 두 그릇, 세 그릇씩 먹이고, 내 옷이 생기면 반드시 내 아이만 네 벌, 다섯 벌씩 입힐 것이네. 이 야박한 사람들아, 이 비정한 사람들아."

하지만 그때까지도 죽은 접순의 몸에서 기름진 젖이 흘러나와 아이를 먹이고 있었다는 사실을 자자는 알지 못했다.

자자는 아이의 이름을 종가從加라고 붙여 주었다. 아이를 먹이기 위해 자자는 젖동냥을 다녔는데 곡식은 꾸어서 갚을 수라도 있지만 젖은 갚을 수도 없으니 꾸어 먹을 수도 없어 인심이 사나웠다. 자자는 곡식이 있을 때는 곡식을 빻아 나물 데친 물에 개어 종가에게 먹였고, 곡식이 없을 때는 소나무 속껍질을 발라내서 찐 송절을 이빨로 오래 씹어 뜨물에 불려 먹였다. 그 영양 없는 뜨물이라도 아이의 목구멍으로 내려가면 자자는 잔칫날 소 잡은 듯 자기 배가 불렀고, 아이가 잘 삭은 똥이라도 내지르면 가을 버들잎 묵혀 놓은 거름 내 맡듯 자기 코가 달았다. 아이가 죄암질로 아비 손가락이라도 잡으면 자자는 십전대보탕이라도 마신 듯 사지에 힘이 돌았고, 아이가 분홍 입 속을 내보이며 방긋 웃기라도 하면 관솔불도 못켜 침침한 자자네 방 안에 둥실 보름달이 떠올랐다. 부모가 자식에게 물려주는 운명이야 가난할 수도 있고, 미천할 수도 있고, 병약할 수도 있고, 아둔할 수도 있지만 부모가 자식에게 물려주는 피는 진하고 뜨거운 것이어서 자자는 종가를 볼 때마다 늘 숨이 차고 몸이 달떴다. 그제야 자자는 죽은 부모에게 죄스러웠고 일찍 떠난 아내가 안타까웠다. 자자는 종가를 업고 접순의 무덤을 찾아 자주 눈시울을 붉혔다.

"미안하네. 미안하네. 서방 노릇 못한 탓에 못 볼 꼴만 보고 가니 정말로 미안하네. 기와집에 자개 함롱, 용장봉장龍欌鳳欌 반닫이는 커녕, 비단 장옷, 쓰개치마, 천은 요강, 순금 대야는 고사하고, 당 참외, 외가지, 귤병, 사탕은 언감생심, 배곯고 헐벗다가 멍석 쓰고 세상 뜨니 참말로 미안하네. 내 이제부터 놀지 않고 수행하여 노름판 놋돈이요, 투전판 팻돈이요, 손금쟁이 밑돈이요, 설레꾼 판돈을 남김없이 싹쓸이하여 우리 종가 보란 듯이 한 손에는 자두치떡, 한 손에는 갖은색떡, 저고리는 색동으로 치마는 비단으로, 손에는 옥가락지 고름에는 진주노리개 채워, 호의호식 시키다가 가마 태워 시집보낼 테니 걱정 말고 눈 감게. 원한 놓고 떠나게. 미안하네, 이 사람아. 미안하네. 미안하네."

자자는 종가를 품에 끼고 키웠다. 배곯세라 체할세라 더울세라 추울세라 윗목 아랫목 진자리 마른자리 골라 가며, 등에 업고 품에 안고 팔에 품고 눈에 넣어 보살폈다. 쌀독 먼지 날리는 살림에 금자둥이도 이런 금자둥이가 없었고, 아궁이 쥐 드나드는 가세에 옥자둥이도 이런 옥자둥이가 없었다. 아무리 고돼도 새끼가 웃으면 한길 눈 속에서 진달래가 솟았고, 아무리 즐거워도 새끼가 울면 줄초상 맞은 상주처럼 자자는 가슴이 저미었다.

자자는 별빛이 좋은 날이면 종가를 등에 업고 보법을 연마했다. 복숭아 가지 삶은 물에 황토를 풀어 눈에 바르고 북두칠성 별자리를 따라 걸음을 옮기는 구성칠보九星七步를 자자는 수련했다. 자자가 파군성破軍星을 밟고 문곡성文曲星에서 돌아 녹존성祿存星에서 틀고 탐랑성貪狼星에서 마무리하면 종가는 아비 걸음이 어부바인 양 알고 새근새근 잠들었다. 그런 부녀를 보며 병신 달밤에 날궂이 한다고 이웃들은 혀를 찼다. 평생 일해 본 적 없이 투전목 콩기름만 묻히던 손으로 자자는 접순이 일구던 소작을 이었다. 접순이 한 마지기에 두 가마씩 내던 수확을 자자는 한 마지기에 반 가마도 채우지 못했다. 모자란 살림을 투전으로 벌충하려 했지만 남의 패는 보이지 않아, 자자는 밥술 쉬지 않을 만큼 따고 부뚜막 놀지 않을 만큼 잃었다. 아비 등에 업혀 투전판 땡 짓는 소리를 들으며 종가는 무럭무럭 자랐다. 종가는 여섯 달 만에 윗니가 돋고, 돌이 되기 전에 기장밥을 씹고, 세 살이 되기 전에 마당을 뛰었다.

* * *

“아버지. 심심새는 어떻게 생긴 새예요?”

“딱새, 박새, 참새, 멧새, 방울새, 동박새 다 들어 봤어도 심심새는 못 들어 봤다. 너는 그런 새가 있다는 소리를 어디서 들었냐?”

“박씨네 봉놋방에서요. 춘섭이 아저씨가 심심새 짓고 가보라고 하던데요.”

“아하. 그것은 3, 3, 4로 열 끗을 만들고 아홉 끗을 쥐었다는 소리다.”

“아버지. 그럼 사륙장은 무얼 담는 장이래요?”

“원앙장, 학자장, 화초장, 나비장, 불로초장 다 들어 봤어도 사륙장은 금시초문이다. 그건 또 어디서 들었냐?”

“옹기장수네 행랑방에서요. 지게꾼 쇠봉이 아저씨가 사륙장에 삼땡이라고 하던데요.”

“아하. 그것은 4, 6, 10으로 스무 끗을 만들고 3자 두 장을 쥐었다는 소리다.”

“아버지, 오늘 투전에선 따셨어요?”

“명심보감에 이르길 관리된 자가 지켜야 할 세 가지가 청렴, 신중, 근면이라 하였다. 노름하는 자도 그와 같으니 오늘은 청렴하게 쳤다.”

“아버지, 어제 투전에선 따셨어요?”

"어제는 신중하게 쳤다. 그러니 앞으로 근면하게만 치면 될 일이다."

"아버지. 배고파요."

"옹기장수한테서 도토리범벅을 얻었으니 집에 가서 먹자구나."

종가는 영특한 아이로 자라났다. 두상은 둥글고 이마는 불거져 총기가 돌았고, 눈동자는 검고 흰자는 순해 눈빛이 어질었으며, 길고 곧은 목은 잘록해 귀티가 흘렀고, 손마디는 가늘고 손끝은 야물어 아직 배우지도 않은 재주가 자별나 보였다. 종가는 아비가 어디를 가든지 그 뒤를 쫓아다녔고, 자자도 어디를 가든지 종가를 끼고 다녔다.

"아버지. 저짝에 고기가 지천이요. 통발을 저짝에 쳐요."

"이놈아, 물 차다. 저리 가라."

"아버지, 졸가리는 제가 널 테니까 불은 아버지가 놔요."

"이놈아, 재 묻는다. 저리 가라."

"아버지, 이 고랑 피 팬 데는 제가 김맬게요."

"이놈아, 더위 먹는다. 저리 가라."

"아버지, 어제 매봉산서 긁어 온 밤이 달아요."

"이놈아, 아비 배부르다. 너나 먹어라."

"아버지. 초목初目에 5가 한 장 빠졌으니 봉삼이 아재 패가 5땡은 아니네요."

"아이고, 우리 종가 눈이 밝아 잘 보는구나. 자, 면포 석 자 더 얹고."

투전판 사람들은 아비를 쫓아다니는 종가가 못마땅하기도 하고 가엾기도 했다.

"남들은 눈알 두 개로 치는데 자자 자네는 눈알 네 개로 치는가?"

"자자 탓할 거 없어. 니도 제비 새끼 같은 느그 아이들 데리고 와서 치면 눈깔 스무 개로 치는 거여."

"새끼들이라고 다 같나. 숫자를 읽고 셈을 하는 머리는 종가 따라갈 아이가 없지."

"그러게나 말이여. 종가가 고추만 달고 나왔으면 지 아비보다 투전도 잘 치고, 농사도 잘하고, 글도 잘 읽고, 과거도 제꺼덕 붙을 것인데…."

"어디 그뿐인가. 그놈의 되도 않는 보사유인술도 아비보다 잘할 것이네."

그날 밤 자자와 종가는 여느 때처럼 나란히 누워 잠을 청했다. 초가 들창 밖으로 지나가는 달빛이 휘영청한데 눈을 깜빡이던 종가가 문득 자자에게 물었다.

"아버지. 달은 어디서 났어요?"

자자도 들창 밖으로 높이 뜬 달을 쳐다보았다.

"옛날 옛날 한 옛날에 반고라는 거인이 살았다. 그 거인이 1만 8

천 년 동안 땅을 누르고 하늘을 들어 천지를 나누었는데, 그 거인의 오른쪽 눈이 달이 되었다더라."

"아버지. 그럼 해는 어디서 났어요?"

"옛날 옛날 한 옛날에 상제의 마누라가 해를 낳았지. 그런데 그게 무려 열 명이었어. 상제의 마누라는 자식들이 한 명씩 차례로 하늘에 오르도록 순번을 정해 줬는데 요임금 시절 열 명이 한꺼번에 하늘에 오르는 일이 벌어졌다더라. 세상이 벌겋게 불타고 난리가 났지. 그때 예라는 신궁이 나타나 해 아홉을 활로 떨어뜨려 지금은 해 하나만 남은 거란다."

"아버지. 그럼 사람은 어디서 났어요?"

"옛날 옛날 한 옛날에 이 넓은 세상에는 여와라는 신녀가 혼자 살고 있었지. 너무 외롭고 심심한 나머지 여와는 강바닥 진흙을 노끈에 묻혀 휘둘렀는데 아이쿠야, 거기서 떨어져 나온 진흙덩이들이 사람으로 변하는 게 아니겠냐. 그래서 여와는 외로움을 잊고 사람들과 즐겁게 살았단다."

"아버지, 아버지는 이 많은 이야기를 어떻게 아셨어요?"

"돌아가신 네 할아비한테 들었다."

"아버지, 할아버지는 그럼 이 재미난 이야기를 어떻게 아셨을까요?"

"평생 책만 판 양반이니 책에서 보았겠지."

종가는 맑은 눈을 깜작거리며 들창을 건너가는 달을 올려다보왔다.

“아버지. 저 글 가르쳐 줘요.”

자자가 벌떡 자리에서 일어나 앉았다.

“안 된다. 계집아이가 과거를 치를래? 상소를 올릴래? 글 알았다가 소박맞는다. 진서는 물론이요 언문도 꿈꾸지 마라.”

“아버지. 그래도 재미난 책은 읽을 수 있잖아요.”

“재미는 참깨 밭에서 깨 열리는 게 더 재미있고 투전판에서 가보 잡는 게 더 재미있다. 책은 아무짝에도 쓸모없는 것이니 읽을 생각 마라.”

“그래도 아버지는 그 도술 책 읽잖아요.”

“이놈이 그래도! 냉큼 싸리울 가서 회초리 하나 꺾어 오너라. 아니다, 내가 가서 꺾어 오마. 니가 종아리에 피멍울이 져 봐야 봄에 피는 산철쭉이 빨간색이 아니었구나 알겠지.”

종가가 문지방을 넘는 자자를 말렸다.

“아니에요. 안 배울게요. 아버지, 주무세요.”

그 이튿날부터 종가는 자자 주변에서 보이지 않았다. 논에서도 보이지 않고, 밭에도 비치지 않고, 투전방에도 종가는 자자를 따라가지 않았다. 어디서 온종일 무얼 했냐고 자자가 물으면, 복물선 구경 갔다, 육의전 놀러 갔다, 종가는 대답했다. 글을 배우지 못해 토라진 것이 분명한데 핑계 한번 유창하다 생각하며 자자는 여기저기 쏘다니는 종가를 모른 척했다. 그러던 어느 날, 새벽바람에 나간 종가가 집에 돌아오지 않는 일이 벌어졌다. 자자의 속이 시꺼멓게 타들어 가는데 다음 날 동트자마자 월천꾼 배씨가 자자의 집으로 헐레벌떡 뛰어왔다. 배씨는 사립문도 열지 않고 외쳤다.

"자자. 어여 오게. 어여."

그간 종가가 다닌 곳은 나루터도 아니고 육의전도 아니었다. 처음 종가가 찾아간 곳은 용산나루 북쪽 칡골 서당이었다. 지방 관아 참하관으로 있다가 퇴관한 늙은이가 훈장이었는데 학동은 고작 남자아이 셋이 전부였다. 종가는 서당 울담 아래 쪼그리고 앉아 서당에서 넘어오는 학동들 책 읽는 소리에 귀 기울였다. 용산나루 진척들이 공납을 운반하며 부르는 목도 소리와 밭두렁 건너 아낙들이 부르는 나물 뜯는 소리가 학동들의 책 읽는 소리와 비벼졌고, 거기에 녹두밭을 훑는 바람 소리가 얹어졌다.

"어기여차 허이여. 한 발 한 발 허이여. 나서 고생 허이여. 끝이 없네 허이여."

"한치 뒷산에 곤두레 딱쥐기 님의 마음만 같다면 병진년 대흉년에도 봄 살아나지."

"학이시습지學而時習之면 불역열호不亦說乎라. 배우고 때때로 익히면 그 또한 기쁘지 아니한가."

종가는 세 가지 소리가 모두 같은 소리처럼 느껴졌다. 몸을 써서 내는 소리와 들과 산이 주는 소리와 글로 읽어 외는 소리가 종가 안에서 차곡차곡 한데 포개졌다. 종가는 이튿날도 그 다음 날도 칡골 서당을 찾아 책 읽는 소리와 몸 쓰는 소리와 자연이 주는 소리를 들었다. 하루는 종가가 서당에서 흘러나오는 소리를 따라 하며 알지도 못하는 글자를 흙바닥에 깨작이는데 서당 훈장이 쪼그려 앉은 종가 앞을 막아섰다.

"태공 왈 불부자不富者는 가유십도家有十盜라 가난한 집에는 열 가지 도적이 있다더니, 여기 열한 번째 도적이 있구나. 요년아. 강미를 내고 글을 배워야지."

종가가 당황해 물었다.

"글값이 얼만가요?"

"쌀 반 섬이면 반년을 배울 수 있고, 한 섬이면 일 년을 배울 수 있다."

글을 익히지 못하게 하는 아비가 쌀을 내놓을 리 없었다. 종가는 다른 서당을 찾아 사대문 안으로까지 들어갔다. 도성 광통교 옆 서당은 너른 대청에 팔작지붕을 올린 열두 칸 기와집이었는데 임금의 먼 종친이 훈장이었다. 사랑채 뒷담 아래 쪼그리면 아이들 책 읽는 소리가 대청에서 담을 넘어왔다. 학동도 많고, 잘 먹고 자란 양반 자제들이라 소리가 우렁찼다. 가끔 여종이 버리는 개숫물이 담장을 넘어왔지만 종가는 자리를 비키지 않고 열심히 책 읽는 소리를 따라 했다.

"부생아신父生我身 모국오신母鞠吳身. 아버지 날 낳으시고 어머니

날 기르셨네."

"위인자자爲人子者 갈불위효曷不爲孝. 사람의 자식으로 나서 어찌 효도를 하지 않을 수 있겠는가."

그러던 어느 날 한 노인이 또 담벼락 아래 쪼그려 앉은 종가 앞을 가로막았다. 정자관을 쓰고 흰 저고리 위에 옥색 배자를 껴입은 서당 훈장이었다. 훈장은 종가가 흙바닥에 끄적거린 정체 모를 글자 몇 가지를 발바닥으로 비벼 지웠다. 종가가 부스스 일어나 자리를 피하려는데 훈장이 말했다.

"무근본한 글자는 쓰지 마라. 이제 곧 천자문이니 유의해 들어라. 안에는 들일 수 없다."

뒷짐 진 훈장의 손에는 책이 들려 있었다. 훈장은 그 책을 종가에게 건넸다. 천자문이었다. 종가는 날듯이 기뻐 온 도성을 뛰어다녔다. 검은 것은 글이요, 하얀 것은 종이일 뿐이었지만 종가는 훈장이 준 책을 열어 보고 또 열어 보았다. 글이 벌써 말을 걸어왔고 재미난 이야기를 주절대고 있었다. 벼슬아치 경마 잡은 구종들의 "길 비켜라" 소리는 "하늘 천", 놋점 놋갓장이들의 "쌉니다, 싸요" 소리는 "땅 지"로 들렸고, 포졸들 까만 전립 끈은 "검을 현", 포목전 치자색 정포 색깔은 "누를 황"으로 보였다. 알지도 못하는 글자가 세상을 전해 주니 종가는 먹어 본 적 없는 쇠고기 맛도 알 것 같았고, 입어 본 적 없는 비단옷 감촉도 설명할 수 있을 듯했다. 책 속 글자가 보이지 않을 때쯤 되어서야 종가는 해가 졌다는 사실을 깨달았다. 종가는 부랴부랴 남대문을 빠져나와 집 쪽으로 방향을 잡았다. 그나마 인적이 끊기지 않는 길로 가면 15리 거리였지만 배터고개를 넘으면 10리였다. 배터고개는 한 편에 붙은 산이 가풀막져 험악하고 다른 한 편은 천 길 벼랑이라 길이 좁은 탓에 밤에는 도적이 잦았다. 해 진 뒤에 고개를 넘어 본 적이 없으니 그 사실을 알리 없는 종가가 배터고개로 들어섰다. 신줏단지 품듯 천자문을 가슴에 품고 총총걸음으로 고개를 넘는 계집아이는 도적들에게 쉬운 먹이였다. 숲에 숨어 길을 내려다보던 도적 두 명이 불쑥 얼굴을 내밀었다.

"이년아. 품에 꿀단지라도 숨겼냐? 같이 좀 나눠 먹자."

놀란 종가가 뒤도 돌아보지 않고 내뺐다. 도적들이 껑충껑충 종가를 뒤쫓으며 희롱했다.

"인심도 사나워라. 조금만 먹을 테니 그 꿀 나눠 먹자."

"아저씨한테는 가래떡도 있지. 같이 가래떡에 꿀 찍어 먹자."

"꿀맛도 보고, 떡 맛도 보고, 계집 맛도 보고."

"야, 이 상놈 새끼야. 저 코흘리개 맛볼 데가 어딨냐? 풋 익은 거 먹었다 배앓이한다."

"야, 야. 그런데 너 어디로 가니? 거기 서라. 그쪽은 길이 아니다."

"야 이년아, 거기는 낭떠러지다. 거기 서라. 가지 마라. 야, 야."

혼비백산 내빼던 종가는 그만 벼랑 밑으로 떨어졌다. 도적들은 초하룻날부터 계집 죽는 걸 봤으니 재수에 옴 붙었다며 벼랑 밑으로 침을 뱉고 오줌을 갈겼다. 종가는 다음 날 중랑천에 월천 일 나가던 배씨에게 발견됐다. 소식을 전해 들은 자자가 달려왔을 때 종가는 머리가 깨져 피를 쏟고 있었다. 자자는 심장이 내려앉았다.

"종가야, 이놈아. 이게 무슨 일이냐."

자자가 아무리 흔들어 깨워도 종가는 의식이 없었다. 자자는 살이 쓸려 온몸에 피딱지가 앉은 종가를 품에 안고 벌떡 일어났다. 가까운 의원까지 10리 길을 자자는 한숨 쉬지 않고 댓바람에 내달렸다. 첫새벽부터 잠을 설친 의원이 하품을 하며 종가의 눈꺼풀을 까뒤집었다. 의원이 말했다.

"진맥 한 번 보는 데 좁쌀 한 말."

자자가 애가 닳아 대꾸했다.

"좁쌀 한 말이고 보리 한 말이고 간에 얼른 우리 애 좀 살려 주쇼."

"보리 한 말까지 받긴 그렇고… 좁쌀 한 말. 약조했소?"

"그래, 그렇다니까요. 얼른 아이 좀 봐 주쇼."

의원이 짐짓 맥 짚는 척을 하더니 손바닥을 내밀었다.

"죽었소. 자, 좁쌀 한 말."

이번에는 자자의 눈이 까뒤집혔다.

"살리자고 진맥하지 죽자고 진맥하요? 우리 종가는 안 죽었소. 안 죽었소."

"안고 올 때부터 이미 죽어 있었어. 그런데 미리 죽었다고 알려주면 내 입은 뭘로 새기나? 아무튼 좁쌀 한 말."

자자가 의원 진료방 장지문을 와작 걷어찼다. 자자가 종가를 번쩍 안고 다시 도성 쪽으로 내달리는데 의원이 자자 뒤통수에 대고 소리쳤다.

"문짝 값도 같이 달아 놓음세. 좁쌀 한 말 닷 되!"

자자는 어디로 가야 할지 떠오르지 않았다. 무작정 남대문을 향해 뛰는데 자자의 달음박질이 얼마나 빨랐는지 발자국 대신 일자로 길게 땅 팬 자국만 생겨 인근 사람들은 커다란 구렁이가 지나갔다고 술렁거렸다. 남대문에서는 또 어디로 가야 할지 알 수 없어 자자는 동대문으로 내달렸는데 자자의 쏜살같은 뜀박질에 일진광풍이 일어나 드팀전 아낙네들 치마가 벗겨졌고, 속곳 챙겨 입지 않은 몇몇 아낙들은 괜히 남정네들 좋은 구경만 시켜 줘, 서방한테 질질 맞다고 매 맞았다. 동대문에서 자자는 또 방향을 잡지 못해 서대문으로 달음질쳤는데 달리면서 흘린 눈물이 어찌나 많았는지 개울 나가기 귀찮았던 서촌 여종들이 구름처럼 몰려나와 그 눈물에 대고 빨래했다. 서대문에서도 자자는 어찌해야 할지 몰랐다. 그저 자리에 서서 질질 짜고 있는데 허리 굽은 노파 하나가 자자 품에 안긴 종가를 보며 이야기했다.

"안타깝게 됐구려. 애오개에 가면 용한 무당이 있는데 거기 한번 가 보소."

자자는 한달음에 애오개에 당도했다. 마침 무당은 마당에 나와 있었다. 무당은 아무 말 없이 자자에게서 종가를 받아 마당 굿자리 위에 눕혔다. 무당이 안방으로 들어가 쾌자에 빨간 동달이를 걸쳐 입고 나오더니 장구재비에게 눈짓을 보냈다. 굿거리장단에서 자진 장단으로 장구가 박자를 휘몰자 부채를 떨고 방울을 흔들며 무당이 펄펄 뛰기 시작했다.

"밖 산 중대 잡으신 잔에 잔마다 이슬 맺어,
이 잔도 저 잔인데 지성이라고 잔 비우리,
월강에 수없는 잔을 세우라고.
사자상문을 제치소사 백성 가문에 시왕상문,
시왕에도 상문이 오나 사자상문을 제치라고,
죽은 아이 상문을 다 제칠까.
아린 중대에 쓰린 중대가 아니시리.
숨져서 가는 중대, 애를 지어 가던 중대가 아니시리.
업어 내고 모셔 내던 열 시왕에 시왕 중대가 아니시리."

무당이 하는 양을 찬찬히 살펴보던 자자가 갑자기 굿판에 끼어들었다.

"지금 뭐 하는 거요?"

무당이 인자한 눈빛으로 따뜻하게 말했다.

"내 굿 삯은 받지 않음세. 간소하게나마 지노귀굿으로 넋 풀어 주면 죽은 아이도 편하게 저승으로 떠나지 않겠나."

자자가 종가를 들어 안으며 벽력같이 소리쳤다.

"선무당이 사람 잡는다더니. 야! 이 여편네야! 아이를 살려야지 누가 저승으로 보내랬나? 우리 종가 안 죽었어. 안 죽었다고!"

자자가 두뭇개나루 집으로 돌아온 때는 밤이 이슥해진 후였다. 속절없이 마당에 쓰러진 자자는 종가를 안고 목 놓아 울었다. 잠시 뒤 자자는 자기 뺨을 수차례 내갈겼다. 이가 시큰해지고 뺨이 퉁퉁 붓고 나서야 자자는 이것이 꿈이 아니라는 사실을 깨달았다. 자자는 다시 목 놓아 울었고, 다시 자기 뺨을 갈겼다. 곧 울음도 나오지 않아 자자의 목에서는 개먹은 문짝 여닫는 소리만 끽끽 났다. 서늘한 별빛이 종가를 안은 자자의 등 위로 내려앉았다. 별안간 자자가 무엇인가 떠올랐는지 자리에서 벌떡 일어났다. 자자는 종가를 반듯이 눕히고 복숭아 가지 삶은 물에 황토를 풀어 눈에 발랐다. 부녀를 내려다보는 북두칠성을 따라 자자가 조심히 구성칠보를 밟았다. 무곡성武曲星으로 시작해 염정성廉貞星으로 붙어 거문성巨文星을 끼고 종가의 동서남북을 자자는 지성으로 돌았다. 때때로 자자는 쌀알을 뿌려 잡귀를 쫓았고 대추나무 가지로 종가를 두드려 혼백을 깨웠다. 속으로는 주문을 외웠다.

'천안통, 천이통, 타심통, 숙명통, 신족통, 누진통, 법왕님의 육신통이 내리사, 신통, 영통, 방통, 의왕님의 삼통으로 굽어 살피시니,

가여운 우리 종가 살려 주옵소서. 무상심심미묘법 백천만겁난조우…'

자자의 보법은 별이 지고 해가 떴는데도 계속됐고, 해가 지고 다시 별이 떠서도 이어졌다. 자자는 눈물이 마를 만한데도 쉬지 않고 눈물을 흘렸고, 먹지도 자지도 않았으니 다리가 풀릴 법한데도 계속 걸음을 디뎠다. 그러기를 이틀, 읊을 경도 바닥나니 자자의 주문은 어느새 한풀이 소리로 바뀌었다.

환진역멸, 비환비멸, 옴… 급급… 여울령 사바하… 하…

종가야.

종가야.

내 딸 종가야.

입에 넣어 거칠소냐 눈에 넣어 아플소냐. 내 딸 종가야.

빗겨 놓은 머리는 비단, 대단, 곱단이요,

앙 다문 입매는 앵두, 자두, 살구이며

뛰는 걸음 아장아장 동토에도 싹 돋는데

어찌하여 웃지 않고 어찌하여 서지 않냐.

네 숨은 멈췄는데 내 숨은 왜 쉬어지냐,

네 몸은 차가운데 내 몸은 왜 더우냐.

못난 아비 잘못 만나 이밥 한 번 못 해 먹고

썩은 세상 잘못 나와 글자 한 줄 못 익히니
칼 물고 피 쏟아도 이보다 억울하고
구곡간장 끊어져도 이보다 원통할까.
저승사자 거깄다면 이 몸 먼저 잡아가고
두억시니 예 있으면 이 몸 먼저 도륙하오.
어린 내 딸 사시사철 꽃 피우고 나비 몰아
저승 살던 지 아비를 이승 살게 해 줬는데
피지 못한 어린 것이 죄 있으면 뭔 죄 있어
이승 밝힐 환한 달을 저승 어찌 데려가오.
삼도천 세 다리는 내 곡성에 쓸려 가고
황천 노란 물은 내 눈물에 홍수 나니
땅 꺼져도 내 못 주오 하늘 무너져도 내 못 주오.
금자동아 옥자동아 어여쁜 내 딸아.
나만 두고 가지 마라 아비 두고 가지 마라.
너 없는 산송장이 무슨 영화 누릴소냐.
내가 죽어 너 산다면 지금 당장 혀 깨물고
나 저승 가 너 산다면 지금 당장 행장 싼다.
새끼 없는 한세상을 어찌 홀로 살아갈까.
청천 하늘 잔별 많고 이내 가슴 수심 많다.

기운 없는 자자의 다리는 걸음마다 허청댔고 늘어진 자자의 팔은 보폭 따라 휘청댔다. 흘린 눈물도 어찌나 많았는지 눈에 바른 황토가 자자의 온몸을 핏물처럼 흘렀다. 자자의 보법은 보법이라기보다 삐걱대고 덜그럭거리는 몸부림이었고, 살아 있지만 살지 못하고, 죽어 있지만 죽지 못하는 자가 춤을 춘다면 딱 그 꼴일 것 같았다. 그래도 자자는 멈추지 않고 보법을 이어 갔다. 춤인지, 술법인지, 몸부림인지 알 수 없는 자자의 푸닥거리가 닷새째로 접어드는 날, 어인 일인지 하늘의 별이 지지 않았다. 보루각 자격루가 12지를 다 울었는데도 별은 지지 않고 해는 뜨지 않아 나라가 망할 것이라고 도성 백성들은 수군거렸다. 엿새째 되는 날 북두칠성 끝, 별 두 개가 반으로 갈라져 별이 아홉 개가 되더니 이레째 되는 날 그 두 개마저 반으로 갈라져 별이 열한 개로 새끼 쳤다. 도성 백성들은 나라가 망하는 게 아니라 세상이 끝장날 징조라며 불안해했다. 여드레째 되는 날 족보 없는 푸닥거리를 이어 가던 자자가 탈진해 쓰러졌고 열한 개의 별이 번쩍 빛을 뿜더니 사라졌다. 아흐레째 되는 날 다시 평온하게 해가 올라왔고 반듯이 누워 있던 종가도 천천히 몸을 일으켰다. 종가는 무슨 일 있었냐는 듯이 미음을 쑤어 졸도한 아비 입에 흘려 넣었다. 이웃들은 종가가 정말로 죽었다 살아난 것인지 아니면 정신을 잃었다가 아흐레 만에 다시 찾은 것인지를 두고 말다툼했다. 그러나 쓰러진 자식을 다시 일으켜 세운 자자의 지극정성만큼은 모두 한 목소리로 이견 없이 칭찬했다.

자자는 종가를 양반 자제들만 다니는 광통교 서당 대신 췌골 서당으로 보냈다. 서당 강미를 벌기 위해 자자는 투전도 끊었다. 투전판에서 돈 잃어 밥 굶는 것은 두렵지 않았으나 딸내미 학채 잃는 것은 두려웠다. 해 진 뒤 자자가 미투리를 짜고 있으면 종가는 옆에 붙어 책을 읽었다.

"인륜지중人倫之中에 충효위본忠孝爲本이니 효당갈력孝當竭力하고 충즉진명忠則盡命하라."

종가가 낭랑하고 총기 넘치게 책을 읽으면 자자는 집을 나서 죽은 접순의 무덤에 올랐다. 달 밝고 별빛 좋은 무덤가에 앉아 자자는 곧잘 질질 짰다.

"이 사람아, 어찌해야 쓰나. 어찌해야 쓰겠나. 종가 저 재주를 어찌하고 저 총명을 어떻게 하여야 쓰겠나. 사내애로 나왔다면 정승 벼슬 갈 터이고, 부자 아비 만났다면 고관대작 며느리인데, 못난 아비, 세상 만나 쓸모없는 재주이고, 피지 못할 총명이니 불쌍해서 어떡하나. 우리 새끼, 우리 종가 가엾어서 어떡하나."

자자의 곡소리에 잠을 깬 주변 무덤 귀신들이 자기들만의 목소리로 자자를 타박했다.

"지 새끼 재주 좋다고 해 봐야 고슴도치 새끼 재주지. 아따 그놈 시끄럽네."

"그런 소리 말어. 남의 눈에야 고슴도치 새끼지 지 눈에는 금송아지고 떡두꺼비여."

"니 말처럼 세상천지 새끼들이 모두 금송아지고 떡두꺼비면 이미 이 나라는 극락정토고 무릉도원이었을 것이네. 그런데 어디 그런가? 저 무덤은 굶어 죽고 저 무덤은 맞아 죽고 저 무덤은 얼어 죽은 무덤 아닌가?"

"핑계 없는 무덤 없다더니 지 죽은 이유는 다 남 탓이고 지 가난한 이유는 다 세상 탓이구먼."

"이놈아. 남 탓 좀 하면 어떻고 세상 탓 좀 하면 어떠냐? 그럼 너는 니가 못나서 얼금뱅이로 나왔고 나는 내가 못나서 종놈으로 나왔냐?"

"만고 천지에 차별 없는 세상이 어딨냐? 극락에도 구품왕생 차별이 있고 지옥에도 팔열팔한 등급이 있는 법이다. 이 무식한 놈아."

"아무튼 저놈 염치도 좋다. 툭하면 죽은 놈들 앞에 와서 세상 살기 힘들다고 질질 짜니. 개똥밭에 굴러도 좋으니께 다시 한 번만 살아 봤으면 원이 없겠네."

여러 귀신들이 한바탕 너스레를 떠는데도 접순은 무덤 아래 조용히 누워 있었다. 청천 하늘 숱한 별들이 다른 무덤으로 가는 빛을 거두어 접순의 무덤에만 뿌렸고 접순의 봉분을 안은 자자가 그 빛 위로 가만히 몸을 뉘였다.

*　*　*

임금은 무서웠다. 갑인년에 새로 선 임금은 4년 만인 무오년에 사화를 일으켰다. 임금은 한 사관이 쓴 사초를 빌미로 죽은 홍문관 대제학 김종직을 관에서 꺼내 토막 냈고 사초를 쓴 사관의 목도 떨어뜨렸다. 매로 사람 패는 소리, 불로 사람 지지는 소리, 주릿대로 사람 마디 부러뜨리는 소리가 의금부 담장 밖으로 잇달았고 숱한 사람들이 국청에서 죽어 나갔다. 성문에는 죽은 사람들 머리가 장대에 매여 효수되었고 금부나장에게 끌려 유배 가는 죄인들 줄이 서대문에서 마포나루까지 닿았다. 도성 사람들은 새로 선 임금이 두려워 옆을 보지 않고 고개를 조아리며 걸었다.

같은 해 가을에 홍수 들더니 다음 해 봄에 가뭄 들었다. 또 가을에 멸구가 그악스럽더니 이어진 봄에 서리가 내렸다. 흉년에 주린 백성들은 발 달린 것이라면 개구리, 메뚜기, 노래기까지 잡아먹었고 싹 돋는 풀이라면 민들레, 쑥부쟁이, 애기똥풀까지 뜯어 먹었다. 굶어 죽지 않기 위해 먹은 것들이 다시 사람을 죽여서, 아사한 사람들은 허약해져서 죽었고 독초, 독충을 먹은 사람들은 토악질하다 죽었다.

자자와 종가도 굶주렸다. 겨나 목피를 찌고 빻아 우린 국물을 이틀에 한 사발씩 마시는 것이 부녀가 호구하는 끼니의 전부였다. 그나마 종가가 들과 개울을 기어 먹을 것을 긁어 왔다.

"아버지, 제가 개구리 알을 건져 왔어요."

"그것은 두꺼비 알이다. 먹었다가는 큰 탈 나니 내다 버려라."

"아버지, 제가 콩잎을 뜯어 왔어요."

"그것은 콩잎이 아니라 나비나물이다. 데쳐도 먹고 말려도 먹는다. 잘했구나."

"아버지, 봉터 폐가 시렁가래에 느타리가 돋았어요."

"그것은 느타리가 아니라 화경버섯이다. 먹으면 복통을 앓으니 잘 가지고 있다가 나중에 서방이 미운 짓 하면 볶아 줘라."

"아버지. 제가 쌀을 한 말 얻어 왔어요."

방바닥에 등을 붙이고 숨만 쉬던 자자가 화들짝 일어났다.

"이 흉년에 그 귀한 것을 어디서 얻었느냐?"

"북촌 잿골 첨지사 나리가 곳간을 풀어 곡식을 꾸어 주고 있어요."

"곡식을 꾸어 줘? 이놈아. 이자 붙은 식곡을 얻어 왔냐?"

"아니에요. 색갈이예요. 그래서 지금 그 댁 앞이 인산인해예요."

색갈이는 봄에 묵은 쌀을 꾸었다가 가을에 햇곡으로 갚는 빚인데 따로 이자는 없었다. 자자는 입이 찢어졌다.

"이 어려운 판국에 그렇게 선한 양반이 다 있구나. 오랜만에 부뚜막 좀 살려 보자."

하루는 자자가 도성에 갈 일이 있어 칡골을 지나는데 서당에서 한참 떨어진 고샅길 끝자락에 쪼그려 앉아 있는 종가가 보였다. 종가는 귀에 손나팔을 붙이고 무언가에 열심히 귀 기울이고 있었다. 한창 서당 강독을 들어야 할 시간인데 여기서 무얼 하고 있나 궁금한 자자가 종가에게 살금살금 다가갔다. 종가는 흙바닥에 글자를 쓰며 서당에서 어렴풋이 흘러나오는 학동들 책 읽는 소리를 듣고 있었다. 서당 강미를 내지 못한 지가 벌써 여러 달이어서 야박한 훈장이 종가를 쫓아낸 것이라는 확신이 들자 자자는 화딱지가 났다. 자자는 애꿎은 종가를 나무랐다.

"이놈아, 들을 거면 가까이 가서 듣지 서당이 콩 싸라기만 하게 보이는 여기서 뭐 하냐? 지금 들리는 게 강독 소리인지 모기 뒷다리 긁는 소리인지 모르겠다."

종가가 쭈뼛쭈뼛 답했다.

"가까이에서 들으면 열한 번째 도둑이 되거든요."

어쩔 수 없이 자자는 다시 첨지사 집에서 색갈이를 얻어 종가의 밀린 강미를 납부했다. 또 하루는 폭우가 쏟아지더니 보가 뚫려 자자가 한 철 내내 썩혀 둔 거름이 다 씻겨 갔다. 파종 전에 북돋우기를 하려면 거름이 불가결이니 하는 수 없이 자자는 다시 색갈이를 얻어 거름을 샀다. 또 집을 이 잡듯 털어도 나오는 것은 이뿐이었으니 때 되면 돌아오는 공납과 호포도 색갈이로 해결할 수밖에 없었고, 또 아무리 적게 먹어도 두 입이 한 달에 닷 되는 먹었으니 산 입 거미줄 칠 수 없어 다시 색갈이를 빌렸다. 그러다 보니 처음 한 말로 시작한 빚은 대서쯤 되었을 때 섬 단위로 늘어나 있었다.

"외상이면 소도 잡아먹는다는데…. 하는 수 있냐. 가을에 풍년 들길 빌어야지."

가을걷이 전 마지막으로 한 번만 더 꾸어 먹자는 생각으로 자자가 종가를 붙이고 첨지사 집을 찾았을 때, 그 집 창고 출납을 맡아 하는 수노首奴 갑생이 별안간 해괴한 소리를 했다.

"개인이 사사로이 색갈이를 해서 햅쌀을 거둬들이면 전조를 받는 나라 곳간은 묵은 쌀로만 채워질 것이니 색갈이를 금하라는 전교가 있었다 하오. 나라의 녹봉을 받는 우리 영감마님도 그래서 색갈이를 관두고 이자를 받겠다고 하셨소. 가을에 이자를 내시오."

어이가 없고 기가 차고 어안이 벙벙해서 종가는 말문이 막혔고, 고양이 알 낳는 꼴이라도 본 것 마냥 자자는 입이 떡 벌어졌다.

"이 사람아. 색갈이라길래 빌려 먹었지 고리변이라면 빌려 먹었겠나?"

"어전에 가서 따지쇼. 왜 나한테 지랄이요?"

"그래… 이자를 내야 한다면… 얼… 얼마를 내야 하나?"

"5할이요."

터무니없는 횡포에 화가 난 자자가 갑생의 멱살을 거머잡았다.

"야, 이 도둑놈아. 5할이면 장리 아니냐? 색갈이가 어떻게 장리곡으로 변하냐?"

갑생이 부리는 사내종 몇몇이 도리깨를 들고 주변으로 모여들었다. 갑생이 오른손으로 자기 멱을 잡은 자자의 두 손을 틀어쥐

자, 자자의 손 두 개가 갑생의 손 하나를 당하지 못해 자자는 잡은 멱살을 놓아줄 수밖에 없었다. 갑생이 눈을 가라뜨며 자자에게 말했다.

"그 도둑놈 소리, 우리 영감마님한테 전해 드릴깝쇼?"

기가 죽은 아비와는 달리 종가는 콧구멍으로 황소바람을 뿜으며 씩씩거렸다.

"여보쇼. 그러면 가을에 우리가 내야 할 곡식이 얼마요?"

갑생이 전표책을 들춰보며 더듬거렸다.

"그러니까… 이게… 육? 육… 팔…?"

암팡눈을 뜨고 전표책을 훔쳐보던 종가가 갑생을 쏘아붙였다.

"이거 미치고 팔짝 뛸 노릇 아니오? 출납을 맡은 자가 글자를 모르오? 대가리에 갓 쓴 놈은 육이고, 안 쓴 놈은 팔이고, 방 안에 들어가 있는 놈은 사요. 그리고 5할이면 반절인데 그 반절을 첫밗부터 잡아도 육이 아니 되오. 셈을 못하는 거요? 아니면 양민들 가렴하는 거요? 논어에 이르길 공자 왈孔子曰 민무신불립民無信不立이라 하였는데 밑에 사람이 일을 이렇게 하면 나라의 큰일을 맡아 하는 첨지사 나리께서 어떻게 가난한 백성의 믿음을 얻겠소?"

갑생이 깜짝 놀라 전표책을 떨어뜨렸고 사내종들은 도리깨를 뒤춤으로 숨기며 뒷걸음질쳤다. 마침 퇴청하던 첨지사 강선이 사랑채 댓돌 위에서 이 소란을 들었다. 강선은 멀리서 종가가 하는 양을 관찰하더니 시중드는 별배別陪에게 물었다.

"아이가 값지구나. 얻을 수 있겠느냐?"

별배가 답했다.

"양인의 자식이라 쉬이 얻지는 못할 것입니다. 무리해서 얻었다가 장례원•에 소량••이라도 내면 시끄러워질 뿐입니다."

강선이 고개를 끄덕거렸다.

"그렇겠구나. 어떤 아이인지나 알아 오너라."

그날 밤 별배가 돌아와 강선에게 아뢰었다.

"별것 없는 신량역천身良役賤입니다. 홀아비가 하나 있고 별다른 특이한 점은 없지만…."

"뭐가 있구나?"

"허황된 소문이긴 한데… 죽은 아이를 아비가 도술로 살렸다고 합니다."

강선이 찬웃음을 지으며 수염을 쓰다듬었다.

첨지사는 첨지중추부사僉知中樞府事로 당상에 해당하는 정삼품 벼슬이었다. 강선은 과거를 보지 않은 음관으로 선대왕의 특은을 받아 제수되었다. 강선이 선대왕의 특은을 받은 것은 그의 아내 공인데 강선의 아내 백씨는 선대왕의 유모였다. 선대왕은 강선의 아내 백씨를 특히 총애해 그 품계가 종일품 봉보부인에 이르렀다. 선대왕은 백씨의 가속들에게도 벼슬을 나눠 주었다. 강선의 아내 백

• 장례원掌隷院 : 조선시대 공사公私 노비 문서의 관리와 노비 소송을 맡아보던 관아

•• 소량訴良 : 노비가 도관사나 장례원에 자기 신분이 양인이라고 소송하던 일

씨는 선대왕 시절 죽었는데 실록에 실린 졸기卒記에는 이렇게 쓰여 있다.

부인은 본래 노비로서 임금의 유온乳媼이었다. 임금이 매우 돈독하게 대우하고 넉넉하게 하사하였으므로 따르는 자가 문 앞에 가득하였다. 노비와 전토를 뇌물로 바치는 자도 있었으며 양민도 종으로 의탁하는 자가 많아 재산이 막대했고, 궁중에 출입할 적에는 추종하는 자가 길에 가득하였다. 그의 남편 강선姜善도 노비였는데 벼슬이 당상에 이르렀고, 권세 있는 자들과 사귀어 올바르지 못한 행위를 많이 하였다.

– 성종실록, 성종 21년 12월 14일

천출이었던 강선은 노비를 보는 눈이 있었다. 글을 아는 사내종들은 어설프게 읽은 글로 불만을 품기 쉬웠고 태도가 불온해 부리기가 어려웠다. 심지어 어떤 놈들은 무리를 작당해 살주계를 꾸리기까지 했으니 강선은 글을 아는 사내종을 얻지 않았고 행여 글을 깨치는 놈이 생기면 팔아 버렸다. 수노 갑생을 비롯한 몇 놈만이 그저 글자 몇 가지를 외울 뿐이었다. 하지만 글을 아는 계집종은 달랐다. 특히 진서를 읽는 계집종은 젖에 유가의 정신이 흐르고 그 정신이 몸에도 배어 혈손을 보육하는 데 적합한 성품을 지녔다고 사대부들은 믿었다. 글을 아는 계집종들은 비싼 값에 유모로 거래되었다. 강선의 아내 백씨처럼 유모는 사대부들의 최고 사치품이었다.

자자와 종가는 색갈이를 얻지 않고 빈손으로 돌아왔다. 하루아침에 빚이 곱절로 불었다고 송사를 낼 수도 없었고 정삼품 당상관이 고리로 곡식 장사를 하고 있다고 읍소할 수도 없었다. 몇 해 전 도성에서 숱한 사람들이 죽어 나가는 것을 지켜본 백성들은 세도가의 횡포에도 땅에 붙어 허리를 펴지 못했고 자자와 종가도 그처럼 납작 엎드렸다.

임금은 무서웠다. 임금은 정기적인 공납 외에도 수시로 별공하라 하명했다. 매봉산이 가까워 매의 깃털을 진상하는 마을에 살쾡이 가죽을 진상하라 하명했고, 강에 붙어살아 자라를 진상하는 마을에 거북을 진상하라 하명했다. 짐승의 껍질이기는 매 깃털이나 삵 가죽이나 똑같고, 자라나 거북이나 물짐승인 것은 매한가지라는 이유였다. 살쾡이 가죽과 거북을 사기 위해 수령은 호의 크기에 따라 읍징했다. 사람들은 빚을 내 세금을 바쳤다. 임금은 또 인납을 하명했다. 농사를 지어 전세를 내고, 빚을 지어 별공을 바친 사람들에게 다음 해 세금을 미리 내라 하명하니 사람들은 나고 자란 고향을 버리고 도망쳤다. 도망쳐 봐야 호패에 묶인 신세들이어서 사람들은 어디서도 부쳐 먹을 땅 한 뙈기 얻지 못했고, 산속에서 오들오들 떨다 굶어 죽거나 유력가의 집에 투탁해 스스로 종이 되었다. 사람들이 버리고 간 땅은 묵정논으로 썩었고 세렴을 피해 달아난 이

웃의 세금을 그 이웃이 물지 못해 끌려가 매 맞았다.

자자의 빚도 늘어났다. 해는 야속하게 뜨겁고 비는 서럽게 가물어 가을걷이를 해도 빚을 다 털 수 있을지 자자는 어림할 수 없었다. 추수를 해도 다시 고리 빚을 지어야 할 판이니 빚은 갚고 터는 것이 아니라 지고 죽어야 하는 것처럼 느껴졌다. 그러던 어느 날 자자가 논에 붙어 피를 뽑고 있는데 멀리서 끙끙대고 있는 교졸 대여섯이 나락 사이로 보였다. 무슨 일을 하고 있나 자자가 머리를 내밀고 봤더니 교졸들은 매봉산 초입에 비석을 세우고 있었다. 자자가 다가가 물었다.

"이것이 뭔 비석이요?"

"쓰여 있으니 읽어 보쇼. 글 모르면 말고."

"금표내범입자禁標內犯入者 논論… 기棄… 훼毁… 아이고 모르겠소. 이게 대체 무슨 소리요?"

"금표 안으로 들어가는 사람은 목을 벤다, 이 말이요."

자자가 머리를 긁적였다.

"금표가 어디 있소?"

"이 비석이 금표요."

"그럼 금표 안이 어디요?"

"여기를 기준으로 나루터로 가는 큰길 뒤편은 다 금표 안이요."

나루터 큰길 뒤편은 자자의 논이 있고 집이 있는 곳이었다. 자자는 다시 눈을 끔벅거리며 머리를 긁었다.

"농사짓는 논이 여기 있고, 사는 집이 여기 있는 나는 어떡하오?"

"뭘 어떡하나? 다 두고 떠나야지."

자자가 자리에 털썩 주저앉았다.

"땅 두고 집 두고 어디 가서 무얼 먹고 산단 말이오. 이런 법이 어디 있소?"

"안타깝게 됐구려. 상감이 이곳에서 사냥을 하겠다는데 어쩌겠소. 파주, 광주, 양주, 영평, 포천, 고양, 양천, 금천… 도성 사방 백 리에 이런 곳이 수십 곳이오."

자자는 임금이 무서워 울음을 터뜨렸다.

"짐승을 죽이는 사냥을 할 일이지, 왜 사람을 죽이는 사냥을 한단 말이오. 상감마마가 쏘는 화살 깃도 내가 바친 매 털이고 활 조이는 부레풀도 내가 바친 생선인데, 내가 바친 정성으로 나를 쏘면 어찌하오. 나 죽으면 누가 공납 바쳐 사냥 계속하시겠소. 여보게들. 나 좀 살려 주쇼. 매 털도 부레도 갑절로 바칠 테니 나 좀 살려 달라고 말 좀 전해 주쇼. 내 말 좀 전해 주쇼."

비석 발에 흙을 묻던 교졸들이 삽을 멈추고 자자 곁에 하나둘 둘러앉았다.

"그만하시오. 누가 들으면 큰일 치르오. 그러게… 사는 게 왜 이 모양인지 모르겠소, 거참."

교졸들은 침통한 얼굴로 자자를 끌어안거나 자자의 어깨를 두드렸고 몇몇 교졸은 고개를 돌려 눈물을 훔쳤다.

임금은 금표 안에 있는 민가는 헐었고 곡식은 베지 못하게 했다. 집값은 주지 않았고, 곡식 값은 3분지 1을 준다고 했으나 받았다는 사람은 보이지 않았다. 자자와 종가는 두뭇개나루에서 밀려나 금표 바깥 수철리水鐵里 언덕마루에 초막을 치고 들어갔다. 당장 추수가 코앞이었지만 수확을 할 수 없으니 그 많은 빚을 감당할 방법도 없었다. 임금 하나 바뀐 것으로 삶은 살 수 없는 것이 되었다. 백로가 지나자 추쇄하는 강선의 노비들이 자자와 종가를 찾아와 초막을 부수었고 둘을 강선의 집 별채로 끌고 갔다. 빚을 갚지 못한 죄로 부녀는 매타작을 당했다. 채귀들이 휘두르는 쇠좆매에 자자는 눈두덩이 터지고 앞니가 부러졌다. 강선의 노비들은 웬일인지 종가의 얼굴은 때리지 않았다. 초경이 되자 별채 마당에 쓰러져 있는 부녀를 강선이 사랑으로 들였다. 방 안에는 진수성찬이 한 상 차려져 있었다. 고기저냐, 생선 조치, 구절판, 숙채, 편육, 약밥 등 종가는 이름만 들었을 뿐 본 적도 없는 음식들이었다. 사랑 안쪽 와탑 위에 보료를 깔고 앉은 강선이 말했다.

"힘들었을 터이니 들게."

이유 모르는 호의가 두려워 부녀는 음식에 손을 대지 않았다.

"추쇄하는 아이들 다시 부를까?"

강선의 늙은 목소리가 음산했다. 자자가 손을 떨며 음식을 들이미니 종가도 상에 손을 댔다. 음흉하게 강선이 말꼬리를 이었다.

"자네. 폐서인한 상감의 생모 윤씨가 왜 사사당한 줄 아는가?"

영문 모를 소리였지만 자자는 이것이 무서운 이야기라는 것을 직감할 수 있었다.

"윤씨가 중전 시절, 중궁전에서 방양서가 한 권 발견되었네. 그 일로 윤씨는 모함을 받았지. 방양서를 사용해 임금과 후궁들을 해하려 했다고 말이야. 알고 있는 대로 결국 윤씨는 궁에서 쫓겨나 사약을 받았고. 아무튼 금상은 그렇게 믿고 있네. 자신의 생모는 방양서와 아무 관련이 없고 선왕의 후궁이었던 귀인 엄씨와 정씨가 방양서를 중궁전에 몰래 숨겨 놓고 모략한 것이라고. 그래서 금상은 지금 엄씨와 정씨를 증오하고 있네. 그렇다면 귀인 엄씨와 정씨는 그 방양서를 어디서 구했을까? 알 수는 없지만 내가 하나 아는 것이 있지. 그 방양서의 제목을 알고 있네… 보사유인술."

종가가 숟가락을 떨어뜨렸고, 밀어 넣은 숙채 가락이 자자의 부러진 이 사이로 흘러나왔다. 강선은 자자를 향해 말하며 샛눈으로 종가를 살폈다.

"듣자 하니 자네가 보사유인술로 저 아이를 살렸다는데… 내가 이 사실을 어전에 고하면 자네만 죽겠나, 저 아이도 같이 죽겠나?"

강선은 사사된 폐비 윤씨의 방양서 제목을 알지 못했다. 자자와 종가의 뒤를 캐 보사유인술에 관한 이야기를 들었고, 자자를 협박하기 위해 이야기를 지어 붙인 것일 뿐이었다. 그 이야기로 협박하는 강선의 요구는 간단하고 분명했다. 빚을 지워 줄 테니 종가를 자기에게 노비로 달라는 것이었다. 종가를 주지 않을 경우 방양서의 출처를 임금에게 아뢰겠다고도 강선은 겁박했다.

"둘이 함께 죽는 것보다야 사는 것이 나을걸세. 비록 노비지만 아이가 굶을 일은 없을 것이고 자네도 빚을 터는 일 아닌가."

그날 저녁 자자와 종가는 강선의 집 광에 갇혔다. 종가는 옷고름을 끊어 아비의 터진 눈을 묶었고 자자는 소맷자락에 침을 발라 피 묻은 딸의 손마디를 닦았다. 자신들의 모양이 처량해 자자는 종가를 품에 안았다. 품 하나에 채워지지도 않던 종가가 어느새 커서 아비 품에 꼭 들어맞게 안겼다. 당상 집 광이 부녀의 초막보다 더 따뜻하고 아늑했다. 먹힐까 봐 사람을 두려워하는 민촌의 쥐들과는 달리 당상 집 쥐들은 사람을 무서워하지 않고 서까래 위에서 찍찍 울었다. 종가가 아비를 쳐다보았다. 종가의 맑고 어진 눈은 눈물이 갈쌍거리는데 입은 생그레 웃고 있었다. 종가가 그렇게 눈물로 웃으며 말했다.

"부모가 자식한테 물려주는 운명이야 가난할 수도 있고, 미천할 수도 있고, 병약할 수도 있고, 아둔할 수도 있지만 부모가 자식한테 물려주는 사랑이 어찌 가난하고, 미천하고, 병약하고, 아둔할까요. 아버지, 저는 어디 있어도 아버지 딸이에요. 살아요. 아버지. 우리 죽지 않았으니 살아요."

아이 때처럼 종가의 입속은 여전히 분홍이어서 냉이 냄새가 났다. 살창으로 별빛이 흘러들어 흐느끼는 부녀를 보듬었다. 별빛이

고요히 광 안에 고였다.

"영감마님, 외람되지만 이것만 약조해 주십쇼. 우리 종가 꼭 하루 두 끼 먹여 주세요. 양식이 귀해 다른 종들 한 끼 먹일 때에도 우리 종가는 부디 두 끼 먹여 주세요."

"알았네, 알았어."

"하나 더 있습니다. 우리 종가 틈틈이 책 읽게도 해 주세요. 재주가 비상하고 머리가 영특한 아이라 책 읽기를 좋아합니다. 나중에 크면 수노를 맡겨도 좋고 감노를 시켜도 좋을 것입니다. 그러니 제발 책 읽게 해 주세요."

"그럼세, 그럼세."

양인의 자식을 노비로 얻을 수는 없는 일이어서 강선은 종가를 갑생의 자식으로 장적을 꾸며 노적奴籍에 올렸다. 이런 식으로 노적에 올린 갑생의 자식은 일곱이었고 갑생의 형제는 여섯이었다. 갑생만이 아닌 강선의 다른 노비들도 자식과 형제가 많았다. 강선의 노비는 집에서 거느리는 솔거노와 지방에 소작 보낸 외거노를 합쳐 도합 117구口였다.

자자는 다 부서진 초막으로 홀로 돌아왔다. 초막 앞 금표 뒤로 베지 못한 벼가 노랗게 익어 있었다. 뒷산에서 내려온 바람이 벼를 쓸고 먼 마을 쪽으로 몰려갔다. 낟알을 많이 달지 못한 벼들은 바람에 빨리 눕고 빨리 일어났다. 바람의 이마가 만진 벼는 먼저 눕고 바람의 꼬리에 쓸린 벼는 늦게 누워서 들판에 황금색 이랑이 일었다. 바람이 몰려간 마을은 헐린 집뿐이어서 바람에 묻은 쌀 냄새를 맡을 사람이 살지 않았다. 무너진 초가 흙벽 파편을 야속하게 뜨겁던 해가 데웠다. 들도 노랗고 낙엽 든 매봉산도 노래서 하늘도 노랗게 우러났다. 좁쌀을 한 주먹 섞은 이밥 색깔이었다. 멀리 용산강 위로 구름이 몽글거렸다. 구름은 강물이 반사한 한낮의 빛을 받아 티끌 하나 없이 새하얬다. 좁쌀을 섞지 않은 온전한 이밥 색깔이었다. 매 한 마리가 높이 떠 강을 건너갔다.

그날 밤 자자는 금표를 넘었다. 몸을 낮추고 소리를 죽이며 농사짓던 논의 벼를 베었다. 벤 티가 나지 않도록 두둑 쪽은 피해 복판만 베었고, 볏단을 묶을 틈이 없어 걷어잡아 훑으며 마구 베었다. 한참을 베는데 누가 논으로 들어왔다. 자자는 급하게 엎드려 몸을 숨겼다.

"아버지, 저예요. 종가예요."

종가 손에는 낫이 들려 있었다. 자자가 갈퀴눈을 세우며 목소리를 낮췄다.

"이놈아, 여기를 왜 왔냐? 걸렸다가는 경친다. 어서 가라."

종가는 아비 말을 무시하고 벼를 베기 시작했다.

"이제 날 추워지는데 다 떨어진 초막에서 어떻게 사시려고요? 이거 팔아 아버지 겨울 나셔야죠."

"알겠으니까 얼른 가라. 아비 혼자 충분하다."

"내일 밤에도 나오고 모레 밤에도 나오시려고요? 꼬리가 길면 잡혀요. 오늘 후딱 끝내야죠."

"이놈이! 아비 화내는 꼴을 보아야 니가 말을 듣겠냐? 이놈아. 어서 가라."

"인일시지분 면백일지우忍一時之忿 免百日之憂. 한때의 분함을 참으면 백날의 근심을 면하느니라. 아버지 그만 고정하시고 얼른 이거 베어요."

부녀는 무릎걸음으로 논을 기며 벼를 베었다. 별과 달이 논을 밝혀 부녀의 낫질을 도왔다. 순라군이 지날 때면 부녀는 일을 멈추고 논바닥에 붙었다. 별과 달은 구름 속으로 숨어 부녀를 어둠으로 감쌌다. 순라군이 사라지면 부녀는 낫을 놀렸고 별과 달도 환하게 얼굴을 내밀었다.

* * *

자자는 베어 낸 쌀을 뒷돈으로 주고 일거리를 구했다. 소덕문 밖 서활인서의 오작仵作 일이었다. 받는 급료는 변변찮아 한 입 먹이기도 민망했지만 그래도 관속이라고 오가는 뇌물이 두둑해 여러 사람이 탐내는 자리였다. 자자는 병들어 활인서를 찾아온 이들의 신상과 순번을 기록하고, 낫지 못해 죽어 나간 이들을 가매장했다. 들기로는 치료를 먼저 받으려는 병자들과 죽은 아비의 시신을 찾으려는 자손들이 관속에게 뇌물을 먹인다고 했는데, 시절이 수상한 탓인지 병자들은 열흘 너머 스무날을 앓으면서 기다렸고, 죽은 시신의 자손은 누구 하나 찾아오지 않아 자자는 마른 손만 비볐다. 자자는 병자들 틈을 비집고 자거나 활인서 문간채에 끼어 잤다.

종가는 눈뜨면 한양 서부 반송방으로 들일을 나갔다. 서대문을 빠져나와 무악고개를 돌아 넘으면 아래로 내려다보이는 논과 밭에 시선 걸칠 것이 없었는데 갑생은 그 땅이 다 첨지사 나리 것이라며 마치 제 땅 보듯 뿌듯해했다. 한나절 풀을 뜯고 밭을 갈고 나락을 만지면 노복老僕들이 자투리땅에서 뽑은, 콩 굽는 냄새가 종가의 코를 얼른댔다. 이놈아, 천천히 먹어라, 입천장 벗겨진다, 아비 환청이 들려서 종가는 콩을 씹어 삼킬 수 없었다.

자자가 죽은 시신을 묻으려고 구덩이를 파고 있으면 종가가 들이닥쳐 손바닥을 내밀었다.

"아버지. 구운 콩이에요. 어서 드세요."

"이놈아, 여기가 어디라고 오냐? 영감마님 아시면 난리 난다. 어서 가라."

종가가 멱둥구미를 지고 무악고개를 오르면 자자가 난데없이 나타나 짐을 뺏어 지었다.

"이놈아. 어깨 나간다. 이리 내라."

"아버지, 관속이 관아를 벗어나면 큰일 나요. 어서 가세요."

떨어져 살아도 딸은 아비의 새끼였고, 한자리에 자지 못해도 아비는 딸의 부모였다. 임금도, 세도가도 아비와 딸을 떨어뜨리지 못했으니 부녀는 천 리 길도 지근이었고 만 리 길도 지척이었다.

첨지사 강선이 수노 갑생에게 물었다.

"종가 젖을 내려면 혼례를 시켜야 할 터인데 집에 마땅한 놈이 있겠느냐?"

"둔가미, 언손이, 필동이가 적당한 나이옵니다."

"외거 나가 있는 둔가미는 안 된다. 종가는 집에서 거느려야 한다. 언손이, 필동이 중에서 골라 고하라."

다음 날 느닷없이 자자가 강선을 찾아와 뵙기를 청했다. 강선이 대청으로 나가자 석계 아래 무릎 꿇은 자자가 말했다.

"영감마님. 언손이는 아주 못된 병에 걸려 거기서 고름을 쏟습니다요. 저희 활인서에 찾아와 약 얻어 가는 걸 제가 여러 번 봤습니다. 필동이는 잿골, 붓골, 칡골, 가마골 할 것 없이 다니면서 여염집 여종 건드리는 걸 누워서 떡 먹고, 죽 먹고, 숭늉 마시듯 하는 놈입니다요. 종가 짝을 지어 주시려면 그 두 놈 말고 다른 놈으로 지어 주십시오."

강선이 언짢아했다.

"알겠네. 갑생이 자네는 다른 집 사내종 중에 적당한 배필이 있는지 찾아보게."

며칠 후 갑생이 강선에게 다시 보고했다.

"북촌 이 대감 댁 양복이가 힘이 좋고 손끝이 꼼꼼해 사대문 안 사내종으로는 으뜸이라는 평이옵니다. 송 참봉 댁 막돌이도 천출답지 않게 입이 무겁고 행동이 재빨라 씨 내리는 데는 부족할 것이 없을 듯합니다."

"바꿀 수 있다면 바꾸고, 살 수 있다면 살 터이니 둘 중 적당한 놈을 골라 고하라."

다음 날 강선이 입궐하는데 경마 잡은 구종 앞에 자자가 또 갑자기 나타났다. 자자는 무릎이 부서져라 꿇으며 말했다.

"영감마님. 양복이는 이미 정분난 계집이 있습니다요. 정분이야 날 수도 있지만 그놈이 자기 계집을 쥐어 패서 얼굴을 못 쓰게 만들길 수차례라 합니다. 우리 종가도 그 꼴 나지 말란 법 없잖습니까. 막돌이가 입이 무거운 것은 놈이 설레꾼이기 때문입니다요. 쇤네가 과거 투전목 만질 때 그놈이 환목換目 쓰는 것을 여러 차례 봤습지요. 성미가 간사하고 물욕이 많아 상종할 놈이 못 됩니다요."

강선은 역정이 났지만 자신이 자자에게 한 짓도 있고 해서 에둘러 말했다.

"알겠네. 내 참고할 터이니 우리 집 종년 혼사에 그만 관여하게."

강선이 종가의 혼사로 고민하자 주인의 마음을 알아차렸는지 갑생이 식전에 문안 인사하며 말했다.

"종가를 혼인 시키려는 까닭이 젖을 내 유모로 만들기 위함이십니까?"

강선은 무심히 답했다.

"다른 이유가 뭐 있겠나?"

"굳이 재물까지 들이면서 사내종을 사다 종가를 혼인시킬 까닭이 없지 않습니까? 젖이야 애만 들어서면 나오는 것입니다."

"그래서?"

"이 집 종년들도 혼례 비슷한 것이라도 치르고 아이 낳은 년은 몇 되지 않습니다."

강선이 눈빛을 번뜩였다.

"알겠네. 자네 알아서 하게."

그날, 해가 지고 밤이 이슥해지자 갑생이 자고 있는 종가를 깨웠다.

"애야, 나랑 같이 남촌에 심부름 좀 가자."

종가가 눈을 비비며 따라나섰다.

"이제 곧 야금夜禁인데 이 늦게 무슨 일로 남촌에 가나요?"

"가 보면 안다. 잔말 말고 따라라."

남촌 어귀를 왼쪽으로 끼고 돌면 남산으로 오르는 산길이 있다. 밤에는 다니는 사람이 없어 으슥했는데 갑생은 거기에서 종가를 겁탈할 생각이었다. 갑생이 종가를 뒤에 붙이고 별채 쪽문을 나서는데 문간에 앉아 있던 누군가가 벌떡 일어났다.

"아이쿠, 종가야. 이 밤에 어디 가니? 갑생이 자네 어디 가나?"

자자였다. 종가가 자자 팔에 매달리며 반가워했다.

"아버지, 여기는 웬일이세요?"

"이놈아, 니가 궁금해서 그냥 기웃거려 봤지. 얼굴 보면 좋고, 안 봐도 괜찮고."

갑생의 속도 모르는 자자는 둘을 쫓아 남촌까지 따라붙었다.

"그런데 이 밤에 남촌엘 왜 가나? 종가야, 이거 먹거라. 잣이다. 길마재에 있는 잣나무를 내 어제 다 털었다. 갑생이 자네도 좀 들게. 그래 종가야, 저녁에는 뭘 먹었냐? 기장밥? 쌀이 많았냐, 기장이 많았냐? 아이쿠, 그 정도면 쌀밥이다. 맛났겠구나. 반찬은 뭘 먹었냐? 시래기를 데쳐서 참기름에 볶았어? 아비도 참기름 본 지가 한참인데 우리 종가 호강하는구나. 아까 낮에 아비는 너 좋아하는 꺽지나 낚아 볼까 하고 서강엘 나갔는데 말이다. 그곳 인심이 얼마나 험악한지 강에 낚싯대도 못 담그게 하더구나. 한 소쿠리 잡아서 종가 보신 좀 시켜 줄까 했더니… 아, 갑생이 표정 좀 풀게나. 당연히 자네 몫도 남겨 주려고 했다네. 두뭇개나루가 좋았지. 그래 맞다, 종가야. 우리 고을은 누가 와서 잡아도 간섭하지 않았다. 그런데 종가야. 손이 왜 이 모양이냐? 난가리 잡을 때 손살에 들어가면 베인다. 손날로 세워 잡아라."

둘을 따라붙은 자자의 수다 삼매경이 얼마나 깊고 높은지 그날 갑생은 종가를 겁탈하지 못했다. 다음 날 갑생이 간밤의 일을 강선에게 아뢰었다. 강선이 너털웃음을 터뜨렸다.

“껄껄껄. 그것이 아비로구나. 아비의 마음이로구나. 되었다. 때가 되어 자기 짝 자기가 찾을 때까지 두자꾸나.”

사대부들은 유모를 잘 먹이고, 잘 입히고, 잘 재웠다. 좋은 젖이 나오게 하려면 당연한 일이었다. 종가는 아비의 오지랖 덕분에 그런 편안한 자리를 빨리 얻을 기회를 놓친 것이라고 강선은 생각했다. 내 젖을 남에게 빨리더라도 잘 먹고 잘사는 삶이, 내 젖을 내 뜻대로 쓰는 대신 굶고 헐벗는 삶보다 낫다고 천례에서 당상까지 오른 강선은 믿었다.

* * *

임금은 무서웠다. 갑자년에 임금은 기어코 귀인 엄씨와 귀인 정씨를 죽였다. 자신의 생모를 모함해 사약을 받게 했다는 이유였다. 정씨의 어린 자식들을 불러 지 어미를 패라고 시키더니 그 매가 시원치 않다고 임금이 직접 때려죽였다. 임금은 자신이 죽인 아비의 첩들을 젓갈로 담가 곤죽으로 산과 들에 뿌렸다. 어미를 매질하지 못한 정씨의 자식들은 맞아 죽지 않고 사약 받아 죽었다. 다시 조정에 피바람이 불었다. 죽은 이가 백스물둘이었고, 매 맞고 파직되고 유배 간 이가 백열일곱이었는데 그 가솔까지 헤아리면 수를 세는 것이 불가능했다. 참형당하는 이는 소덕문 밖 네거리에서 목이 베였다. 그들은 매장이 허락되지 않아서 송장 썩는 내가 사방으로 진

동했다. 의금부 도사가 매일 나와 시신의 부패 정도를 확인해 임금에게 직보했다. 목 베인 시신들이 쌓여 다음 참형을 거행할 침목을 놓을 자리가 없었다. 의금부 도사는 가까운 서활인서 오작에게 목 없는 시신들을 묻지는 말고 길섶으로 치우라고 명했다. 서활인서 오작은 자자뿐이었다. 의금부에서 자자를 동원하는 날이면 자자는 술을 빌어 마시고 소덕문으로 나갔다. 목 없는 몸뚱이에 머리를 맞춰 주려 자자는 애썼으나 부질없는 짓이었다. 자자가 두 동강 난 시신을 들어내고 있으면 약초나 땔감을 팔던 사거리 난전들이 썰물 빠지듯 흩어졌다. 길가에 송장 수십 구가 나뒹굴었고 부모의 시신을 수습하지 못하는 자식들이 그 곁에서 혼절했다. 피 냄새를 맡은 개들이 몰려들어, 먹지는 못하고 애가 타 낑낑댔다. 자자는 속으로 곡하며 죽은 이를 달랬다.

사대부에게 내 젖이 빨리더라도 호의호식하는 삶이 낫다고 믿은 첨지사 강선은 평생을 호의호식하다가 말년에 목이 베였다. 귀인 엄씨, 정씨가 임금의 생모를 모함할 때 강선의 아내 백씨도 함께 공모했다는 이유였다. 20년 전 일이었고 실제 그랬는지도 알 수 없지만 임금이 두려운 신하들은 폐모와 관련한 일이라면 무엇이든지 고해 바쳤고, 고해진 이들을 임금은 용서치 않았다. 이미 죽은 강선의 아내 백씨는 관에서 꺼내져 토막 났고, 아직 살아 있는 백씨의 남편 강선은 유배당한 뒤 목이 잘렸다. 임금은 강선의 모든 재산을 적몰했는데 노비도 재산이어서 강선의 소유였던 노비 117구 역시 적몰됐다. 강선의 수노였던 갑생은 선공감 관노로 배속됐다. 양화문 신축 공사가 시작됐을 때 노역 나온 선공감 관노 세 명이 목재에 깔려 죽었다. 그중에는 갑생도 있었다. 다른 관노들이 죽은 관노를 봉분 없이 평토장했다. 종가는 창경궁 숙정문 안 취홍원에 배속됐다. 취홍원에는 흥청악들이 기거하고 있었다. 흥청악 소아연의 몸종 노릇이 관노 종가가 맡은 새 일이었다.

"아이고, 이놈아. 이게 뭔 일이냐? 귀양 간 첨지사 나리 목이 날아갔다더라. 사람 팔자 알 수 없구나. 이놈아, 너는 어떠냐?"

"종년 하는 일이 어디라고 다를까요? 저는 괜찮아요. 아버지는 어떠세요?"

"나도 괜찮다. 나도 괜찮아. 목 잃은 이들이 꿈에 나타나 내 목 주오, 내 목 주오, 곡을 해서 그렇지, 나도 괜찮아. 언제 이 변이 끝날까?"

"아버지. 말씀 아껴 하세요. 능상한 이를 찾기 위해 사대문을 닫고 방리 사람들 일거수일투족을 감시하며 능상한 문서의 주인을 찾기 위해 의심 가는 자의 필체를 비교한다더이다. 망나니의 행형도자行刑刀子가 우리 목이라고 가릴까요? 시국이 무서우니 눈 감고 귀 막고 입 닫아야지요."

"그러자, 그러자꾸나. 사람 팔자 알 수 없으니 참고 견디어 보자. 참고 견디면 우리에게도 언젠가 볕 들 날 있지 않겠냐. 종가야. 아무쪼록 몸조심해라."

"네, 아버지. 궐에 묶였으니 자주 인사드리진 못할 거예요. 아버지도 부디 무탈하세요."

종가가 모시게 된 홍청악 소아연은 경상도 진주 관기였다. 소아연의 어미도 진주 관기였는데 어린 소아연은 양반님네 연회에서 잘 먹고 돌아오는 어미가 항상 부러웠다. 어린 소아연은 어미가 빨리 퇴기가 되어 자신이 속히 기적에 올려지길 바랐다. 그래서 소아연은 걸음마를 배우면서부터 춤을 익혔다. 특히 처용무를 잘 췄는데, 발바디춤을 출 적에 나가는 발부리의 방향이 반듯했고 어깨, 팔꿈치, 손목으로 휘두르는 단령의 선이 고졸했다. 관기로 나가 처음 춤을 선보인 열세 살 때, 진주 교위 하나가 '춤이 제비 물 차는 듯하다'하여 소아연昭娥燕이라는 기명을 내려 주었다. 그 처용무로 소아연은 경기 기생으로 뽑혀 장악원으로 올라왔다. 사대부 하나가 소아연을 어여삐 여겨 첩으로 들였다. 사대부는 많은 재물을 소아연에게 베풀었는데 소아연은 고향 진주의 퇴기 어미를 돌보지 않았다. 소아연은 흰색 정포와 아청색 면포와 수아주를 사들여 옷을 해 입었고, 색분과 미묵眉墨을 구입해 얼굴을 꾸몄다. 소아연이 옷 해 입고 화장하는 사이 시골의 늙은 어미는 굶어 죽었다. 얼마 후 임금은 각 관아에 있는 관기의 명부를 점검하라고 지시했다. 임금은 무섭고 어명은 두려운 것이었다. 어쩔 수 없이 소아연은 사대부의 작은 마님 자리를 내놓고 다시 장악원으로 돌아왔다. 임금은 이어 하명했다. 홍청악興清樂 300명, 운평악運平樂 700명, 광희악廣熙樂 1000명을 채워 궁중의 제례와 연회를 빈틈없게 하라는 명령이었다. 운평악으로 선입된 소아연은 필사적으로 춤을 추었다. 사대부 작은 마님으로 누리던 부귀와 영화를 마음에 품고 굶어 죽은 퇴기 어미의 동작으로 춤가락을 뱉었다. 인양전에서 열린 나례에서 임금은 소아연을 가리켜 평했다.

"깊이 웅크리되 크게 내보이지 않는 춤사위가 제법이구나."

이날 진주 관기 소아연은 홍청악으로 간택되었다.

임금은 홍청악에게 많은 재물과 특전을 내렸지만 홍청악들 사이에 차별을 두었다. 임금은 자신의 승은을 입은 홍청은 천과天科, 승은은 입었지만 자신을 만족시키지 못한 홍청은 반천과半天科, 자신의 승은을 입지 못한 홍청은 지과地科로 나누어 지과를 가장 하대했다. 소아연은 지과 홍청이었다. 천과 홍청이 정포, 면포, 백저포를 받고, 대두, 후추, 속공 노비를 받고, 논, 밭, 가옥을 받는 날이면 소아연은 기생 팔자만 주고 미색은 주지 않은 어미를 원망했다. 소아연의 춤은 더욱 처절해졌지만 임금은 처음 단 한 번뿐, 그 후 단 한 번도 소아연을 가리키지 않았다.

종가는 아침에 일어나면 문안 인사와 함께 소아연의 요강을 비웠다. 쌀을 씻고 반찬을 해 소아연에게 식사를 바쳤다. 아상복迓祥服을 입히고 화장을 거들며 소아연의 단장을 도왔다. 호화고와 포염사를 돌아 소아연이 먹을 음식과 입을 복식을 옮겼다. 개울에 나가 소아연이 월경한 개짐을 빨고 도성 밖으로 나가 소아연을 덥힐 나무를 했다. 소아연의 방을 쓸고 소아연의 이불을 털고 소아연이 누운 바닥을 훔쳤다. 소아연의 어깨를 두드리고 소아연의 종아리를 주물러 소아연의 사지를 풀었다. 관노 종가는 관기 소아연의 수족이었다.

소아연이 궁 밖으로 전하는 말과 궁 밖에서 소아연에게 알리는 말 역시 종가가 날랐다. 말이 길어질 때면 소아연은 언문으로 편지를 썼다. 소아연은 자신을 운평악으로 선입시킨 채홍사와 자신이 몸담았던 장악원의 주부와 자신을 첩으로 들였던 옛 사대부 지아비와 빈번히 통음하면서 자신이 천과 흥청으로 승급될 수 있을지를 간 보고 살폈다. 천과 흥청이 되는 것은 임금의 뜻이어서 어느 누구도 답하지 못했다. 소아연이 편지를 쓰고 있으면 종가는 오랜만에 보는 붓과 먹이 좋아 곁에서 넋을 놓고 들여다보았다. 종가의 하는 꼴이 수상해서 소아연이 물었다.

"너 글을 아느냐?"

종가가 기뻐 답했다.

"네. 조금 압니다."

"어디까지 아느냐?"

"소학까지는 읽었습니다."

"네가 진서를 읽는단 말이냐?"

"네, 그렇습니다."

소아연은 잡은 붓을 집어던지고 쓰던 종이를 찢어발겼다.

"나가라. 더 할 일 없다."

소아연은 종가를 물리쳤다. 소아연은 진서를 알지 못했다.

며칠 후 소아연이 종가를 불러 일렀다.

"유시에 맞춰 철물교 앞에 나가 있어라. 누가 너를 알아볼 것이다. 가서 그치의 말에 따라라. 그러면 내 큰 상을 내리겠다."

육의전 철물교 앞 세상은 갓 든 봄으로 정겨웠다. 겨울이 녹아 보글보글 흙을 뱉으며 땅 속으로 꺼졌고, 바지 없이 고추를 내어놓고 뛰어다니는 아이들이 말랑한 발바닥으로 그 흙을 밟았다. 시전을 빠져나가는 모자 장수가 짐바리의 고삐를 당기면 콧등 축축한 소가 길게 울어 동대문 추녀마루 잡상들의 먼 단잠을 깨웠다. 바람이 차지 않아 낫날을 벼리는 철물전 남정네들의 저고리 고름이 명랑한데 대장장이의 아내가 식은 떡을 화덕에 굽자 냄새를 맡은 거지들이 개미떼처럼 몰려들었다. 종가가 고개를 돌리니 종루로 향하는 운종가 거리에 못 먹어 널브러진 거지들이 수백이었다. 대개가 홍청악, 운평악, 광희악의 몸종으로 전국 각지에서 불려 온 관노들이었다. 관노이니 나라에서 먹이거나 혹은 그들을 맡은 주인이 먹여야 할 것인데 누구 하나 돌보지 않아 모두 거지꼴로 도성 거리에 버려져 있었다. 청계천변에 막 피어난 진달래는 주린 관노들이 그 꽃을 다 따 먹어 마치 목 없는 시신처럼 잎사귀만 덜렁댔다. 종가 또한 소아연이 돌보지 않는다면 그들처럼 진달래꽃을 뜯어 먹어야 할 처지였다. 그때 누군가가 종가의 어깨를 두드렸다. 검은 얼굴에 초립을 쓴 남자였다.

"따라와라."

남자는 무뚝뚝했다. 남자는 종가를 대궐 같은 북촌 기와집으로 안내했다. 그 집 여종들이 깨끗한 민저고리와 무명 치마를 종가에게 내주었다. 해가 지자 종가는 그 집 별당으로 들여졌다. 사대부 양반네 셋이 노기 하나를 끼고 술을 마시고 있었다. 종가는 사내들 가운데 앉혔다. 사내들 각자가 받은 반상 사이로 촛대를 두 개나 두어 불이 훤했다. 종가는 사내들 눈길이 부끄러웠다.

"네가 진서를 안다는 종년이냐?"

사내 하나가 다짜고짜 물었다. 종가가 기어드는 목소리로 답했다.

"조금밖에 모릅니다."

무리 가운데 앉은 늙은 사내가 갑자기 당시를 읊었다.

"고전추침향야란高殿秋砧響夜闌

상심유억어의한霜深猶憶御衣寒

은등청쇄재봉헐銀燈青瑣裁縫歇

환향금성명주간還向金城明主看."

아, 모른 척할 것을, 정녕 모른 척할 것을, 종가는 칠언 절구를 이룬 글자 하나하나에 그림이 보이고, 소리가 들리고, 향기가 맡아져

저절로 입이 떼이고 말았다.

"궁의 가을날 다듬이질 소리 밤을 적시고

서리 차가워 임금님 옷 식을까 근심하는데

창호에 등불 아롱여 잡은 바느질 멈추고

다시 어진 임금님 계신 궁궐을 바라보노라."

세 사내가 무릎을 쳤다.

"대감, 종년이 소백의 시를 다 읊습니다."

"자고로 기생을 보고 말을 알아듣는다 하여 해어화라 했거늘, 그에 적격인 아이입니다."

무리 가운데 앉은 늙은 사내가 만족한 미소를 지었다.

"네가 읊은 장신추사長信秋詞를 상감이 들어야 할 터인데…."

늙은 사내는 자기 잔을 들어 보였다. 종가에게 와서 잔을 채우라는 동작이었다. 종가는 몸이 떨려 앞으로 나아가지 못했다. 노기가 일어나 종가를 부추겨 가까스로 늙은 사내의 잔에 술을 따랐다. 늙은 사내가 술을 목구멍으로 천천히 넘겼다.

"본시 관기란 사대부의 근심을 받아 내는 거름통으로 사대부 모두의 것이다. 허나 지금은 임금이 그 모두를 차지하여 사대부가 근심을 털어 낼 방도가 없다. 사대부가 근심을 털어 내지 못하여 나라가 곪으면 종사가 어찌 서고, 사직이 어찌 안정되겠는가? 관기나 관노나 모두 나라의 재산이다. 너는 네 역을 충실히 하여 나라를 안녕케 하는 데 힘써라."

그날 종가는 아비와의 추억을 애써 떠올렸다. 아비와 뛰어다니던 나루터와 아비와 잡아 올리던 참마자와 아비가 보법을 밟던 별밤과 아비가 이야기를 들려주던 옛집을, 종가는 늙은 사내의 아래에서 안간힘으로 길어 냈다. 그날 늙은 사내는 종가를 품었고 그날 종가는 꽃 같은 처녀를 잃었다. 늙은 사내는 종가에게 크게 만족하여 저포 5필을 소아연에게 보냈다.

소아연은 천과 홍청이 임금에게 상을 받는 날이면 어김없이 종가를 철물교 앞으로 내보냈다. 피륙이든 곡식이든 동철이든 재물이 되는 것이라면 가리지 않고 소아연은 종가와 맞바꿨다. 소아연이 종가에게 주겠다던 큰 상은 내려지지 않았고 종가는 사흘 걸러 한 번 꼴로 철물교 앞에서 몸을 움츠렸다. 철물교 다리 위에 봄볕이 진해지고, 녹색에 무거운 천변 버들이 늘어지다가, 장마에 배부른 청계천 개울물이 으르렁대더니, 인왕산 선바위에 한여름 뙤약볕이 부서지는데, 삼복더위에 죽지 못해 쓰러진 운종가 거지들처럼, 종가는 사대부 사내들 아래에 죽은 듯이 쓰러졌다.

볕이 사위고 여름이 저물 무렵 종가는 두뭇개나루를 찾았다. 어미 무덤에 재배하고 금표로 가로막힌 옛집 주변을 종가는 둘러보았다. 내수사 노비들이 초소를 치고 들어가 금표 안을 지키고 있었다. 장국을 파는 나루터 아낙이 종가를 알아보고 개떡 몇 점을 내주었다. 강기슭에서 물놀이를 하고 나온 아이들이 차가워진 바람에 닭살이 돋아 몸을 떨었다. 강 가운데서 어채선 두 척이 그물 걷는 소리를 부르며 누치랑 참마자를 올렸다. 파닥거리는 누치 비늘이 한강 물비늘에 섞여 구별되지 않았다. 해만 쪼이면 반짝이는 물비늘처럼 사람이 먹을 누치가 세상에 많았으면 좋겠다고 종가는 생각했다. 바람이 일으킨 흙먼지가 멀리 논으로 불려 가 잘 여문 벼이삭에 엉겼다. 바람만 불면 일어나는 흙먼지처럼 사람을 먹일 쌀이 세상에 많았으면 좋겠다고도 종가는 생각했다. 종가는 석 달째 달거리를 하지 않고 있었다.

그 후 종가는 소아연이 명해도 철물교 앞으로 나가지 않았다.

"애가 들어선 것 같습니다."

"애가 섰다고 네가 잘 외는 당시가 잊히냐? 애가 섰다고 네가 잘 여는 밑구녕이 막히냐?"

철물교로 나가지 않는 종가를 소아연은 매질했다. 처음에는 회초리로 때렸는데 그래도 종가가 나가지 않고 버티자 촛대로 패고 분갑으로 후려쳤다.

"애 든 배로 다른 사내를 어찌 받습니까?"

"책 몇 줄 읽었다고 네가 열녀 시늉이구나. 그 책 이리 내라. 나도 읽고 타고난 덥추 팔자에 열녀문 한번 세워 보자."

소아연의 매질은 매일 이어졌고 궁인들 이목이 뜸한 밤마다 계속됐다. 급기야 소아연은 소리가 새지 않게 종가를 이불로 덮어 발로 짓밟았다. 천과 홍청이 되지 못한 분과 재물을 모으지 못하는 화가 소아연의 발길질로 나가 종가를 짓뭉갰다. 종가는 얼굴은 뭉개

져도 배는 뭉개질 수 없어 팔로 복부를 감쌌다. 그 꼴에 쌍심지가 돋은 소아연이 종가의 배를 걷어찼다. 종가의 숨통이 막히고 눈알이 뒤집혔다. 매 맞는 것은 견딜 수 있지만 아이가 밟히는 것은 견딜 수 없어 종가는 소아연이 저녁상을 물리면 곧장 궁을 나와 운종가 거지들 틈으로 들어갔다. 밤만 피하면 매도 피할 수 있을 것이라고 종가는 생각했다. 거지들 사이에서 아침을 기다리고 있으면 종가는 무언가 몽실몽실한 것이 배 안 깊숙한 곳에서 움트는 것 같아서 선잠도 깊었고 쪽잠도 길었다. 몽실몽실한 것은 보리 싹 나듯 고물거리고 아지랑이 피듯 아물거리다가 가끔 소나기처럼 아찔해져서, 종가의 목구멍으로 구역질이 올라왔다. 종가는 입덧했다. 없던 것이 어디서 날아와 자기 배에 붙었나 신기해서 종가는 눈물이 났는데 주변 거지들은 이 여자가 무얼 잘못 집어 먹어 토악질을 하나 하며 종가의 등을 쓸어 주었다.

저녁상만 물리면 손발 노릇 하던 종가가 사라지자 소아연은 불편함이 이만저만이 아니었다. 소아연은 다른 흥청악의 몸종인 막을련에게 운종가 거지들 틈에 숨은 종가를 찾아보라고 시켰다. 거리에 누워 있는 종가 앞에 막을련이 엿을 빨며 나타났다. 해 진 뒤라 보이는 것이 없으니 막을련이 빠는 것이 엿가락인지 손가락인지 분간이 안 될 텐데도 엿에서도 냄새가 나는지 수일을 굶은 거지들이 막을련 주변에 모여 침을 흘렸다. 막을련이 그런 거지들을 신기하다는 듯 구경하며 말했다.

"종가야, 네 주인마님이 너 빨리 오래. 요강 넘친단다."

"나오기 전에 비운 요강이 그새 어떻게 넘쳐. 어기지 않고 아침 올리겠으니 그만 숙침하시라고 전해 드려." "너 이러다가 경을 칠 텐데?"

"밤마다 매타작인데 어떡하니?"

"홍청 마님들 섬섬옥수 맞아 봐야 춘풍이요, 때려 봐야 비단결이지. 그까짓 게 뭐가 무섭냐? 거지들한테 벼룩 옮는 게 더 무섭지. 아, 나도 이럴 줄 알았으면 춤이나 배워 둘걸. 재물 얻고 벼슬 얻고, 홍청 마님들 부러워 죽겠다."

막을련은 엿에 끈적해진 침을 퉤 뱉고 돌아갔다. 몰려든 거지들이 그 침을 찍어 먹으며 오랜만에 단맛을 봤다.

막을련이 가고 얼마 지나지 않아 이번에는 자자가 달려왔다. 자자는 거리의 거지들 얼굴을 하나하나 살피다가 종가를 발견하더니 눈썹이 빠지게 쫓아왔다.

"아이고, 맞네. 맞네, 우리 종가 맞네. 이놈아, 아이고 이놈아. 너 왜 여기 있냐?"

왠지 죄송한 마음이 들어 종가는 고개를 떨궜다.

"저 여기 있는 거 어떻게 아셨어요?"

"붓골 오득이 마누라가 너 여기 있는 거 봤다더라. 여기 노비들도 다 묵을 곳이 없어서 이 꼴이라는데 너도 기거할 자리를 뺏겼냐? 말을 해라 이놈아. 너 왜 이 모양이냐?"

종가가 자초지종을 설명하자 자자는 벌렁 뒤로 나자빠졌다. 잠시 뒤 무거운 얼굴로 일어난 자자가 아무 말 없이 어딘가로 급하게 뛰어갔다. 한참 후 머리에 무언가를 인 자자가 다시 나타났다. 헐레벌떡 종가 앞으로 달려온 자자의 머리 위에 얹힌 것은 항아리였다. 자자는 항아리를 종가 앞에 턱 하니 내려놓았다. 짠 내가 사방으로 풀풀 났다.

"이놈아, 마셔라."

종가가 당황해 뒤로 몸을 뺐다.

"아버지, 이게 뭐예요?"

"간장이다. 멈추지 말고 단숨에 다 마셔라."

종가가 입을 틀어막으며 달아나려 하자 자자가 종가의 어깻죽지를 붙들었다. 자자는 간장을 한 바가지 퍼 종가에게 내밀었다.

"마셔라. 어서 마셔라 이놈아. 아비 열불 나 죽기 전에."

"이걸 왜 마셔요?"

자자가 종가의 턱을 움켜잡았다. 자자는 간장 바가지를 억지로라도 종가 입에 부을 기세였다. 종가는 한사코 발버둥 쳤다.

"마셔라. 이거 다 마시면 애 떨어진다. 그래도 안 떨어지면 내 또 구해 올 테니 한 항아리 더 마시자. 그래도 안 떨어지면 남산에 가서 구르기라도 하자."

"아버지, 왜 이러세요? 왜 애를 떨어뜨려요? 왜 애를 죽여요?"

"아비 없는 아이를 낳아 어찌 기르려고 그러냐? 묵을 곳도 없는 종년이 어디서 아이를 낳으려고 그러냐고. 이제 겨울 오고 니 배도 못 채우는데 어찌 뱃속 아이 배까지 채울래? 아이 낳으려다 니가 죽는다. 아비 없는 새끼 낳다가 내 딸 죽는단 말이다."

종가가 몸부림치며 항변했다.

"아버지, 묵을 곳이 없으면 어떤가요? 제 품에서 키우는데. 제 배 못 채우면 어떤가요? 아이 배를 채우는데. 아비 없는 새끼면 어떤가요? 제가 어미인데…."

종가의 몸부림에 자자가 들고 있던 간장 바가지가 종가의 치맛단에 쏟아졌다. 흥분한 자자가 바가지를 집어던지고 작대기 하나를 주워 들었다.

"이놈아, 어서 안 마시냐? 니가 작살나게 맞아 봐야 말을 듣겠냐? 어미 없는 새끼 키워 봐서 내가 잘 안다. 그 고생을 왜 내 새끼가 또 해야 된단 말이냐? 먹이지를 못해 때꾼해진 새끼 눈 쳐다보는 고통, 넌 겪을 필요 없다. 새끼 열이 펄펄 끓는데 약 한 첩 못 쓰고 대신 앓아 주지도 못하는 그 고통을 니가 왜 겪냐? 공자 왈 맹자 왈 청산유수로 읊는 새끼를 뒷바라지할 수 없어 가슴 치는 고통, 니가 왜 겪냐 말이다. 첨지사 댁 광에 갇혀 손마디에 피 엉킨 니 꼴을 볼 때 아비는 억장이 무너지고 혼백이 바서졌다. 아비 없는 새끼 낳아 봐야 너도 내 고생이다. 어서 마셔라. 작대기 춤추기 전에!"

종가가 눈물을 흘리며 작대기 잡은 자자를 달랬다.

"아버지, 아버지 고생 덕분에 저는 세상이 참으로 재미났어요.

아버지가 땡 지으며 알려 주신 숫자는 너무나 오묘했고요, 아버지가 잠 머리에 들려주신 옛날이야기는 무척이나 신비로웠지요. 보리 나기 전 아버지가 느릅나무 껍질로 버무려 주시던 들밥이 얼마나 고소했는지 아세요? 가을 햇곡 날 때 아버지가 쪄 주시던 떡이 어찌나 향기롭던지 저는 매년 가을만 기다렸어요. 아버지 등에 업혀 바라보던 별처럼 영롱한 것은 지금껏 보지 못했고요, 어머니 무덤가에서 아버지 손을 잡고 맞던 바람만큼 싱그러운 것은 세상천지에 없을 거예요. 아버지가 두뭇개나루에서 '아비는 방귀로 게 잡는다'시면서 방귀 한 방에 참게 한 마리씩 잡아 던질 때는 너무 웃겨 배가 터지는 줄 알았어요. 저는 아버지 이야기가 세상에서 제일 재밌었고, 아버지 음식이 세상에서 제일 맛났어요. 아버지, 아버지, 저 때문에 고생만 하신 우리 아버지. 그래도 저는 아버지 덕분에 세상이 즐겁고 재미나고 행복했어요. 저도 그 재미와 행복, 내 새끼한테 알려 주고 싶은데 그게 왜 안 되나요? 아버지가 보여 주신 세상, 내 새끼한테도 보여 주고 싶어요. 내 새끼한테 저도 아버지 같은 어미가 되고 싶어요."

자자의 머릿속에 새끼와 함께한 지난날이 강물처럼 흘러갔다. 아장아장 지나간 종가의 발자국에 별보다 많은 개망초 꽃이 피어났었다. 책을 읽는 종가의 목소리는 가을밤 강바람보다 청명했었다. 종가가 캐어 온 봄나물이 상큼해 매서운 겨울은 물러났었다. 땡볕에 땀 맺힌 종가의 목덜미가 아까워 꿀 같은 단비는 내렸었다. 종가 기지개에 뜨는 아침 해는 찬란했었고 종가 하품에 물드는 저녁 노을은 새붉었었다. 새끼와 함께한 세상은 말할 수 없이 아름다웠었다. 그 세상이 자자의 눈 속에서 강물이 되어 풍요롭게 흘러갔다. 자자는 작대기를 내려놓고 그 세상을 눈물로 흘렸다. 종가 역시 눈물을 흘렸지만 입으로는 생그레 웃으며 아비의 눈물을 닦았다. 한밤 운종가 거리에 거지들 코 고는 소리가 여기저기인데 부녀의 울음소리가 그 틈으로 몰래 숨었다.

자자는 활인서 색리에게 붓과 먹을 빌려 글을 썼다. 홍청악 소아연이 나라에서 사여한 관노에게 창기 짓을 시켜 이문을 챙기고 있다는 내용의 익명서였다. 소아연의 죄상이 알려져 처벌을 받으면 종가가 편해지거나 취홍원에서 풀려나 다른 관아로 배속될 수 있을 것이라고 자자는 생각했다. 익명서는 국금이라 자자는 길마재 숲에 숨어 글을 지었다. 참으로 오랜만에 짓는 글이라 쉽게 글이 이루어지지 않았고 진서로 작성해야 무게가 실릴 것인데 글자가 가물거렸다. 자자는 진서로만 채우겠다는 욕심을 버리고 언문을 섞었다. 진서 3, 언문 7의 비율이었다. 자신이 지은 글에 만족해 자자는 몇 번이고 되읽었다. 종가가 글을 잘하는 것이 자신을 닮은 듯하여 자자는 뿌듯했다. 그날 밤 자자는 북촌 우대를 찾았다. 사람들 눈을 피해 어슬렁거리다가 익명서에 돌을 묶어 도승지 집에 투서했다. 와지끈 창호 뚫리는 소리가 들렸고 곧이어 도승지로 여겨지는 사내가 "웬 놈이냐? 여봐라, 거기 아무도 없느냐?" 하며 하인들을 부르는 호령이 담장을 넘어왔다. 자자는 됐구나 생각하며 잽싸게 도성을 빠져나왔다.

투서한 자를 잡지 못한 도승지는 투서 내용을 찬찬히 읽었다. 다음 날 아침 도승지는 비장 하나를 거느리고 도성 밖으로 나갔다. 북악산 아래 보토현의 인적 없는 언덕마루에 이르자 장옷을 둘러쓴 여자가 나졸 하나를 붙이고 서 있었다. 홍청악 소아연이었다. 도승지는 비장과 나졸을 물리쳤다. 도승지와 소아연은 서로 등을 돌리고 들릴 듯 말 듯한 목소리로 대화했다.

"투서 내용이 사실인가?"

"나리, 덮어 주옵소서."

"나는 새도 떨어뜨리는 취홍원 흥청을 내 어찌하겠는가? 다만 이 일이 알려져 소란스러워질까 걱정함이네. 여종이 글을 알아 스스로 투서할 리는 없고… 짐작 가는 이가 있는가?"

"언문은 물론이요 진서를 읽는 계집이옵니다. 글을 안다는 교만함이 감히 투서하게 만들었겠지요. 더 떠들지 못하게 입을 꿰매야 할 터인데 나라의 공천을 함부로 손댈 수 없으니…."

"글 아는 계집을 입만 꿰매서 쓰겠나? 손도 묶어야지. 어떤 계집인가?"

"갑자년에 패역한 죄로 참형 당한 첨지중추부사 강선의 노비였다가 속공된 계집입니다. 아비도 강선의 노비였는데 죽었다고 들었습니다."

"패역 죄인의 족속이라… 알았네. 염려치 말게."

도승지는 바삐 언덕마루를 내려왔고 소아연은 서둘러 언덕마루를 넘어갔다. 며칠 후 도승지가 어전에 나가 아뢰었다.

"전하, 취홍원의 여종 하나가 자기 옛 주인은 죄가 없다며 호소하고 다니고 있다 하옵니다. 여종의 옛 주인은 패역한 죄로 참형당한 자인데, 그런 자가 무고하다는 말은 어명이 공정치 못하고 성단에 분별이 없다는 말에 다름 아닌즉 이 어찌 흉악하다 하지 않을 수 있겠사옵니까? 모셔야 할 취홍원의 상전은 모시지 않고 궐에 들라는 명에는 광증을 연기하며 운종가에서 말을 퍼뜨리고 있다고 하니 보잘것없는 천례마저 지존을 조롱하는 세태에 신은 통분함을 이길 수 없습니다. 이를 바로잡지 않아 방리와 민촌에 능상하는 마음이 깃들고 묘당과 서사庶司에 간험한 태도가 스미지 않을까 염려되옵니다."

이에 임금은 명했다. 실록의 기록을 그대로 옮긴다.

왕은 홍청 여종 종가를 죽여 그 시체를 자르고 쪼개라고 명하였다. 또 승지 권균, 강혼, 한순과 이조판서 김수동, 예조판서 김감에게 명하여 형을 감시케 하고 무릇 죄인 노비로서 공천에 속해 있는 자는 모두 차례로 서서 보게 한 다음 곧 효수하여 사방으로 시체를 보내게 하였다. 그리고 그 부모는 부관참시하고 형제와 친척들은 장 1백에

청하여 전 가족을 제주도로 보내게 하였다. 종가는 성묘成廟 봉보부인의 남편 강선의 종으로서 강선이 죽음을 당한 뒤 홍청 여종으로 적몰된 자인데 마침 미친 증세가 나서 그 주인이 허물이 없다고 호소하므로, 왕이 이르기를

"대궐로 들어오는 것을 꺼려서 거짓으로 미친 체하는 것이다."

하고 성내어 죽여 버렸는데 시체를 자르고 쪼개는 형벌이 이때부터 비롯된 것이다.

갑자년 이후로 왕의 잔혹함은 날로 심하여져서 사람을 형벌할 때 교살한 뒤 얼마 있다가 또 목을 베고, 그러고도 부족하여 사지를 찢으며, 찢고도 부족하여 마디마디 자르고, 배를 가르는 형을 썼다. 그리고 또 그것도 모자라서 뼈를 갈아 바람에 날리는 형을 쓰기도 하였다.

- 연산군일기, 연산 11년 10월 3일

회자수는 종가의 팔을 자르고 다리를 쪼개고 목을 베었다. 감형하던 벼슬아치들은 형을 끝까지 보지 않고 종가의 팔다리가 떨어지자 자리를 떴다. 벼슬아치들이 떠나자 흥이 식은 회자수는 종가를 대강 자르고 돌아갔다. 종가는 오래 걸려 죽었다. 지켜보던 사람들이 안타까워 탄식했다. 죽은 갑생은 종가의 아비로 노적에 기록되어 있다는 이유로 부관참시 당했고, 갑생의 자식과 형제로 노적에 이름을 올린 자들 또한 장을 맞고 제주도로 유배 갔다.

임금에게 종가를 무고한 도승지는 보토현 언덕마루에서 소아연을 다시 만났다.

“잘 처리되었네. 이제 천과로 승급하는 데만 힘쓰시게.”

“나리, 은혜 잊지 않고 보답하겠습니다.”

도승지의 이름은 강혼이었다. 도승지 강혼은 예전에 장악원의 관기 하나를 첩으로 들인 일이 있었는데 그 관기의 이름은 또 소아연이었다.

* * *

사령 하나가 의금부 도사의 영을 자자에게 가져왔다.

“소덕문 밖 네거리에 또 참형당한 죄인이 있으니 팔 두 짝은 남대문 밖으로 던지고, 다리 두 짝은 동대문 밖으로 버리며, 나머지는 소덕문 밖 길섶으로 치우라는 영이시다.”

자자는 술을 빌어 마시고 느릿느릿 소덕문으로 나갔다. 멀리 여자 시신이 널브러져 있는데 길가에 늘어선 사람 여럿이 죽은 이가 안쓰러워 몸을 가누지 못하고 있었다. 자자가 그중 한 아낙에게 태연히 물었다.

“오늘 망나니는 수염이 덥수룩한 자던가? 아니면 눈이 애꾸인 자던가?”

길가 아낙이 대꾸했다.

"애꾸인 자였소."

"쯧쯧. 애꾸는 눈이 안 좋아 사람을 단칼에 베지 못하고 여러 번 쳐 죽이던데…."

조금 더 걸은 자자가 다시 길가 사내에게 물었다.

"팔다리를 먼저 잘랐소? 아니면 목을 먼저 베었소?"

길가 사내가 대꾸했다.

"팔다리를 먼저 잘랐소."

"에효, 죽이고 자를 일이지 산 사람을 잘랐구려."

네거리에 좀 더 다가간 자자가 재차 길가 노인에게 물었다.

"망나니가 쓴 칼이 언월도 모양이었소? 작두칼 모양이었소?"

길가 노인이 눈을 희번덕거리더니 역정 냈다.

"내 아까부터 쭉 보자 하니 오작이라는 놈이 눈물 한 방울 흘려주지는 못할망정 누가 죽였소, 어찌 죽었소 묻기만 하더라. 오냐, 언월도에 죽었다. 이 인두겁을 쓴 놈아. 사람 죽은 게 재미나냐?"

자자가 주뼛대며 답했다.

"내가 언제 재미나다고 했소? 전옥서 언월도는 날이 죽은 지 오래라 베이지 않고 썰리니까 그랬지. 죽은 자가 많이 아팠을 텐데…."

자자가 가까이 가서 보니 죽은 시신은 무명 저고리에 두루치를 걸친 전형적인 계집종의 복장이었다. 팔다리는 떨어지고 머리는 사라져 보이지 않았다. 자자가 시신 앞에서 눈살을 찌푸리며 혼잣

말했다.

"아직 어려 보이는데 무슨 죄를 지었길래 오살五殺을 맞았을까?"

아까 역정을 냈던 노인이 참지 못하고 자자에게 달려들었다.

"이놈아, 이 야차 같은 놈아. 니놈이 하는 것도 염이고 습이다. 경건하게 거둘 일이지 무엇이 그리 궁금하길래 시신을 앞에 두고 아까부터 콩이요 팥이요 훈장질이냐?"

노인이 자자에게 강파른 가슴팍을 들이밀며 덤비자 자자도 화가 났다.

"보자 보자 하니까 이 영감탱이가. 그렇게 잘하면 니가 염하고 니가 습해라. 대역 죄인 염했다가 삼족이 모가지 날아가는 꼴 좀 보자."

삼족이 모가지 날아간다는 말에 욱한 노인이 자자의 상투를 휘어잡았다. 자자 또한 꼭지가 돌아 노인의 수염을 움켜쥐었다.

"야 인마, 너 몇 살이야? 넌 위아래도 없냐?"

"나도 낼모레 손주 볼 나이다. 이 상투 안 놓냐?"

사람들이 모여들어 둘을 뜯어말리는데 인파에 쓸려 이리 밀리고 저리 채이던 자자가 그만 뒤로 나동그라져 엉덩방아를 찧고 말았다. 하필 나동그라진 자리가 시신의 발치였고 자자 주위로 잘린 시신의 다리가 뒹굴고 있어서 자자는 화들짝 놀랐다.

"아이쿠 깜짝이야."

자자가 일어나는데 시신 치맛단에 묻은 검정 얼룩이 눈에 들어왔다. 땟국물은 아니고 무엇인가 쏟은 자국인데 자자는 그것이 며칠 전 종가 치마에 쏟은 간장 자국처럼 보였다. 갑자기 자자의 몸이 덜덜 떨리기 시작했다. 자자가 다시 물었다.

"이 죄인… 누… 누구… 누구요?"

사람들에게 둘러싸여 있던 노인이 다시 한 번 힘을 내 달려들었다.

"저 천하에 흉악한 놈 봐라. 저놈 정신 못 차리고 또 묻는다. 누군지 알면 어떻고 모르면 어떠냐? 소덕문에 목 걸린 사람들 누군지 다 찾아다가 니놈이 제사라도 지내 줄 테냐?"

사람들에게 매달려 아등바등 고함치는 노인을 등 뒤로 한 자자가 천천히 소덕문 성가퀴를 올려다보았다. 진작에 참형 당한 사람들 머리가 여럿 장대에 묶여 효수돼 있는데 제일 끝으로 새로운 머리 하나가 내걸려 있었다. 자자가 그 자리에 허물어지듯 쓰러졌다. 종가였다.

"아이고, 내 새끼!"

자자는 울부짖으며 통곡했다. 어찌해야 할지를 몰라 죽은 종가의 몸을 만졌다가 놓고, 떨어진 종가의 팔다리를 들었다가 내리며 자자는 실성한 사람처럼 시신 곁에서 절규했다. 자자와 시비가 붙었던 노인이 자자 하는 꼴을 보더니 옆에 있는 약초 장수에게 물었다.

"금방 들었나? 내 새끼라고 한 것 같은데?"

"저도 그렇게 들었어요."

"그렇다면 저치가 죽은 죄인의 아비란 말인가?"

봉두난발에 거적을 두른 거지 하나가 끼어들었다.

"말도 안 되는 소리. 죽은 여자의 아비는 갑생이라는 자로 죽은 지 이미 오래요. 저놈, 무슨 꿍꿍이로 죄인의 죽은 아비 흉내를 낸다냐?"

늙은이 특유의 호기심이 발동한 노인은 조심히 다가가 자자에게 물었다.

"여보게, 금방 내 새끼라고 했나? 자네가 죽은 죄인의 아비란 소리인가?"

하지만 자자는 말을 하지 못했다. 알고 있는 모든 낱말과 말소리가 지워져 머릿속이 깨어졌고, 혼백이 달아나고 넋이 도망가 육신이 부서졌고, 눈에서 벼락이 치고 귀에서 천둥이 울어 목구멍에서는 그저 어버버버 소리만 나올 뿐이었다. 말이 되지 못하는 소리를 내지르며 절규하던 자자가 종가의 머리가 내걸린 소덕문을 향해 몸부림으로 기어갔다. 군졸 하나가 소덕문 앞을 지키고 있었는데 땅바닥에 바짝 엎드린 자자가 그의 행전을 부여잡았다.

"억억… 윽윽윽… 억버버…."

자자를 구경하려고 뒤를 따른 사람들이 별 희한한 꼴을 다 본다는 듯이 자자의 말을 놓고 논쟁했다.

"뭐여? 동냥하는 거여?"

"생긴 건 십 년은 빌어먹었을 것같이 생긴 놈인데 동냥을 저리 못 할 리가 있나? 저것은 동냥하는 것이 아니고 간질병이라는 것이네. 저리 몸을 떠는 것을 보면 틀림없네."

"간질병은 거품을 물기 마련인데 거품이 없지 않나. 저건 그냥 광증이네. 한마디로 미친 거지."

"갑자기 미칠 일이 뭐가 있어? 저것은 대가리를 잘못 맞아서 골에 충격이 간 것이여. 아까 상투 잡힐 때 필시 크게 다친 것이네."

자자의 상투를 잡았던 노인이 겁먹은 소리로 말했다.

"그까짓 상투 좀 잡았다고 사람이 저 꼴 나나? 저건 군졸한테 무언가를 달라는 소리 같은데…?"

발목 잡은 자자를 연신 밀며 떼어 내던 군졸이 노인의 이야기를 듣고 눈을 반짝였다.

"내가 무얼 가졌길래 이놈이 달라는 게요?"

"그러게. 그건 내가 모르겠소만…."

그때 자자가 어버버거리며 처절하게 한 곳을 가리켰다.

"억억억… 윽윽… 우… 우버버… 억윽."

군졸을 비롯한 사람들 모두가 자자의 손가락 끝으로 시선을 돌렸다. 자자가 가리킨 것은 매달린 종가의 머리였다. 군졸이 다짜고짜 자자의 가슴을 발길로 내질렀다.

"이놈아, 니놈 대가리도 쌍으로 내걸리고 싶으냐? 효수한 죄인의 목을 어디서 탐내느냐?"

저만치 나가떨어진 자자가 다시 땅을 기어 군졸에게 매달리면 군졸은 또 자자를 발로 차 멀찌감치 내동댕이쳤고 자자가 재차 기어 올라가면 군졸은 연거푸 발길질해 자자를 멀찍이 떨어뜨렸다. 자자는 원통해 소리 나오지 않는 목으로 꺽꺽 울었다. 그 꺽꺽 소리가 얼마나 컸는지 커다란 나무문 여닫는 소리가 났고, 성 밖으로 일 나갔던 사람들은 소덕문 닫는 줄 알고 헐레벌떡 뛰어왔다가 욕만 하고 돌아갔다. 꺽꺽 소리로 한참을 울던 자자가 죽은 종가 곁으로 기어갔다. 죽은 종가의 몸을 만지다가 자자는 다시 꺽꺽 울었다. 자자가 종가의 몸을 조심히 안아 드는데 왼팔이 채 잘리지 않아 몸에 붙어 덜렁거렸다. 그 모습에 자자는 미친 듯이 발을 동동 굴렀고 땅에 쓰러져 경련했다. 다시 일어난 자자가 종가의 몸을 들었다. 어떻게 들어도 종가의 왼팔은 가지런히 따라오지 않고 애통하게 덜렁거렸다. 종가의 몸을 내려놓은 자자가 허겁지겁 땅을 기어 약초 장수에게 다가갔다. 자자는 약초 장수의 지게를 부여잡고 나오지 않는 소리를 말했다.

"억억억… 윽버버… 윽윽악악."

사람들은 다시 자자의 말을 놓고 논쟁했다.

"이번에는 뭔 소리야? 지게 빌려 달라는 소리야? 시신을 옮길 모양인데?"

"이자는 뭐 이렇게 달라는 것이 많은가? 다른 시신들처럼 대충 들어 밀쳐놓으면 될 것을."

"저 시신 팔이 안 떨어지고 덜렁대는 것이 안타까워 그러는 거 아닌가? 진짜 지 새끼인 모양인데?"

"저 여자 아비는 갑생이라는 자로 이미 죽은 지 오래라고 내가 아까 말했소, 안 했소?"

"아비고 어미고 간에 약초 지는 지게에 시신은 못 지지."

약초 장수는 붙들고 늘어지는 자자를 지겟작대기로 한사코 밀어냈다. 밀리면서도 억억대고 꺽꺽 울던 자자가 이번에는 구경하던 거지가 뒤집어쓴 거적을 움켜잡았다. 거지가 깜짝 놀라 자자를 걷어찼다.

"너 같으면 단 하나 있는 이불, 시신 싸매라고 내놓겠냐? 이놈이 시방 나를 거지라고 무시하는갑네?"

자자는 하는 수 없다는 양 다시 종가 곁으로 기어갔다. 자자는 자기 저고리를 벗어 종가의 식은 몸을 감쌌다. 덜렁거리는 팔을 저고리 안으로 묻어 단단히 묶었다. 떨어진 팔다리 세 쪽을 주워 담으려니 저고리가 작아 들어가지가 않았다. 자자는 바지를 벗었다. 속바지 하나 입지 못해 깡마른 자자의 알몸이 다 드러났다. 구경하던 사람들은 물론이요, 형륙한 시신을 지켜야 하는 군졸까지 벌거벗은 자자를 보며 배꼽이 빠져라 웃었다. 자자는 바지를 곱게 펴고 그 위에 종가의 팔다리를 올렸다. 마디 가늘고 손끝 야문 손이, 걷는 걸음마다 개망초 꽃 피어나던 발이 자자의 낡은 바지 위에 가지런히 담겼다.

마침 칡골 서당 훈장은 마포나루에 젓갈을 사러 가고 있었다. 훈장이 소덕문을 빠져나오는데 사람들이 네거리에 모여 박장대소하고 있는 모습이 보였다. 무슨 재미난 구경이라도 났나, 훈장은 사람들 틈으로 머리를 들이밀었다. 웬 남자가 옷을 발가벗고 토막 난 시신을 주워 담고 있었다. 훈장은 이것이 괴이한 일이지 재미난 일은 아니라는 생각에 미간에 힘주어 발가벗은 남자를 확인했다. 화들짝 놀란 훈장이 꽁지에 불붙은 망아지처럼 튀어 나갔다.

"자자 자네, 이게 웬 일인가? 이 무슨 날벼락인가?"

누군가 자신을 알아봐 주는 사람이 있다는 사실에 북받쳤는지 자자는 다시 서럽게 꺽꺽 울고 억억댔다.

"자네 왜 말을 못 하나? 왜 이야기를 못 해?"

훈장이 자신의 도포를 벗어 자자의 벗은 몸을 가리는데 말이 나오지 않아 설명할 수 없는 자자가 애절하게 땅을 치며 어딘가를 손가락질했다. 훈장이 자자가 손가락질한 곳으로 고개를 돌렸다. 그곳에는 종가의 목이 걸려 있었다. 훈장 또한 그 자리에 무너지듯 주저앉았다.

"이게 무슨 일인가? 세상에 이런 법이 어디 있는가? 죽은 자식을 산 아비에게 치우라고 시키는 법이 어디의 법이고, 토막 난 자식을 산 아비한테 내다 버리라고 부리는 법이 누구의 법이란 말인가? 사서에서도 난 못 봤고, 오경에서도 난 못 읽었네. 국법이 아무리 지엄한들, 온정 없는 법은 따를 수 없고, 따를 수 없는 법은 법일 수 없네. 이 야박한 사람들아, 이 잔인한 사람들아. 무엇이 그리 재미나 웃고, 무엇이 그리 신나 떠드나?"

훈장의 절규에 사람들이 술렁거리기 시작했다.

"정말 죽은 죄인이 저 사람의 자식이요?"

훈장이 울며 대답했다.

"틀림없네, 틀림없어. 죽은 자는 내 학동이고, 이 사람은 밥 굶으며 강미를 낸 그 아비일세."

모여 있는 사람들 사이에서 훌쩍훌쩍 눈물 흘리는 소리가 새어 나오더니 팽 하고 코 푸는 소리마저 끼어 나왔다. 그 소리를 비집고 거지가 자자 앞으로 걸어 나왔다. 거지는 뒤집어쓴 거적을 자자에게 툭 건넸다.

"볕 날 때마다 말려서 벼룩은 없을 텐게 걱정 말고 쓰쇼."

자자가 땅에 이마를 조아리며 고마워했다. 약초 장수도 걸어 나와 지고 있던 지게를 자자 앞에 내려놓았다.

"집에 더 튼튼한 놈이 있는데 그놈을 가지고 나올걸 그랬소."

자자가 다시 땅에 이마를 조아렸다. 자자가 종가의 죽은 몸을 거적에 싸고 떨어진 사지를 지게에 올리는데 소덕문을 지키던 군졸이 울음 섞인 목소리로 소리쳤다.

"이보게, 여기도 하나 있지 않나? 난 본 것이 없으니 알아서 하시게."

자자가 허둥지둥 기어가 군졸에게 연신 허리를 숙였다. 군졸이 못 본 척 몸을 돌린 사이 자자가 장대에 걸린 종가의 머리를 내렸다. 곱게 감긴 눈에는 눈물 자국이 범벅인데 입은 생그레 웃고 있었다.

자자가 삐걱대고 덜그럭거리며 죽은 새끼를 지게에 실었다. 자자가 삐걱대고 덜그럭거리며 죽은 새끼를 실은 지게를 지었다. 그 모습을 지켜보던 사람들은 옷고름이 흠뻑 젖도록 눈물을 닦고 소매가 반들거리도록 코를 풀었다. 자자는 지게를 지고 한양을 떠났다. 죄인의 시신을 가져갔으니 의금부가 발칵 뒤집힐 일이었지만 조정 대신들이나 신료들은 누구 하나 그 사실을 알지 못했다. 관련한 아전과 군졸들, 소덕문 가근방 사람들 모두가 입을 다문 까닭이었다. 삐걱대고 덜그럭거리는 자자의 발자국 소리는 고양군 망월산을 거쳐, 김포현 평야를 지나, 인천 도호부 염화강을 넘어, 강화도 마니산으로 이어졌다.

자자가 강화도 산속으로 들어간 지 닷새째 되는 날, 별이 지지 않고 해가 뜨지 않는 일이 벌어졌다. 엿새째, 하늘의 북두칠성 가운데 두 개가 반으로 갈라져 아홉 개가 되더니 이레째, 갈라진 두 개가 다시 또 갈라져 북두칠성이 모두 열한 개로 새끼 쳤다. 백성들은 포악한 임금이 너무 많은 사람을 죽여 천변이 생긴 탓이라며 몸을 떨었고, 임금은 간악한 백성들이 임금을 능상해 하늘의 후설이 노한 탓이라며 제사를 올릴 별공을 거뒀다. 여드레째, 열한 개의 별이 번쩍 빛을 뿜더니 사라졌고 아흐레째, 다시 평소처럼 해가 떠올랐다. 평소처럼 세상은 아무 일 없었다.

다음 해, 봄나물이 상큼해 겨울이 물러가고, 누치 비늘이 한강 물비늘 위에 누워 반짝일 때 두뭇개나루 사람들이 수군거렸다.

"강화나루 다녀온 우리 막냇동생이 그러는데… 거기에 글쎄 종가랑 똑같이 생긴 여자가 있다는구먼."

"형님 막냇동생도요? 종가를 봤다는 사람이 한둘이 아니네요. 용산 진척 마석이도 강화에서 종가를 봤다는데요."

"얼굴이 엉망이 되었다던데? 거죽이 죽어 시커멓고 온몸이 상처투성이였대."

"무슨 소리야? 피부가 하얗고 눈빛이 어질어 절세미녀가 되었다더구먼."

"종가 얼굴이 엉망이건 절색이건 간에 옛날 얼굴이 아닌데 그게 종가라고 어떻게 확신하나?"

"용대가 물어봤대. 니 종가 맞냐고. 맞다고 고개를 끄덕거렸다는데?"

"그냥 미친 여자 아니요?"

"그런데 종가를 봤다는 사람들 이야기 들어보면 한 가지 공통점이 있어. 모두 종가가 갓난쟁이를 안고 있었대. 종가가 죽을 때 애 배고 있었잖아."

"자자는? 자자가 같이 있었다면 종가가 확실하지. 자자 봤다는 사람은 없지?"

"그러네요. 자자 아저씨 봤다는 사람은 한 명도 못 봤네요."

"거 봐. 말 지어내기 좋아하는 사람들 헛소리지. 목 잘려 죽은 사람이 살아나면 그게 강시지 어디 사람인가? 쓸데없는 잡소리들 그만하고 가서 그물이나 기워."

사람들이 똥장군을 지고, 땅을 갈고, 파종을 하고, 김을 매어, 벼가 다시 누렇게 익었을 때 나라에 반정이 일어났다. 신하들은 용상에 앉아 있는 임금을 몰아내고 새로운 임금을 그 자리에 앉혔다. 새로 용상에 앉은 임금은 전에 앉아 있던 임금을 강화도 교동에 위리안치했다. 포악한 임금이 쫓겨나자 성저십리 벼는 더 진하게 쌀 냄새를 풍겼고, 매봉산 매는 더 많은 깃털을 흘렸고, 한강 누치는 더 자주 비늘을 반짝였다. 임금이 무서워 허리를 굽히고 살던 사람들은 벼를 벨 때도 허리를 숙이지 않았다. 전에 앉아 있던 임금이 강화도에 위리안치된 지 57일 후, 1년 전 일어났던 천변처럼 다시 별이 지지 않고 해가 뜨지 않는 일이 벌어졌다. 1년 전과 같이 북두칠성이 아홉 개로 갈라졌다가 열한 개로 새끼 쳤고 빛을 번쩍 뿜더니 사라졌다. 별이 사라지자 해가 다시 떠오른 것도 1년 전과 같았다. 하지만 한 가지 다른 점이 있었다. 강화도에 유배된 전 임금이 별이 지지 않자 고통에 몸부림치기 시작했고, 해가 다시 뜨기 직전 급사했다는 점이었다. 사람들은 전 임금이 독살당했다는 둥, 지병으로 죽었다는 둥 여러 가지 이야기를 떠들었다. 두뭇개나루에서 장국을 파는 아낙은 다른 주장을 했다.

"북두칠성이 재주를 부릴 때마다 사람이 죽고 사니 자자는 살아 있는 게 확실하구먼. 산 것도 그냥 산 것이 아니라 보사유인술인가 머시긴가를 통달한 도사가 되어 살아 있구먼."

* * *

자자는 말년에 책을 남겼다. 물속에서 숨 쉬는 법, 개구리로 뱀 쫓는 법, 비 오는 날 빨래 너는 법, 별빛을 모아 두었다 그믐날 밝히는 법, 귀신을 부려 투전판에서 남의 패를 보는 법, 태백성을 꺼뜨리고 북두칠성을 쪼개는 법 등 자자는 자신이 연마한 여러 가지 도술들을 책에 담았다. 그 책의 이름이 바로 '자자마도집子子磨道集'이었다. 책의 권위를 세우기 위해 자자는 전문을 진서로만 집필했는데 글이 짧은 탓에 어색한 문장이 여럿이었다. 예를 들어, 산 혼백을 꺼내고 죽은 혼백을 불러온다는 뜻의 '발초혼拔招魂' 편에서 자자는 죽은 자식을 되살린 경험을 서술하고 싶었다. '죽은 자식을 다시 살려 내어 고름 난 상처를 바삐 만져 보니 모두 나아 있었고 이후 병 없이 오래 살았다'가 자자가 쓰고 싶은 내용이었으나 실제 쓰인 글은 이랬다.

'死者復活 觸傷膿則 萬病通治 無病長壽.'

(사자부활 촉상농즉 만병통치 무병장수)

주어가 빠지거나 목적어나 서술어, 부사의 위치가 바뀌어 있었고, 자식 子(자) 대신 사람 者(자)를 쓰거나 '상처가 모두 나왔다'를 '만병통치'로 적는 등 괴상한 표현이 많아서 해석하기도 애매했지만 굳이 해석하자면 또 이랬다.

'죽은 자가 다시 살아났다. 상처 고름을 손으로 만졌다. 곧 모든 병이 두루 나았다. 무병장수했다.'

그러다 보니 어쩌다 책을 읽은 사람들은 허무맹랑한 황잡요언집이라며 평가 절하 했다. 하지만 종가만은 아비의 책을 애지중지했고 자신이 물려받은 책을 자기 새끼에게 물려주었다. 종가의 새끼는 다시 자기 새끼에게 책을 물려주었고, 종가의 새끼의 새끼는 또 그 새끼에게 물려주었으며, 종가의 새끼의 새끼의 새끼의 새끼 역시 그 새끼에게 책을 물려주었으니, 땅 귀한 줄 알고 밥 귀한 줄은 알아도 글 귀한 줄은 모르는 대대손손 일자무식 가문이었던지라, 자자의 책은 다행히 팔리지 않고 가난한 핏줄을 따라 끗년네 할멈에게까지 면면히 이어졌다. 그리고 마침내 끗년네 할멈 또한 다 닳아빠진 자자의 책을 막내손녀 끗년에게 물려주었다. 김팔봉의 똥을 동이라고 속여 내다 판 돈으로 막내손녀 끗년이 탈북하는 날이었다.

"집안 대대로 내려온 귀한 책이야. 남조선은 도자기니 그림이니 하는 골동이가 값이 비싸댔어. 무사히 도착하면 팔아서리 요긴하게 쓰라. 수백 년은 묵은 거니까네."

그날 밤 끗년은 두만강을 넘었다. 조선족 브로커가 끗년을 선양까지 인도했고 그곳에서 다섯 명의 탈북자가 새로 합류했다. 기차는 신분증 검사가 잦아 위험하다며 브로커는 버스로만 이동했다. 전깃불은 백열등과 형광등만 있는 줄 알았는데 수백 가지 오색찬란한 전깃불이 끗년이 앉은 버스 차창 밖으로 황홀했다. 환승 터미널에서는 수천 가지 음식 냄새가 끗년의 정신을 멀게 했다. 매 시간 쏟아 내는 멀미는 익숙지 않은 버스 기름 냄새 때문이 아니라 잡히면 북송된다는 불안감 때문이라고 끗년은 스스로를 다잡았다. 텐진, 정저우, 창사, 쿤밍을 거쳐 라오스 밀림을 넘었고 메콩강을 건너 끗년은 마침내 태국으로 들어갔다. 두만강을 건넌 지 딱 열흘 만이었고 국경을 세 개나 넘은 다음이었다.

방콕 이민국 수용소는 217명의 탈북자를 수용하고 있었다. 수용소의 적정 수용 인원은 120명이었다. 누우면 서로 살이 붙어 옆 사람이 흘린 땀이 끗년의 팔뚝으로 흘렀다. 커튼 하나 쳐진 화장실은 끊이지 않고 줄이 이어졌다. 변 냄새와 변 보는 소리도 줄을 이었다. 먹는 것이 비슷하니 변 냄새도 비슷했다. 냄새에 적응한 몇몇 여자들은 창살을 사이에 두고 맞은편 남자 방 조선 남자들과 눈빛을 주고받았다. 누군가 이를 옮겨 모든 사람들이 동시에 머리를 긁었다. 천장에 하나 달린 대형 선풍기는 느리게 돌며 더운 바람만 떨어뜨렸다.

수용소의 탈북자들은 입소한 순서대로 한국으로 떠났는데 대부분 채 두 달이 걸리지 않았다. 끗년만 석 달이 지나도록 수용소에 갇혀 있었다. 끗년이 가고 싶은 나라는 한국이 아니라 미국이기 때문이었다. 당시 미국은 이미 좀비로 뒤덮인 땅이었고 가고 싶다고 갈 수 있는 나라가 아니었다. 한국 대사관 직원은 끗년에게 한국으로 가라고 종용했다. 그러나 끗년은 미국이 정상화될 때까지 기다리겠다며 고집을 부렸다. 고향에 있을 때 우연히 본 미국 DVD 때문이었다. 금발이 눈부신 DVD 속 남자 주인공이 말했다.

"잘 들어, 로즈. 넌 여기서 벗어나야 해. 넌 살아야 해. 아이도 많이 낳고 아이들이 자라는 것도 보면서 할머니가 되어 따뜻한 침대에서 죽어야 해. 여긴 아니야. 오늘 밤 이런 곳에서 죽어선 안 돼."

그 순간 끗년은 남자 주인공에게 넋을 잃고 말았다. 영화 '타이타닉'이었다. 심연으로 가라앉는 레오나르도 디카프리오를 보며 끗년도 마음속으로 응답했다.

'맹세하오. 이기서 벗어나서리 행복하게 살겠다고 내 맹세하오.'

그 후 레오나르도 디카프리오는 수시로 끗년의 꿈에 등장했고 그맘때부터 미국은 끗년에게 동경의 땅이 되었다. 중국을 탈출하는 쿤밍행 버스 안에서 미국이나 영국, 캐나다 국적을 따는 탈북자도 있다는 이야기를 브로커에게 들었을 때, 레오나르도 디카프리오와 같은 나라 국민이 될 수 있다는 기대가 끗년에게 들어찼다. 부자 나라의 상징인 미국으로 모신다면 할머니도 두 배로 칭찬해 줄 것 같았다. 그런 기대와 희망으로 끗년은 태국 수용소 생활을 견뎠다. 뜨겁고 더럽고 비좁은 수용소가 숨 쉴 수 없는 바다 깊은 곳, 빛이 닿지 않는 심해 어딘가처럼 느껴질 때마다 머리칼에서 금가루가 떨어지는 레오나르도 디카프리오가 수직으로 잠수해 끗년을 수면으로 끌어 줬다.

하지만 미국은 정상화되지 않았다. 끗년이 태국에 도착한 지 넉 달이 되었을 때 국제 사회는 미국과 관련한 모든 공식 외교 업무를 종료한다고 선언했다. UNHCR 직원은 미국으로 갈 수 있는 가능성은 사라졌다며 다른 나라를 선택하라고 끗년에게 통보했다. 끗년은 하릴없이 한국으로 들어왔다.

한국에서 끗년이 처음 한 일은 개명이었다. '타이타닉' 여주인공의 이름 '로즈'로 끗년은 개명 신청을 냈다. 너무 특이한 이름이라며 담당 직원이 만류하는 바람에 '로즈'와 발음이 비슷한 '로사'가 끗년의 새 이름이 되었다. 로사는 특별 전형으로 대학에도 입학했다. 레오나르도 디카프리오의 언어를 배우는 영어영문학과였다. 열심히 영어를 공부했지만 고향 사투리는 사라지지 않았다. 사람들은 로사의 말투를 듣고 조선족이냐고 물었고 탈북자라고 대답하면 더 이상 말을 걸지 않았다. 지원금으로는 생활할 수가 없어 일을 구하려고 했지만 최저 임금 이상을 주는 직장은 잡을 수 없었다. 로사는 식당에서 접시를 나르거나 공장에서 장난감을 조립하는 일로 생계를 꾸렸다. 일을 마치면 정부에서 배정해 준 임대 아파트로 돌아와 홀로 늦은 저녁을 먹었다. 늘 통장 잔고가 빠듯해 저녁은 주로 라면이었다. 면을 호로록거리고 있으면 쌍욕을 하고 물건을 부수는 옆집 부부의 싸움 소리가 매일 넘어왔다. TV 드라마 속에서는 화려하고 세련된 사람들이 화사하고 행복하게 살고 있었다. 고향에서 몰래 보던 DVD 속 한국의 모습이었다. 그 모습은 한국에서도 TV 속에만 있었다. 하나원에서 알게 된 혜산 출신 탈북자 향옥이 이름을 유라로 바꾸고 로사 앞에 나타난 것은 그때쯤이었다. 유라는 왜 이렇게 구질구질하게 사냐면서 자신이 하는 일을 로사에게 소개했다. 노래방 도우미였다. 한 시간 일하면 보도방 사장이 '찐때비'로 7천 원을 떼어 가고 로사는 2만 3천 원을 받았다. 사투리 때문에 하루 네 시간 일하기도 힘들었는데 그 네 시간 중 네 놈은 로사 속옷 안에 손을 넣었다. 북에 있는 가족과는 연락도 할 수 없었다. 두만강 연선에 요즘은 방해 전파를 쏜다는 둥, 단속이 심해 전화기를 새로 넣어야 한다는 둥 전문 브로커는 가족과 선 한 번 대는 데에만도 기백의 돈을 요구했다. 통화 몇 번에 기백이라고 하니 가족을 빼내 오는 데에는 얼마가 드느냐고 로사는 묻지도 못했다. 좀비가 되었는지 레오나르도 디카프리오도 더 이상 꿈에 나타나지 않았다. 한국은 숨 쉴 수 없는 바다 깊은 곳, 빛이 닿지 않는 심해 어딘가였다.

로사에게 캐나다를 추천한 이도 유라였다. 인종 차별이 없어서 한국 사람들처럼 탈북자를 괄시하는 사람이 없고, 복지가 잘 되어 있어서 한국보다 살기도 수월하다는 것이 유라의 추천 이유였다. 한국에 정착한 탈북자들이 제3국으로 다시 탈남하는 일이 유행하던 시기였다. 한국 국적을 취득한 로사가 캐나다에 난민 신청을 하는 일은 불가능했지만 브로커에게 돈을 주면 해결할 수 있다고도 유라는 설명했다.

"본래는 천만 원인데 너한테는 오백만 받겠대."

브로커는 유라의 남자 친구였다. 로사는 브로커 비용을 마련하기 위해 고향을 떠날 때 할머니가 꼭꼭 싸 준 가문의 책을 팔았다. 예상과는 달리 고서점 사장이 연결해 준 수집가는 책이 희귀하다며 책값으로 오백만 원을 지불했다. 브로커는 로사를 중국 베이징으로 불러 위조 여권을 쥐여 주었다.

"캐나다 들어가면 한국 여권은 물론이고 한국 물건은 다 버려야 한다. 너는 한국에 들른 적이 없고 중국에서 돈 주고 산 이 위조 여권으로 곧장 캐나다로 간 거니까. 캐나다 이민국에 들어가면 꼭 그렇게 말해야 한다."

베이징 캐피탈 국제공항에서 로사는 캐나다행 비행기에 올랐다.

한국, 서울
일문과 일금

* * *

미국이 좀비에게 점령당하자 한국 경제는 하향 곡선에 점령당했다. GDP, GNP, GNI, 무역 수지, 주식 거래량, 외국인 투자, 설비 투자, 소매 판매, 소비 심리, 취업률 등 거의 모든 성장 지표가 곤두박질쳤고 지니 계수와 소비자 물가 지수만 상승했다. 이에 한 방송국 기자가 재래시장에서 할머니 한 분을 인터뷰했다.

"미국발 물가 상승에 대해 어떻게 생각하십니까?"

할머니는 답했다.

"미국발이고 돼지족발이고 간에 언제 물가 안 오른 적 있수?"

미국이 사라져 자신감이 생긴 북한의 당 위원장은 개혁, 개방의 길로 나서겠다며 국제 사회에 경제 지원을 요청했고, 이를 놓고 정치권과 언론, 학계와 시민 단체는 "퍼 주기다, 통일 비용이다", "국내 투자가 우선이다, 미래 투자가 중요하다" 등 연일 토론과 논쟁을 이어 갔다. 이에 방송국 기자는 거리에서 다시 청년 한 명을 인터뷰했다.

"북한 경제 지원, 해야 할까요, 말아야 할까요?"

청년은 답했다.

"하든 말든 상관없어요. 학교 졸업하고 쭉 백수라 어차피 낸 세금이 없거든요."

사람들은 사는 일에 치어 있었고 미국이 사라졌다는 사실을 체감하지 못했다. 그저 수시로 올라오는 신문 기사들만이 미국의 비극을 상기시켰는데 그마저도 믿거나 말거나였다.

미 본토 상륙을 위한 다국적 특공대 만든다

마무드 하자니 이란 최고 지도자가 미국 본토 상륙을 목표로 한 다국적 특공대 창설을 제안했다고 이란 현지 언론 함샤흐리가 18일 보도했다… (중략) 이라크, 아프가니스탄, 쿠바 등이 긍정적인 검토를 하고 있는 가운데 OECD 회원국들은 별다른 반응을 보이지 않고 있다고 이 신문은 전했다.

김치, 좀비 예방에 특효

김치에 함유된 아이소사이오시아네이트 성분이 좀비 예방에 탁월한 효과가 있는 것으로 밝혀졌다. 하늘대 프랜차이즈학과 박성찬 교수 연구팀은 실험용 쥐를 대상으로 한 피부 조직 괴사 실험을 통해 이 같은 사실을 발견했다고… (중략) 한편 외식 브랜드 (주)김치네는 내달부터 아이소사이오시아네이트 성분을 대폭 늘린 '안티좀비 김치'를 전국 대형 마트를 통해 출시할 계획이다.

베이글녀 초코, 알고 보니 좀비… 충격

아이돌 그룹 스위티의 15세 멤버 초코가 사실은 좀비?

앳된 얼굴과 육감적인 몸매로 사랑받고 있는 스위티의 막내 초코가 안방극장에 도전한다. HBS 새 드라마 '청담동 좀비들' 제작 발표회가 18일 여의도 멀티플렉스 럭셔리캐슬에서 열렸다. 이 자리에서 초코는 이복 오빠를 사랑하지만 새 엄마의 계략에 의해 끝내 좀비가 되고 마는 비운의 여인 '설공주' 역할을 맡았다고 자신의 배역을 설명했다… (중략) 이날 초코는 가슴골이 드러나는 파격적인 의상으로 나이에 어울리지 않는 몸매를 자랑해 현장을 찾은 많은 남성 팬들의 눈길을 사로잡았다.

그는 기사를 닫고 스마트폰을 주머니에 넣었다. 마침 간호사가 그를 불렀다.

"김일문 님."

일문은 맥없이 의자에서 일어나 진료실로 들어갔다. 진료과 간판에는 소화기내과라고 쓰여 있었다.

* * *

살아 있지만 살지 못하고, 죽어 있지만 죽지 못하는 좀비 같은 인생은 대서양 한복판이든 태평양 한복판이든, 미국이든 북한이든, 조선이든 한국이든 동서고금을 막론하고 어디든 있기 마련이어서 김일문과 김일금도 그런 인생을 산 사람들이었다. 둘은 여덟 살 터울 뜨는 형제로 비록 형제라고는 하나 누구도 피붙이라고 믿지 않을 만큼 생김이나 성격이 딴판이었다. 나이 들어 조금 가려지긴 했지만 젊은 시절 형 일문은 누가 봐도 미남이었다. 하얀 피부의 갸름한 얼굴에는 4B 연필로 데생해 넣은 듯한 콧날이 말끔했고, 단정한 쌍꺼풀을 올린 눈매는 눈썹 뼈의 그늘에 숨어 이국적이었는데, 바람이라도 불라치면 가늘고 부드러운 머리카락이 오달진 이마 위로 찰랑거려 지나는 여학생들의 장탄식을 끌어냈다. 학생들의 교복과 두발이 자율화된 시절, 너나 할 것 없이 가난했으니 입은 옷으로도 가릴 수 없는 것이 일문의 용모였다. 하지만 일문은 인근 여학생들의 시선은 아랑곳 않고 발길에서 찬바람이 일 정도로 냉랭히 집과 학교를 오갈 뿐이었다. 그런 일문의 태도는 다시 식민지 시대 문약한 지식인을 떠올리게 한다며 여학생들의 찬사에 휩싸이기 일쑤였고, 몇몇 여학생들은 백석이니 소월이니 하는 시인들의 시를 밤새워 필사하며 눈물을 찍어 내기도 했다. 어떤 놈은 뒤로 넘어져도 코가 깨진다는데 일문은 뒤로 넘어져도 원앙금침에 잣베개니 일단은 잘생기고 볼 일이었다. 일문네 가족이 사는 양옥집 셋방 새시 문 안에 수없이 많은 쪽지가 날아드는 것은 그러니 당연한 일이었다. 모두가 예외 없이 여학생들의 수줍은 고백이었고 먼저 데이트를 신청하는 당찬 내용도 빈번했다.

일문, 우연이 겹치면 인연이고 인연이 겹치면 뭘까? 미아동 서점에서 너랑 두 번이나 마주쳤고 48번 버스에서는 자리에 앉아 있던 네가 내 가방을 받아 주기도 했어. 일문, 넌 인연을 겹치려는 48번 버스의 지끄프리뜨. 화요일 7시, 전철역 패밀리 햄버거 집으로 나와 줘.

- 인연에 포박당한 미화여고 오데트.

그러나 화요일 7시, 전철역 패밀리 햄버거 집에서 미화여고 오데트가 맞이한 사람은 일문이 아닌 열 살 남짓한 꼬마였다. 꼬마도 그냥 꼬마가 아니라, 얼굴은 넓데데하고, 그 얼굴에는 벌써 여드름이 올라 느물거리고, 두꺼운 안경 너머 눈매는 쫙 찢어지고, 낮은 코는 위로 들려 콧구멍이 정면으로 보이는 데다가, 어둡고 우중충한 피부에는 각질인지 버짐인지가 번져 살비듬이 날리고, 목까지 짧아 작고 뚱뚱한 몸에 얼굴이 얹어져 있는, 한마디로 생긴 게 가관인 꼬마였다. 일문의 백조 같은 얼굴을 오매불망 기다리던 오데트는 당황할 수밖에 없었지만 그러거나 말거나 꼬마는 발랄하게 이야기한다.

"형 삼십 분 늦는대요. 저 햄버거 먹어도 돼요?"

하지만 일문은 단 한 번도 온 적이 없었고 꼬마는 햄버거 하나로 만족한 적이 없었다. 삼십 분이 사십 분이 되고 오십 분이 되고, 꼬마가 먹는 햄버거가 두 개가 되고 세 개가 될 즈음이면 가련한 오데뜨들은 결국 지갑을 열어 보며 물을 수밖에 없다.

"근데 너 정말 일문이 동생 맞니?"

꼬마는 입가에 묻은 케첩을 혀로 날름거리다 대답한다.

"네, 맞아요. 일문이 형 친동생 김일금."

셋방 새시 문 안에 떨어진 메모들을 종이의 질, 글씨체, 만나자는 장소별로 엄선해 걸신들린 식욕을 해결하는 것이 일문 동생 일금의 중요한 일과 중 하나였다. 메모의 글씨가 동글동글할 때는 킁킁 냄새를 맡기도 했고, 길쭉길쭉할 때는 팬티 속에 넣어 다니기도 했다. 일금의 이러한 행동을 뻔히 알면서도 일문은 상관하지 않았다. 가끔 동생 일금이 그날 만나고 온 메모의 주인에 대해 얘기를 건넬 때도 형 일문은 시큰둥했다.

"형, 오늘 나온 누나는 진짜 예쁘더라."

"어차피 안 만날 건데 뭘."

형제가 어릴 적, 일문의 곱다란 얼굴에 끌린 동네 어른들이 그의 얼굴이라도 쓰다듬을라치면 일문은 싫다는 말도 못하고 뻣뻣이 굳은 채로 훌쩍훌쩍 눈물만 흘렸다. 그럴 때면 어른들의 난처해진 손에 다가가 어김없이 얼굴을 부비는 애가 있었으니 그건 또 일금이었다. 조막손이가 빚어 놓은 메주때기 같은 얼굴이 누런 콧물을 턱까지 흘리고 있으니 어른들은 슬그머니 손을 뺄 수밖에 없었지만 일금은 해맑게 웃으며 들러붙었다.

"일문이 형 만지고 싶으면 나 만져요. 한배에서 나온 자식이라 똑같아요."

'똑같아요'도 웃기는 얘기지만, 솜털 보송한 어린것이 내뱉는 '한배에서 나온 자식'이라는 표현을 보면 이 형제의 출생에 대해 주위에서 얼마나 많은 갑론을박을 벌였는지 짐작할 수 있다.

형제의 아버지는 화물 트럭을 몰았다. 한번 집을 뜨면 돌아오는 날이 일정치 않았다. 형제의 아버지가 큼직한 비닐 가방을 옆구리에 끼고 셋방 새시 문을 나서는 날이면 동네 사람들은, 슈퍼 앞 평상에서 소주를 마시다가, 미장원 파마기 아래서 머리를 볶다가, 목욕탕 타일 바닥에서 등을 밀다가, 당구장 구석에서 고스톱을 치다가 모두 한마디씩 입을 댔다.

"일문이가 남의 씨구먼."

"어데, 일문이 멀꺼디 가는 기는 지 애비랑 판박이 아인교?"

"아따, 일금이가 남의 씨락 안 하요."

"일금이 손바닥 두툼한 거 보면 지 애비 빼다 박았던데?"

"씨가 다른 것이 아니고 밭이 다르구마니라."

"그럼 둘 중 하나는 딴 여자 자식이라는 거야?"

“박통 덕에 조선 팔도가 일일생활권인데 일문 아빠는 한번 일 나가면 일주일이잖아.”

“그게 왜 박통 덕이여? 전통 덕이지.”

“와따 박통 서거한 지 얼마나 됐다고 인간이 이라고 간사시러워라. 솔직히 전통은 박통 솥단지에 숟가락만 꽂았지라.”

“통, 통 좋아하네. 느그 집 밥통 비어서 아그들 변소통도 못 가드라.”

“일문 아빠가 딴 집 살림하다 들여온 애가 그럼 누구야?”

“일문이 쌍꺼풀은 지네 엄마랑 붕어빵인데….”

“어데예. 시댁 수제비 반죽 맹키로 일금이 귓불 얄쌍한 기는 지 에미 등사기로 밀어 놨으예.”

“그럼 둘이 정말 친형제 아냐?”

“워메 복장 터지겠네. 눈, 코, 입 개수만 맞으면 원숭이 보고도 호형호제할 양반들이구마이.”

동네 사람들이 아무리 입방아를 찧어 대도 동생 일금은 형 일문을 좇아다녔다. 여덟 살이나 터울 지는 동생이 종일 치근대도 형 일문은 가타부타 티 내지 않았다. 형 일문은 좇아다니는 동생 탓에 세상을 피했다면 동생 일금은 붙어 다니는 형 덕분에 세상을 일찍 배웠다는 차이만 있을 뿐이었다. 타고나길 소심하게 타고난 일문은 자랄수록 내성적인 성격이 됐고, 생래적으로 넉살 좋게 태어난 일금은 자랄수록 낯짝만 두꺼워졌다.

형 일문이 만화방을 가면 동생 일금은 형이 보는 만화를 곁에 앉아 함께 봤다. 만화방 여주인이 소리를 질렀다.

"야. 같이 봐도 돈 내야 돼."

우물쭈물하는 일문 옆에서 동생 일금이 뻔뻔하게 대답했다.

"저 글 못 읽어요. 아직 여섯 살이에요."

정말 일금은 글을 읽을 줄 몰랐다. 그리고 사실 여덟 살이었다. 여주인은 지지 않았다.

"그림은 봤잖아. 20원이라도 내."

벌써 눈가가 축축해지는 일문 옆에서 동생 일금은 당당했다.

"저 그림도 안 봤어요. 형 손가락 봤어요. 우리 형 손가락이 예쁘거든요."

그처럼 너스레를 떨어 놓고도 형을 쫓아 매일 만화방을 들락거리는 일금에게 여주인은 남몰래 구운 쥐포를 쥐여 주곤 했다. 그 시절 여느 학생들처럼 독서실에 다니던 형 일문이 늦게까지 집에 돌아오지 않을 때에도 동생 일금은 형을 찾아 나섰다. 독서실 입구는 무슨 고시 공부를 하는지 알 수는 없지만 사시사철 민무늬 야상에 추리닝을 입고 있는 총무가 지키고 있었다.

"입실료 1,500원."

"저는 형 옆에 앉아 있기만 할 건데요."

"알았으니까 1,500원."

"여긴 독서실인데 저는 독서를 할 게 아니라 앉아 있기만 할 거라서 돈 낼 필요 없어요."

"그걸 왜 니가 정해? 니가 사장이야? 잔말 말고 1,500원."

"아저씨는 동생이랑 가게 가서 쭈쭈바 하나 사면 두 개 값을 내나요?"

"이 꼴통 새끼가. 독서실이 쭈쭈바야?"

총무가 사무실에서 튀어나와 일금의 머리를 뚜드려 패자 일금은 이때다 하고 악을 쓰며 생짜를 부렸다. 난감해진 총무는 일금의 입을 틀어막았다.

"조용히 해. 사람들 공부하잖아."

이 말에 일금은 금세 풀이 죽어 독서실 입구에 가 털썩 걸터앉았다. 자신이 계속 악다구니를 놀리면 형 공부에 방해가 될까 싶어서였다. 밤늦게 일문이 독서실을 나올 때 일금은 총무 방에서 코를 골며 자고 있었다.

"문간에서 졸고 있길래. 근데 니 동생 맞냐? 너랑 하나도 안 닮았다."

총무는 일금을 안아 일문에게 넘겼다. 일문은 동생 일금의 누런 코를 자신의 소매로 닦아 주고는 등에 업고 집으로 돌아오곤 했다. 일문이 고3이던 해에 일금은 집에서 자는 날보다 독서실 총무 방에서 자는 날이 더 많았으니, 독서실 총무가 오래도록 고시에 합격하지 못한 것이 한편으로 다행이라면 다행이었다. 어찌 됐건 이 형제가 살면서 가장 많은 시간을 함께 보낸 사람은 바로 형제 자신들이었던 것이다.

일문은 별 탈 없이 대학에 합격했다. 일류대는 아니었지만 삼류대도 아니었다. 일문이 합격 통보를 받고 며칠이 지나 새해가 되자, 일문 아빠는 그간 끌고 다니던 20년 된 2.5톤 중고 카고 트럭을 대우 이스즈 11톤 트럭으로 바꿨다. 또 얼마 후에는 단칸 월세방에서 방 두 칸짜리 전세로 집도 이사했다.

이사한 날 일문네 가족은 조촐한 파티를 열었다. 30분 안에 배달 못하면 공짜라며 공격적으로 광고하는 피자를 시켰는데 일문 엄마는 스톱워치 기능이 있는 일문의 전자시계로 시간을 쟀다. 31분 42초가 걸렸다. 배달 오토바이는 돈을 받지 못하고 툴툴대며 돌아갔다. 중국집에서 탕수육도 하나 시켰는데 일문 엄마는 그동안 모은 쿠폰 30장을 내밀었다. 쿠폰 사용은 주문할 때 미리 알려 줘야 한다고 배달 철가방은 항의했지만 역시 돈을 받지 못하고 구시렁대며 돌아갔다. 얼굴이 거무튀튀하고 몸이 깡마른 일문 아빠는 배달에 딸려 온 오이 피클과 단무지에 소주를 마셨다. 애써 근엄한 표정을 짓고 있었지만 움팍한 눈두덩에 핼쑥한 볼 살, 턱 주변의 채신없는 수염 몇 가닥으로는 근엄함이 만들어지지 않았다. 그래도 뿌듯함만은 주름살 가득한 온 얼굴에 완연했다.

"일문아. 공부를 열심히 해야 한다. 넌 나를 닮아서 이 아빠처럼 살까 봐 걱정된다. 난 더러운 꼴 보고는 못 산다. 일문아 너도 알지? 이 아빠는 말이다. 부당한 거 보고는 못 살아. 돈 있다고 뻐기는 놈들, 집 있다고 유세하는 놈들, 그런 새끼들 비위 맞추고는 못 산다 이 말이야. 일문아, 이 아빠 성격 알지? 이 아빠는 누구 앞에서도 무릎을 꿇어 본 적이 없어."

일문 엄마가 끼어들었다.

"요전 날, 삼거리 실비집에서 외상 달아 달라며 무릎 꿇고 싹싹 빌던 그 양반은 그럼 당신이 아니었나? 내가 대신 외상 갚았는데 얼른 가서 도로 찾아와야겠네."

"좀 가만히 있어. 서방님 훈화 말씀하시는데. 일문아, 그러니까 공부를 열심히 해야 돼. 돈 있는 놈들 비위 안 맞추고 살려면 니가 돈도 벌고 땅도 사서, 니가 돈 있고 힘 있는 놈 되면 되는 거야. 그러니 공부를 열심히 해. 그런 의미로 저 작은 방은 너 혼자 써라. 니 방이야. 니 공부방."

일문은 아무 반응 없이 듣고 있는데 일문 엄마가 탁 소리 우렁차게 젓가락을 밥상 위에 내려놨다.

"이 양반이 진짜. 일금이가 코를 얼마나 고는지 알아? 당신은 맨날 밖으로 나다니니까 안 불편할지 몰라도 난 밤에 잠을 못 자. 잠 못 자고 아침에 식당 나가서 설거지해 봐. 삭신 쑤시는 건 둘째치고 골머리가 아파서…. 손이 부르트게 설거지하면 뭐 해. 약값으로 다 나가는데."

일문 아빠도 지지 않고 턱 소리 요란하게 소주잔을 밥상 위에 내려놨다.

"그럼 일문이가 잠 못 자면? 공부는 어떻게 해? 이게 보통 공부야? 대학교 공부야. 보통 대학교 공부야? 경영학 공부라고, 이 여편네야."

"새끼들이라고 하면 사족을 못 쓰지. 니 새끼들 저만큼 자라고, 니네 족보에 없는 대학생 만든 건 다 내가 엄마 노릇 잘해서야. 새끼들 위하는 것만큼 나를 위해 봐라."

"그래서 트럭도 바꾸고 집도 이사했잖아."

"빚내서 잔치하는 건 나도 하겠네. 그저께 뭐랬어? 빚 늘었으니 식당 일 한 탕 더 뛰라고? 내 몸이 무쇠냐, 이 화상아?"

"빚내서 이사하자고 한 건 니년이잖아."

일문 아빠가 소주잔을 내던지자 일문 엄마가 달려들어 남편의 머리끄덩이를 쥐고 흔들었다.

"남들은 사장님, 회장님, 사모님, 여사님 소리 듣고 사는데 너는 평생 운짱이나 해 먹고 살아라."

"나는 차라도 몰지. 너는 평생 식당에서 오봉이나 나르는 오봉 운짱이다. 이년아."

자신에 대한 얘기가 싸움으로 번졌지만 일문은 무엇 하나 하지 못한 채 그저 눈물만 그렁그렁 맺고 있었다. 그 곁에 앉은 일금은 이 모든 광경이 무척 익숙하다는 양 피자와 탕수육을 입 안으로 처넣었다. 싸움은, 대부분 그렇지만, 일문 엄마의 승리로 끝이 났다. 일문 아빠는 등을 돌리고 방구석에 앉아 혼자 소주를 마셨고, 남은 식구는 남은 음식을 먹었다. 일문 엄마가 말했다.

"일금아. 니 입만 입이고 우리 입은 주둥이냐? 그새 이렇게 다 처먹으면 니 형하고 나는 뭐 먹니? 니 아빠 큰일 났다. 니 벌어 먹여 키우려면."

그날 밤 일문은 난생 처음 가져 본 자기 방에서 혼자 잠자리에 들었다. 시트지를 붙여 원목 흉내를 낸 합판 책상은 밝은 나무색이었고, 엄마가 창문에 달아 준 커튼은 오렌지색이었고, 책꽂이 중간에 놓인 스테레오 카세트는 하얀색이었다. 니스 칠한 갈색 가구, 녹색 나일론 옷장, 빨간 플라스틱 대야, 검은 가전제품들만 가득했던 단칸방 시절과는 다른 색깔들이어서 일문은 눈이 즐거웠다. 그때 일금이 베개를 들고 일문의 방으로 넘어와 이불 속으로 들어왔다. 형제는 나란히 누웠다.

"엄마는 자니?"

"응."

"아빠도?"

"응. 형 방 좋다."

"내 방 아니야. 우리 방이야."

"아니야. 형 방이야. 형은 이제 공부 많이 해야 하니까."

"너도 써. 괜찮아."

"아니라니까. 형 방이야. 근데 형, 경영학이 뭐야?"

"경영을 공부하는 거야."

"경영은 뭔데?"

"회사를 운영하는 거."

"운영은 또 뭐야?"

"그러니까… 계획을 짜고 사업을 해서 돈 버는 거."

"회사 사장님처럼?"

"그렇지."

"그럼 형도 회사 사장님 되는 거야?"

"음… 공부 열심히 하면."

"알았어, 형. 이 방은 형 방이야."

그날 밤 일금은 밤새 사장님, 사장님 잠꼬대했다. 그 후 일금은 웬만하면 형 방으로 넘어가지 않았다. 하지만 일문 엄마는 남편이 일을 나가 집에 없는 날이면 형 방에 가서 자라며 일금에게 베개를 쥐여 주고는 했다. 그런 날을 제외하면 일금은 대부분 형과 떨어져서 잤다. 태어나서 처음으로 떨어져 자는 형제였지만 그래도 한 지붕 아래니 따로 잔다는 일이 피부에 크게 와닿지는 않았다. 형제가 진정으로 처음 따로 자게 된 때는 그로부터 일 년 후, 형 일문이 군에 입대하면서부터다.

일문은 의정부 306 보충대로 입대했다. 일문이 입대하기 나흘 전, 일문 아빠는 골재를 나르러 새만금으로 떠나야 했다. 전국의 중장비는 다 그곳으로 모여들었는데 야리끼리 받은 일이라 일문 아빠도 당분간 그곳에 붙어 있어야 할 처지였다.

"고참이 때리면 안 아파도 무조건 바닥에 굴러. 그래야 덜 맞아."

일문 아빠는 자신의 군 시절이 떠올랐는지 일문을 끌어안고 훌쩍훌쩍 울다가 트럭에 올랐다. 입대 전날 저녁 밥상에는 소불고기가 올라왔다. 큰 그릇과 작은 그릇으로 나뉘어 있었는데 당연히 큰 그릇이 일문이 몫이었다. 일금은 형 몫인 큰 그릇에 시선을 고정한 채 자기 몫인 작은 그릇에 젓가락질했다.

"내일은 어떻게든 하루 빼 달라고 했는데 홀 아줌마가 어제 또 관뒀다."

일문 엄마는 울지는 않았지만 밥 먹는 일문을 넋 놓고 들여다봤다.

"내 새끼, 머리를 빡빡 밀어 놓으니까 60촉 전구 다마네. 누구 닮아 이리 잘생겼을까."

입대 당일 일문이 일어났을 때 엄마는 새벽같이 일 나가고 없었다. 일문의 입대를 배웅해 준 유일한 사람은 동생 일금이었다. 지하철역까지 형 꽁무니를 쫓아간 일금은 일문이 개찰구를 넘어 사라질 때까지 벙싯벙싯 웃으며 손을 흔들었다. 형을 보내고 돌아온 일금은 학교에 가지 않고 집 앞 골목 귀퉁이에 쪼그려 앉아 꼬물꼬물 움직이는 개미들을 괴롭혔는데 그러면서도 연신 벙싯거렸다. 고물을 모으는 송 영감이 리어카를 끌고 가다 말을 걸었다.

"와 그리 웃어 쌌노?"

"일문이 형 금방 군대 갔어요."

"아 맞나, 오늘이 그날이드나? 그란데 니는 와 웃는데?"

"형이 군대 갔으니까요."

"인마가 드디어 미친는가 보네. 와? 혼자 독방 쓸 생각하니까네 입이 찢어지나?"

"아뇨."

"그라믄 와 웃노? 니가 그리 애지중지하는 헹님 억빨로 고생할 낀데…."

"군인 되면 늠름해지잖아요."

"그란데?"

"형은 잘생긴 데다가 앞으로 사장님이 될 몸인데 거기다 늠름해지기까지 하면 따봉이잖아요. 장차 대통령이 될지도 몰라요."

"일금이가 대한민국 군대 참말로 만만히 보네. 시끄러분 소리 그만 찌끼 쌌고 마 집에 박스나 신문 있으믄 가 온나."

"모아 놓은 종이 또 할아버지한테 내주면 엄마가 저 죽인대요."

신병 훈련을 마친 일문은 서울 근교 부대에 배치됐다. 가족은 면회 갔다. 11톤 트럭은 면회소 주차장에 세울 수 없어서 위병들이 일문 아빠의 차를 부대 안 두돈반 차량 주차장으로 안내했다. 특별 대우 받는 모양새라 일문 아빠는 의기양양했는데 일문 엄마는 투덜거렸다.

"기름값이 더 나오겠네. 그냥 버스 타고 오자니까."

"일문이 외박 받으면 집에 데리고 가야지. 애 주특기가 일빵빵인데 또 걷게 만들 거야?"

"걷긴 뭘 걸어? 버스 타자니까."

"정류장까지 걸어야 되잖아!"

일문 엄마가 일문 아빠를 위아래로 훑어봤다.

"차라리 업고 다녀라, 이 화상아."

일문은 건강했다. 서늘할 정도로 희디희었던 피부도 군대의 가혹한 햇빛 아래서는 거멓게 익었고, 가늘고 늘씬했던 팔다리 마디마디에는 산과 들을 뛰며 영근 근육이 제법 실하게 붙어 있었다. 일문은 면회 외박을 받아 11톤 트럭을 타고 집으로 돌아왔다. 반년 만에 오는 집인데 달라진 것은 없었다. 일문 엄마는 쿠폰으로 탕수육을 시켰고, 배달 철가방은 툴툴대며 돌아갔고, "힘들게 군 생활하는 애한테 탕수육 말고 뭐 없어?"라고 단무지에 소주를 마시며 일문 아빠는 이야기했고, "이번 달 대출도 못 메꿔서 일수 빌렸어."라고 국을 데우며 일문 엄마는 대꾸했고, "땅개가 힘들어, 걷는 게 제일 빡세."라고 일문 아빠는 말을 돌렸고, "그리 걷는 게 힘들어서 운짱의 길을 택하셨어요?"라고 일문 엄마는 되받았고, 쨍그랑 하고 일문 아빠의 소주잔이 벽으로 날았고, 덥석 하고 일문 엄마의 손이 일문 아빠의 머리채를 쥐고 흔드는데도, 일금은 태연하게 탕수육 접시에 코를 박았다. 싸움도 달라진 것 없이 일문 엄마의 승리로 끝났다. 하나 달라진 점이 있다면 일문 엄마가 오른손으로만 남편의 머리를 뜯었다는 것이다. 일문 아빠는 싸움에 지고도 방구석으로 도망가지 않았다.

"일문 엄마. 이리 와서 앉아 봐. 많이 아파?"

언제 싸운 적 있냐는 낯빛으로 일문 아빠가 아내의 왼 손목을 주물렀다.

"지난 주 단체 받은 날부터 시큰거리더니 여지껏이네. 괜찮아요."

일문 엄마는 어느새 옆에 궁둥이를 붙이고 앉아 남편 잔에 술을 채웠다.

"일문아, 엄마한테 잘해. 니 엄마가 참 멋진 여자다. 니가 얼른 돈 벌어서 호강시켜 줘야 돼."

일문이 우물쭈물하고 있는데 탕수육 접시에 박은 코를 떼면서 일금이 끼어들었다.

"아빠가 깬 소주잔 값만 합쳐도 엄마 벌써 호강했어요."

"그러게. 아빠가 어음은 부잔데 현찰이 거지다."

일문 엄마는 남편의 소주잔을 가로채 고개를 뒤로 꺾으며 한 잔을 크게 입 안에 털어 넣었다.

"그렇게 큰 회사들이 허구한 날 어음이야. 기름은 현찰로 넣는데 돈은 어음으로 줘. 쳐 죽일 놈들, 결젯날 기다리다 굶어 죽지. 그러지 말고 일문 아빠, 차 팔고 식당 하자."

"여편네야. 차 팔아도 할부 갚으면 일금이 짜장면 한 접시도 못 사 줘."

일금이 다시 빼꼼 고개를 들었다.

“저 짜장면 안 먹어도 돼요. 엄마 식당 하면 거기서 먹을 거예요.”

일문 아빠가 소매를 걷어 올리며 큰소리쳤다.

“아빠가 니 짜장면 사 줄 거야. 니 좋아하는 피자도 매일 사 주고. 일문이 제대하면 더 큰 집으로 이사 가서 일금이 방도 하나 주고.”

일문 엄마가 다시 남편의 잔을 자기 입 안에 털어 넣었다.

“어느 천년에….”

소주 몇 잔에 일문 엄마의 얼굴이 알록달록 붉어졌다. 일문 아빠는 일문에게도 술을 한 잔 따라 줬는데 일문이 입술만 적시고 내려놓은 술잔을 일금이 잡더니 목구멍으로 벌컥 넘겼다.

“이거 마시고 탕수육 먹으면 맛이 더 좋아요.”

일문 아빠가 너털웃음을 치며 손바닥으로 상을 내리쳤다.

“일문이만 나를 닮은 줄 알았더니 이놈도 날 닮았구나. 암, 호랑이가 강아지 낳을까.”

일문을 제외한 가족은 대취했다. 일문 아빠가 선창으로 노래를 부르자 일문 엄마와 일금이 후창으로 목청을 보탰다.

“이제는 애원해도 소용없겠지. 변해 버린 당신이기에….”

옆집에서 짜증 섞인 남자 목소리가 크게 들려왔다.

“잠 좀 자자.”

술기운이 알근한 일문 엄마가 숟가락을 소주병에 꽂더니 화통을 삶아 벼락에 볶아 먹은 목소리로 외쳤다.

"백수가 낮에 잤으면 됐지 밤에 자서 뭐 할라고!"

옆집 남자가 러닝셔츠 바람으로 뛰어왔고, 일문 아빠가 멱살을 잡았고, 일문 엄마는 뒤에서 삿대질을 했고, 일금이 남자의 바짓단에 매달렸고, 일문이 말렸다.

그날 밤 형제는 오랜만에 나란히 누웠다. 피곤했는지 일금은 금세 코를 골았다. 일문은 조용히 일어나 자는 동생의 얼굴을 내려다보았다. 창밖에는 입대 전에 보이지 않던 타워크레인이 달빛에 걸려 있었다.

* * *

그 후 가족은 일문을 면회 가지 않았다. 않았다기보다 못 했다는 것이 더 걸맞은 얘기겠다. 생각이야 간절이고, 마음이야 굴뚝이지만 먹고사는 일이 늘 뜻대로 되는 것은 아니었다. 일문 아빠는 여전히 지방 여기저기로 떠돌았고, 일문 엄마는 간혹 가다 걸리는 비번에도 구들장에 등을 지지지 않고는 다음 날 움직일 수 없을 정도로 녹초가 되기 일쑤였으니 밥을 번다는 일은 이 가족에게 가장 어려운 일이었다. 하지만 밥을 먹는 일은 이 가족에게 가장 쉬운 일이었으니 그 균형을 맞추기 위해 금쪽같은 아들도 뒷전에 가 있을 수밖에 없었다.

형 일문이 상병을 달 때쯤 동생 일금도 중학교에 입학했다. 걸어서 다니기에는 어중간한 거리라서 일문 엄마는 일금에게 버스비로 매일 500원을 내줬는데 일금이 생전 처음 받아 보는 용돈이었다. 하지만 일금은 등교할 때만 버스를 타고 하교할 때는 걸어서 돌아왔다. 등굣길 버스비 150원을 빼면 매일 350원이 일금 손에 떨어졌다. 시장 입구 떡볶이와 집 앞 대명 슈퍼 과자들을 견디는 일이 힘들었지만 그래도 매달 육칠천 원은 모을 수 있었다. 그 돈으로 일금은 형 일문을 면회 갔다. 150원을 내고 불광동 시외버스 터미널까지 가서, 1,500원을 내고 노점에서 번데기랑 핫바를 산 뒤, 1,800원을 내고 일문의 부대가 있는 마을 검문소에서 내려, 다시 100원을 내고 부대 입구까지 마을버스를 타면, 얼추 셈이 들어맞았다. 돌아올 때는 번데기와 핫바를 안 먹느냐고 물을 수도 있지만 일금이 서울행 버스를 타야 하는 검문소 정류장에는 노점이 없을 뿐더러 이미 형 일문의 부대 면회소에서 배 터지게 군입정한 터라 집에 갈 때 일금은 딱히 주전부리가 필요치 않았다.

"형. 이거 대명 슈퍼에서는 2,000원인데 여기 왜 이렇게 싸?"

"군인들한테는 싸게 파는 거야."

"그럼 군인은 캡 이득이겠다. 형 군인 계속해라."

"군인은 월급이 적잖아."

"그래? 형 월급이 얼만데?"

"8,200원."

"형은 역시 사장님 해야 돼. 군인은 안 어울려."

일문의 8,200원 월급은 그 대부분이 동생 일금의 뱃속으로 들어갔는데 그게 당연하다는 듯이 일문은 월급을 한 푼도 쓰지 않고 모았다. 병사당 두 장씩 보급되는 노란 군용 손수건으로 일문이 초코파이에 심취한 동생의 코를 닦았다.

"이거 갖고 다니면서 닦아. 이제 중학생인데 코 그만 흘리고."

코를 흘리든 말든 신경도 안 쓰던 일금이 형의 지적에 코를 후루룩 마셨다.

"늦지 않게 가. 집에 도착하면 해 떨어져."

터덜터덜 부대 정문을 걸어 나가는 일금을 향해 위병 근무를 서고 있던 병장이 외쳤다.

"야! 홍금보! 언제 다시 오냐?"

일금이 뒤도 돌아보지 않고 대답했다.

"6,000원 또 모으면요!"

한 달에 한 번 꼴로 형을 찾아가던 일금이 면회를 뚝 끊은 것은 송 영감 때문이었다. 송 영감은 어깨 봉제선이 터진 겨자색 폴로셔츠를 입고 목에 흰 수건을 감고 있었다. 일금이네 다가구 현관 처마 응달에 리어카를 세운 송 영감은 반만 피우고 셔츠 주머니에 넣어 둔 담배를 다시 꺼내 물었다.

"그래서 일문이가 어데 있다고?"

"이왕면 부암리요. 부암 검문소에서 내리면 돼요."

"그기면 다방들 많은 데 아이가? 맞나? 좋은 데서 뺑이 치네"

"그게 왜 좋아요?"

"군바리는 티켓이야. 레지 아가씨 티켓 끊어 가 노래방에서 노래도 부르고 손도 쪼물딱거리믄 연병장에서 뺑뺑이 돌던 피로가 사르르 녹는 기라."

송 영감은 왕년이 떠올랐는지 미소를 지으며 담배 연기를 길게 내뿜었다. 하지만 일금은 도통 이해할 수 없다는 표정이었다.

"티켓이 뭔데요?"

송 영감이 아차 싶었는지 눈알을 굴리더니 일금 옆에 바싹 붙어 앉았다. 송 영감은 목소리를 낮췄다.

"이기 참 사회 문젠데… 수군수군… 시간당 티켓… 소곤소곤… 마담한테 시간비… 숙덕숙덕… 밖에서 뭐 하겠노… 속닥속닥… 맥주도 한 조끼… 속삭속삭… 조동아리도 맞추고… 속살속살…."

그러고 나서야 송 영감의 목소리는 제 높이로 돌아왔다.

"내사 마 이기 사회 문제니까네 니한테 일러 준 기야. 니도 중학생이고 마 사회 교과서에도 곧 나올 기고 그카니까. 느그 엄마한테 가서 말하믄 안 된데이."

일금은 입이 떡 벌어졌다. 여자랑 수군수군하고 속닥속닥할 수 있다니. 송 영감의 이야기는 그 후로도 일금의 머릿속을 계속 휘저었고 급기야 일금은 세상의 모든 소리가 송 영감의 의성어로 들리는 지경에까지 이르렀다. 우적우적 밥 씹는 소리는 수군수군으로 들렸고, 뛰뛰빵빵 버스 소음은 속닥속닥으로 들렸고, 하하호호 친구들 웃음은 숙덕숙덕으로 들렸고, 까랑까랑 엄마의 잔소리는 속살속살로 들렸다. 얼마 후 송 영감의 이야기가 준 충격이 다소 가라앉자 이번에는 형 일문의 모습이 일금의 머릿속을 휘저었다. 월급 8,200원을 몽땅 동생의 '조동아리'에 바치느라 '군바리'답지 못했을 형 일문이 일금의 머릿속에서 처량하게 능선을 기고, 산야를 뛰고, 전선을 경계하고 있었다. 이후 일금은 자잘하게 다니던 면회를 끊고 돈을 모았다. 몇 권 안 되는 참고서를 헌책방에 내다 팔고, 틈틈이 폐지를 모아 송 영감에게 넘겼다. 송 영감은 그것을 일금 대신 고물상에 팔고 십 원 단위 우수리는 백 원 단위로 올려 값을 쳐주었다. 또한 일금은 등굣길도 걸었다. 그 때문에 일금은 아침 이른 시간에 일어나야 했다. 다른 집이라면 생전 없는 행동을 하는 아들을 미심쩍어 했겠지만 일문 엄마는 수년째 아들보다 더 일찍 일어나 일을 나갔기에 일금의 등교 시간을 알지 못했고, 종종 집에 있는 일문 아빠도 잠에 취해 일금이 언제 학교에 가는지 무관심이었다. 열네 살 나이로 사십 분을 걸어갔다 사십 분을 걸어오는 일이었으니 일금이 밤에 잠을 청할 때면 발뒤꿈치랑 장딴지가 욱신댔다. 형 방에서, 형이 베고 덮던 이불에 누운 일금은 그래도 벙싯거렸다. 오렌지색 커튼이 매달린 창문 너머로는 일 년 만에 수십 동 고층 아파트가 솟아나 있었고, 일금이 입고 자는 추리닝 바지 주머니에는 다섯 달 만에 79,620원이라는 거금이 모여 있었다. 형 일문의 '조동아리'를 '군바리'답게 만들어 주기 위해 동생 일금이 모은 돈이었다.

그 주 토요일, 일금이 부암리 검문소 정류장에 내렸다. 한적한 마을은 먼 산부터 단풍이 붉었다. 왕복 이차선 도로가 교차하는 사거리 주변으로도 단풍 같은 간판들이 다닥다닥 붙어 있었다. 길 다방, 약속 다방, 필승 다방, 만남 다방. 다방인지 뭔지 정체가 모호한 간판들도 여럿 보였다. 꿈의 궁전, 에메랄드, 추억으로, 충성 싸롱. 아는 만큼 보인다고 전에 왔을 때는 일금의 눈에 들어오지 않던 것들이었다.

일금의 계획은 먼저 형 면회를 가는 것이었다. 외박이든 외출이든 형이 부대 밖으로 나오면 송 영감이 일러 준 대로 티켓을 끊고, 호프집이든 노래방이든 들어가 형이 아가씨와 수군수군하고 속닥속닥하게 해 줄 참이었다. 그러면 그 동안 자신은 무얼 한다? 일금은 그 생각도 했다. 하지만 형이 수군수군하고 속닥속닥하는 모습만 봐도 원이 없을 듯싶었다. 형을 '군바리'답게 만들어 주는 일일 뿐만 아니라 성인 잡지에서나 보던 장면을 눈앞에서 직접 보는 일이니 다섯 달 고생한 보람은 되고도 남음 직했다. 그러니까 자리를 피해 줄 생각은 애당초 없었던 것이다.

부대 입구까지 마을버스를 타려는데 스쿠터를 탄 아가씨들이 오가며 풍기는 분 냄새가 일금의 코에 들어왔다. 대부분 원색 짧은 치마에 하이힐을 신었고 종종 위아래로 색을 맞춘 추리닝에 운동화를 신은 아가씨도 있었는데, 깁스를 감은 팔로 스쿠터 핸들을 당기면서 성한 팔로 커피 보자기를 잡고 달리는 진기한 아가씨도 한 명 있었다. 계획은 버스를 타는 것이었으나 일금의 걸음은 어느새 사거리를 향해 나아갔다. 형 일문이랑 수군수군하고 속닥속닥할 아가씨를 미리 정해 놓는 것도 나쁘지 않을 성싶다고 일금은 스스로에게 둘러댔지만 사실은 분 냄새에 침이 고인 탓이었다. 누가 좋을까, 사거리 한복판에서 일금은 주위를 둘러봤다. 수없이 많은 아가씨들이 스쿠터에 탔다 내렸다 다방 문을 열었다 닫았다 박신거리는 통에 제대로 분간할 수 없었지만 일금은 정신을 집중했다. 얼굴로 보자면 동글하고, 기름하고, 네모나고, 갸름한 아가씨들이 있었고, 살결로 보자면 반질하고, 푸석하고, 눅눅하고, 가칠한 아가씨들이 있었으며, 몸집으로 보자면 길쭉하고, 통통하고, 미끈하고, 작달막한 아가씨들이 있었는데, 유독 일금이 주의 깊게 본 곳은 납작하고, 봉긋하고, 볼록하고, 풍만한 아가씨들의 그곳이었다. 헤벌린 입에서 침이 넘치는지도 모르고 한참 눈요기를 즐기던 일금은 마땅한 답을 찾지 못했는지 가까이 있는 필승 다방으로 기세등등하게 들어갔다. 무언가 의도를 가진 행동이 아닌 그저 본능을 이기지 못한 행동이었다. 딸랑, 문에 달린 방울이 울리자, 어서 오세요, 간드러지는 목소리가 홀 곳곳에서 터져 나왔다. 일금은 밥 먹고 화장실 가는 것보다 더 천연덕스럽게 빈 테이블에 가서 앉았다. 다방이라고는 태어나서 처음이었지만 마치 실향민 고향 찾은 것처럼 일금은 이곳이 마음에 들었다. 손님의 대화를 방해하지도 않고 그 대화가 남에게 들리지도 않을 딱 그 정도의 음량으로 달짝지근한 팝송이 흘러나왔고, 풍경 사진 따위가 부록으로 달린 그간의 달력과는 달리 헐벗은 금발 미녀들 사진에 달력이 부록으로 붙어 있었으며, 얼룩무늬 군복들과 어울려 앉은 서넛 아가씨의 새뭇대는 웃음은 테이블마다 쳐진 칸막이에 가려 어딘가 음탕했고, 주름을 감추려고 허옇게 분을 바른 마담이 가자미눈을 뜨고 담배 연기를 뿜을 때는 까닭 없이 농염했다. 일금은 이런 신천지가 있나 싶어 자발없이 여기저기 둘러보고 싶었지만 십사 년 평생 밥 먹고 들른 화장실보다 더 자주 이곳에 와 본 것처럼 능청맞게 앉아 있었다. 그때였다.

"오빠, 친구 면회 왔나 봐?"

코 먹은 소리를 하며 아가씨 하나가 메뉴판을 들고 다가왔다. 얼굴로 보자면 동글하고, 살결로 보자면 반질하고, 몸집으로 보자면 통통한데 유독 일금이 주의 깊게 살피는 그곳이 웅장한 아가씨가 일금의 옆에 앉았다.

"뭐 마실 거야? 커피 줄까?"

일금이 허겁지겁 고개를 끄덕이자 웅장한 아가씨는 주방으로 들어가 자기 몫의 커피까지 들고 나왔다. 아가씨가 둘둘인지 셋셋인지 물었는데 무슨 소리인지 알 수는 없어도 무조건 많은 게 좋다고 생각한 일금은 넷넷이라고 답했다. 아가씨는 프림 넷, 설탕 넷을 커피에 넣고 휘저었다. 입 안에 고인 침을 한 번에 넘기면 소리가 들릴까 봐 일금은 그것을 조금씩 나눠 삼켰다.

"어느 부대야? 마을버스 곧 올 텐데 면회 안 가?"

아가씨의 질문에 형 일문의 얼굴이 일금의 머릿속에 또렷하게 떠올랐다. 하지만 스푼을 저을 때마다 미세하게 흔들리는 아가씨의 웅장함은 일금의 눈앞에서 더 또렷했다. 일금은 주저 없이 답했다.

"면회 온 거 아니에요."

"근데 오빠. 목소리 되게 어리다."

화들짝 놀란 일금은 침 삼키는 것을 멈추고 목구멍에 힘을 줬다.

"안 어려요."

"못 보던 얼굴인데? 차 마시러 온 거야? 아니면 티켓 끊을 거야?"

일금의 머릿속에 형 일문의 말끔한 얼굴이 다시 또렷하게 떠올랐다. 하지만 아가씨가 테이블에 두 팔을 기대자 함께 쏟아지며 그 위로 널리는 한 쌍의 웅장함은 일금의 눈앞에서 또렷하다 못해 일금의 귀에 철퍼덕 하고 소리까지 들려줬다. 일금은 단호하게 답했다.

"티켓요."

아가씨가 민소매 블라우스 겨드랑이 틈새로 브라를 끌어올리며 말했다.

"어디 갈 건데? 시간에 만오천 원. 연장하면 커피 세 잔 값 추가고. 근데 밖에 춥나 봐. 오빠 코 흘린다."

해가 뉘엿뉘엿 지고 있었다. 일문의 대대장이 탄 1호 차가 영외로 나가기 위해 위병소에 다다르자 위병 근무를 서고 있던 병장이 받들어총 자세로 목이 터져라 경례했다. 음절이 아닌 음운 단위로 몸에 반동이 들어갔다.

"추우웅서어엉. 근무 중 이사아아앙무."

50미터 길이의 직선 아스팔트 도로가 위병소 정문과 일반 차량이 다니는 국도를 잇고 있었는데 1호 차가 정문 바리케이드를 요리조리 빠져나갈 때쯤 직선 도로 저 끝에서 여자가 모는 스쿠터 한 대가 탈탈탈 달려왔다. 대대장이 짜증스레 운전병에게 말했다.

"차 세워."

바로 어제 간부 회의 때 대대장은 전달했었다. 공휴일이나 반공일날 부대 주변에서 간부들이 다방 레지들 불러 노닥거리다가 사단 감찰대에 걸리는 일이 자주 보고되고 있다고, 어떤 놈들은 대민지원 나가서 그 짓거리 하다 걸렸다고, 그러니 부대 인근에서는 유흥업소 출입을 아예 하지 말라고, 특히 영내 머무는 부사관이나 위관급 장교들 주의하라고, 분명히 전달했었다. 그런데 불과 하루도 지나지 않아 자신이 지휘하는 부대 정문을 향해 다방 레지가 스쿠터를 몰고 돌격하고 있으니, 대대장은 부대 꼬락서니에 열불이 치밀어 올랐다. 무궁화 두 개가 선명한 전투모를 고쳐 쓴 대대장은 차 문을 쾅 닫고 내려 도로 한복판에 가 자리를 잡았다. 그리고 스쿠터를 향해 외쳤다.

"동작 그만! 정지! 운전자 하차!"

위병 근무를 서고 있던 병장은 대대장이 차에서 내리는 것을 보고 급히 행정반에 연락했다. 전화는 당직사관이 받았다.

"어, 대대장님 나가셨냐?"

"아니 그게 말입니다. 정문 앞에서 내리셨지 말입니다."

"왜?"

"진입로 끝에 스쿠터 한 대가 들어오는데 말입니다. 아마 그것 때문인 거 같습니다."

"그게 누군데?"

"멀어서 잘 안 보이지 말입니다."

"잘 봐 봐."

"여자 같은데 말입니다."

"여자? 여자 누구?"

"어… 어… 저 여자는…."

"누군데?"

"저 여자는…."

"야. 저 여자 뭐?"

"필승 다방 젖 큰 앤데 말입니다."

"필승 다방? 젖? 미스 강? 걔가 여길 왜 와!"

당직사관은 전화기를 내던지고 뛰쳐나갔다. 그는 필승 다방에 외상값이 있었다. 갚을 수도 있었지만 단골을 바꿔 약속 다방만 다닌 지 벌써 수 개월째였다. 그 사실이 필승 다방 마담 귀에 들어갔는지 요새 외상값 갚으라는 전화가 부쩍 늘었었는데, 내일 직급비 나오면, 모레 특근 수당 받으면 등등 돈 안 드는 주둥이로 때우고 말았다. 그렇다고 부대에까지 외상 수금 오리라고 누가 예상이나 했겠는가. 헐레벌떡 당직사관이 뛰어나가는데 연병장에서 볼을 차던 병사들이 정문을 향해 하나둘 대가리를 내밀었다. 병사들이 구경하고 있는 것은 부대 앞 직선 도로에서 맞붙은 대대장과 다방 레지였다. 대대장은 허리에 손을 올린 채 부대 정문 앞에 버티고 있었고 저 멀리 여자가 탄 스쿠터는 시동을 끄지 않아 탈탈탈 꽁지를 털고 있었다. 그 둘 사이로 왁자하게 실랑이가 오고갔다.

"부대에도 커피 있다. 돌아가라."

"커피 배달 아니에요."

"부대에 녹차, 유자차, 율무차도 있다. 돌아가라."

"아저씨! 배달 아니라니까!"

정문에 다다른 당직사관이 숨도 고르지 못한 채 충성, 경례를 붙이자 대대장이 다짜고짜 그의 정강이를 전투화로 걷어찼다. 눈물이 찔끔 난 당직사관은 허리를 굽혀 정강이를 문지르며 스쿠터를 향해 소리 없이 입만 뻐끔거렸는데 그 입 모양은 '미스 강, 제발 가, 그냥 가.' 정도로 해석할 수 있었다. 대대장이 땅이 꺼져라 한숨을 내쉬며 물었다.

"밥은 짬밥 먹고 커피는 배달시켜 먹나? 어떻게 된 일이야?"

당직사관은 잽싸게 차렷 자세를 취하며 하늘이 무너져라 큰 소리로 답했다.

"저는 모르는 일입니다."

사병들 시선이 오가는 곳에서 장교를 얼차려 줄 수 없었던 대대장은 손가락을 들어 당직사관의 이마를 쿡쿡 찔렀다.

"모르면 전투 끝나나? 군 생활 끝나?"

대대장이 이마를 찌를 때마다 당직사관은 고개가 젖혀지며 조금씩 뒤로 물러났다. 한 번 찌르면 반 보 뒤로, 또 한 번 찌르면 다시 반 보 뒤로 볼품없이 밀려난 당직사관은 대대장의 찌르기가 열댓 번에 이르자 어느덧 정문 기둥 구석으로 몰렸다. 그때였다.

"야!"

스쿠터에서 여자의 앙칼진 목소리가 날아왔다.

"그만 좀 찔러라!"

깜짝 놀란 대대장과 당직사관은 멀찍이 떨어진 스쿠터를 동시에 쳐다봤다. 대대장은 눈이 동글해지면서 찌르는 동작을 멈춘 반면, 당직사관은 미간을 찌푸리며 또 소리 없이 입만 뻐끔거렸는데 그 입 모양을 다시 해석하자면 '살려 줘, 제발, 외상값 두 배로 갚을게.' 정도였다. 하지만 당직사관의 이번 입 뻐끔은 아까와는 비교할 수도 없을 만큼 처절하고 간절했으니 '이것은 소리 없는 아우성'이라는 청마의 시구절을 갖다 붙여도 모자람이 없을 지경이었다. 아무튼 두 사람은 마치 부동자세를 취하듯 얼어붙었는데 그 사이로 스쿠터의 짜증 어린 목소리가 다시 이어졌다.

"그만 좀 찔러. 아프다니까. 젖통 다 닳겠네."

이마를 찔렀는데 젖통이 닳다니, 이게 무슨 소리인가 싶어 대대장과 당직사관은 눈이 휘둥그레졌다. 이쪽 사정을 아는지 모르는지 스쿠터는 계속 악을 썼다.

"야, 이 새끼. 너 술 다 깼지?"

스쿠터에 탄 여자가 뒤로 몸을 홱 돌리며 오른팔을 휘둘렀다. 그러자 그녀의 등에 껌 딱지처럼 붙어 있던 누군가가 스쿠터에서 툭 떨어져 땅바닥에 널브러졌다. 너부데데한 얼굴에 안경을 낀, 작고 뚱뚱한 남자였다. 위병 근무를 서고 있던 병장이 손차양을 하고 골똘히 들여다보더니 외쳤다.

"야! 홍금보!"

여자가 말하는 자초지종은 이랬다. 치킨 집에 갔어요, 근데 계속 내 가슴만 쳐다보는 거야, 주둥이로는 치킨을 씹으면서 눈으로는 내 젖만 봐, 이 바닥 차순이도 쪽팔린 건 안다고요, 얼마나 흉물스럽던지, 주변 사람들 눈치 보이길래 이거 먹고 노래방 가서 놀자고 그랬지, 그랬더니 게 눈 감추듯 치킨을 빨아들이네? 씹지도 않아, 입에 닭 조각을 넣으면 뼈만 나와, 그러고는 다 먹었으니 노래방 가자는 거야, 제가 그랬죠, 맥주 남았잖아, 그게 화근이었어요, 얘가

맥주 피처를 원샷 때려 버린 거야, 그러고는 벌떡 일어나데, 두어 발짝 걷더니만 글쎄 꾸엑, 뱃속에 처넣었던 치킨 한 마리 다 쏟아 내고 뻗어 버린 거죠, 사방에 튀어서 내 옷만 다 버리고, 똥 밟았지 뭐야, 한 시간 후에 겨우 정신을 차리더니만 돈 달리니까 딸랑 칠만 원, 치킨 값 빼면 오바된 시간비랑 세탁비도 안 나와, 경찰에 신고 한댔더니 여기로 좀 데려다 달래, 그래서 왔어요, 돈 줘요.

뒤늦게 동생이 왔다는 소식을 듣고 달려온 일문이 처량한 눈빛으로 따졌다.

"얘 이제 중학교 1학년이에요."

여자는 관심 없다는 표정이었다.

"얼굴을 봐. 누가 중학생으로 봐. 많이 보면 서른으로도 보여."

이번엔 위병 근무를 서던 병장이 황당하다는 듯 끼어들었다.

"그래도 앉아서 얘기해 보면 어린 티 날 거 아녜요."

여자는 콧방귀를 뀌었다.

"내가 오십 넘은 원사랑도 연애해 봤는데 니네 남자들은 어리나 늙으나 똑같아. 애, 영감 할 것 없이 어떡하면 빤스 한번 벗겨 볼까 그 생각뿐이지. 아 몰라, 빨리 돈이나 줘."

대대장은 시원하게 오만 원을 쥐여 주고는 다시는 오지 말라며 스쿠터에 직접 시동까지 걸어 주면서 여자를 배웅했다. 우려하던 군기 문란이 아니라는 안도감에 대대장은 일금이 자고 갈 수 있게도 배려했다.

"홍금보, 너 군대 가기 전에 다방 끊어라. 뭐, 방위나 받겠냐만…."

그날 밤 일금은 형 일문과 함께 면회소에 간이침대를 펴고 나란히 누웠다.

"형. 여자 가슴 만져 봤어?"

"아니."

"미안해, 형."

"뭐가?"

"나만 만져서."

"괜찮아."

"형, 다음에는 꼭 같이 만지자."

"알았으니까 자."

"꼭 같이 만지자."

"그래. 얼른 자."

일문은 눈을 감고 생각했다. 여자 가슴을 각자 따로 만질 수 있다는 생각을 하지 못하는 것인지 아니면 반드시 같이 만져야 하는 무슨 특별한 이유라도 있는 것인지, 일문은 동생의 생각을 이해할 수 없었다. 아까 낮의 상황을 여자 가슴을 만진 것으로 볼 수 있는지도 일문은 의문이었다. 형의 고민을 아는지 모르는지 일금은 허공을 향해 손을 쥐락펴락하며 무언가를 주물럭대는 잠꼬대만 밤새 되풀이했다.

* * *

일문이 제대하기 전날 밤, 일문 아빠는 골재를 싣고 고속도로를 달리고 있었다. IMF의 전조가 휘몰아치던 시기였으니 일문 아빠가 받은 어음은 결제 없이 쌓여만 갔고 오래된 어음부터 부도가 났다. 건설업체들도 차례로 무너지고 있던 터라 간만에 들어온 일을 일문 아빠는 놓칠 수가 없었다. 새벽을 달려 마지막 물량만 부려 주면 아침에 올라가 일문을 맞이할 수 있을 것이라고 일문 아빠는 생각했다. 드문드문 불빛을 던지는 가로등만 지나면 오가는 차량 없는 고속도로는 줄곧 새까맸고 이제는 애원해도 소용없다고 부르짖는 카스테레오가 있었어도 일문 아빠의 눈은 끄먹끄먹 감기기만 했다. 번쩍 잠이 깨어 앞을 보니 길이 좌측으로 크게 휘어 있었다. 일문 아빠는 핸들을 반시계 방향으로 돌렸고 그의 오랜 운전 경력으로 봤을 때 충분히 꺾을 수 있는 각도였다. 하지만 차가 핸들을 쫓아오지 못하더니 왼쪽 바퀴가 들렸다. 트럭은 그대로 고속도로를 벗어나 언덕을 굴렀다. 원인은 과적이었다. 일문 아빠는 그 자리에서 즉사했다. 일문은 제대하는 날 부친의 주검을 받아야 했다. 보상을 놓고 보험 회사는 애매한 태도를 취했고 일문 엄마는 확답을 받을 때까지 장례를 늦췄다. 일주일 후 보험 회사는 보험료 지급은 불가하다고 일문 엄마에게 통보했다. 조사 결과, 일문 아빠의 트럭이 불법 개조 차량이라는 이유 때문이었다. 차주가 일반 화물

운송용 카고 차량의 적재함을 곡물 사료 운반 차량용 적재함으로 불법 증축해 용도와는 다르게 골재를 싣고 다녔고, 이렇게 할 경우 최대 허용 적재량 11톤을 넘어 35톤까지 실을 수 있으며, 사고 당시 적재량 역시 30톤이 넘었다는 것이다. 톤당 운임이 너무 적어 그렇게라도 하지 않으면 자동차 할부금은커녕 먹고살기조차 힘들 뿐 아니라 전국 화물차 중 개조하지 않은 화물차가 몇 대나 되겠냐며 일문 엄마는 사정했다. 안타깝게도 그런 사정 다 들어주는 보험 회사가 있을 리 없었다.

장례는 3일장으로 치러졌다. 조문객은 많지 않았다. 가족 중 가장 많은 눈물을 흘린 사람은 일금이었고 그 다음이 일문이었으며 일문 엄마는 꼴찌였다. 일문 엄마는 체납돼 단수된 수도꼭지처럼 눈물을 찔끔거릴 뿐 줄줄 흘리지는 못했다. 하지만 또 곡소리의 데시벨이 가장 높은 사람은 일문 엄마였고 눈물만 나오지 않을 뿐 온몸으로 절절하게 통곡했으니, 평생 흘릴 눈물을 이미 다 흘려 버려서 나올 눈물이 없는 것이라고 조문객들은 안타까워했다. 그와는 달리, 자고로 몸에 들어가는 게 있어야 나오는 게 있는 법이고, 장례식장에 차려진 음료수를 수시로 들이켜는 일금이 눈물도 가장 많이 흘리는 것을 보면 아마 일문 엄마는 식음을 전폐했기 때문에 눈물이 나오지 않는 것이라고 주장하는 조문객도 있었다.

둘째 날, 병원 소속 염습사는 장례가 늦어져 고인의 몸에 가스가 많이 찼으니 입관 과정에서 소리가 나더라도 놀라지 말라고 일문 엄마에게 귀띔했다. 가스가 새어 나오면서 고인의 구강이나 항문에서 바람 빠지는 소리가 들리는 경우가 종종 있다는 것이었다.

가족은 입관실에 붙은 유족 참관실로 들어갔다. 커다란 유리 너머로 일문 아빠가 누워 있었는데 화장을 잘해 놓은 덕에 교통사고 사망자 같지 않은 단정한 얼굴이었다. 염은 엄숙하게 진행됐다. 염습사는 시신을 모로 세워 칠성판 위에 한지를 한 장, 바로 눕혀 배 위에 한지를 두 장 올렸고, 가족들은 끅끅 눈물을 참았다. 맥주 한 병 못 먹고 소주만, 탕수육 한 점 못 먹고 단무지만 안주 삼던 아빠가, 평생 양주잔 한 번 깨 본 적 없이 부술 수 있는 거라고는 소주잔밖에 없었던 남편이, 이 넓은 세상에 쉴 곳이라고는 손바닥만 한 집 구석에 코딱지만 한 방구석뿐이었던 가장이 너무 억울해서, 가족들은 꺽꺽 눈물을 삼켰다. 염습사가 하대를 채우고 지매를 묶는데 예상대로 고인의 몸에서 가스가 빠져나왔다. 공교롭게도 그게 항문을 통해 빠지는 바람에 부우욱 하는 방귀 소리가 났다. 일문 엄마나 일문은 이미 언질을 받은 터라 그저 눈물만 계속 훔쳤는데 일금이 눈동자를 반짝이며 고개를 퍼뜩 들더니만 느닷없이 소리쳤다.

"살아 있다! 아빠가 살아 있다!"

숙연해야 할 의식이 이놈 때문에 자칫하면 엉망이 되겠구나 생각한 일문 엄마는 진정하라며 일금의 어깨를 눌렀다. 하지만 일금은 입관실 유리창에 얼굴을 처박고 펄쩍펄쩍 뛰며 계속 외쳐 댔다. 다시 일문 엄마는 저것은 가스가 새는 소리일 뿐이라고 침착하게 타일렀지만 일금은 쿵쿵 유리창을 두드리며 고함을 질렀다.

"살았어. 아빠 살았어!"

일문 엄마가 어쩔 수 없이 일금의 입을 막으며 아빠는 죽었다고 얘기했지만 일금은 엄마의 손을 어금니로 콱 깨물며 아빠는 살아 있다고 생떼를 부렸다. 결국 화가 난 일문 엄마는 일금의 귀를 잡아 당겨 귓구멍에 대고 고성을 질렀다. "아빠 죽었어!" 그래도 일금은 지지 않고 엄마의 얼굴에 침을 튀기며 악을 썼다. "아냐. 살았어!"

이 소리가 입관실 밖으로 빠져나가니, 살았어, 아냐 죽었어, 아냐 살았어, 아냐 죽었어 하는 해괴한 다툼으로 울려 퍼졌고 입관실 밖 영문 모르는 사람들은 어리둥절했다.

"아니 누가 염하다가 살아난 거야?"

"에이, 요즘 세상에…. 자고로 염이란 사망 진단서가 나와야 할 수 있는 것이여."

"그럼 저 소리는 뭐야?"

"누가 참관실에서 고스톱 치는 거 아녀? 죽는다고 했다가 바닥 패 좋으니께 산다고 하는갑네."

"하나는 아이 목소린데?"

"말도 말아. 우리 손자는 쌀 때, 쓸 때, 따닥할 때 기가 막히게 맞혀. 요즘 애들은 꼼퓨타 하잖여."

복도에 앉은 사람들이 때 아닌 토론을 하고 있는데 참관실에서 들리던 해괴한 소리가 갑자기 잠잠해졌다. 그러자 토론에 답을 내고 싶은 사람들의 궁금증은 더욱 커졌다. 남의 가족 염하는 모습을 들여다본다는 것이 영 실례되는 일임에도 궁금증을 견딜 수 없었던 한 노인이 결국 참관실 문을 빼꼼히 열었다. 문을 열자마자 바닥에서 웬 물이 질질 새어 나왔다. 이게 뭔가 싶은 노인이 눈으로 발원지를 쫓아 보니, 무릎을 꿇은 일문 엄마가 사력을 다해 일금의 팔다리를 붙들고 있었고, 그 뒤에 선 일문이 용을 쓰며 일금의 입을 틀어막았는데, 옴짝달싹도 못하고 소리도 못 내는 일금이 눈물, 콧물, 침을 폭포처럼 흘리는 통에 첨벙첨벙 젖은 바닥에서 흘러나오는 물이었다. 그렇게 한 덩어리로 뭉친 가족은 마치 한 몸처럼 비통하게 살을 떨었고, 흡사 목젖이 떼인 듯 침묵으로 통곡했다. 가난한 세월만 겪은 아빠가, 남편이, 가장이 가난을 벗어날 수 있는 기회조차 이제는 잃었다는 사실을 가족은 마침내 인정해야만 하는 것이었다. 괜히 참관실 문을 열었다가 바짓단을 적신 노인은 전날 했던 주장을 굽히지 않고, 저놈 빈소 음료수를 다 처먹더니 흘릴 눈물도 많다며 공연히 일금을 타박했다. 복도 의자에 불콰한 얼굴로 앉아 있던 송 영감이 노인을 째려봤다.

"내사 마 쭉 이래 봤는데예. 점마가 어제 사이다 스물세 깡통을 뱃속에 들이부슨 건 맞지만서도 오늘은 한 개도 안 마셨다 아임미까. 그라이까네 저 눈물은 진퉁인기라예."

아빠의 부재는 안 그래도 가난한 형제의 가계를 더욱 빈곤하게 만들었다. 일문은 곧장 아르바이트 일선에 나섰다. 처음에는 중학생들 과외를 했는데 이미 대가리 굵어진 아이들을 소심한 일문이 제대로 가르칠 리 없었고, 그러니 아이들 성적이 오를 리 없었고, 그러니 학부형이 과외를 계속 맡길 리 없었다. 다음으로 식당이나 카페에서 서빙을 했는데 이 역시 주변머리 없고 낯가리는 일문에게는 고역이었으니 손님들은 일문이 차갑고 쌀쌀맞다며 항의하기 일쑤였고, 사장은 일문을 퇴짜 놓기 일쑤였다. 지역 정보지에 1억 연봉을 준다고 광고한 사무실은 기획 부동산이었다. 과묵한 일문이 전화로 땅을 팔 수 있을 리는 만무했고, 되레 사장은 일문에게 땅을 사라고 권유했다. 이 사무실마저 월급날이 다가오자 봉지 커피 하나 남기지 않고 사라지고 말았으니 약속했던 기본급 월 25만 원은 어디 가서 하소연해야 할지도 모를 일이었다. 사람들과 마주칠 일 없는 신문 배달이 가장 쉬워 보여 찾아간 판매지국에서 지국장은 일문에게 처음은 고될 것이라며 우선 신문 100부만 맡아 보라고 했다. 그걸 돌려 봐야 한 달 9만 원, 양에 차지 않는 금액이었지만 자전거로 아침 6시까지 신문 100부를 넣는 일은 과연 쉽지 않았다. 게다가 분명히 배달을 했는데도 받지 못했다는 독자 항의가 자주 들어왔고 그럴 때마다 지국장은 한 부당 200원을 임금에서 차감했다. 가까스로 한 달을 채우고 월급을 받는 날, 지국장은 4만 5천 원만 내주었다. 일문이 무책임하게 나오지 않을 경우 손해는 자신이 입으니 첫 달 월급의 반은 일종의 보증금처럼 갖고 있다가 일을 관둘 때 주겠다는 것이었다. 새벽에 신문 세 시간 돌린다고 일문은 집, 강의실, 버스 가리지 않고, 아침, 점심, 저녁 구분 없이 졸기만 했으니 하루가 비몽사몽 다 지나가는 기분이었다. 얼른 일을 손에 익혀 배달 부수를 늘리겠다는 일문의 파릇파릇한 계획은 그래서 석 달 만에 꺾이고 말았다. 배달을 관두겠다고 했을 때 지국장은 대체자를 데려오지 않으면 남은 임금을 줄 수 없다고 말했다. 친구 없는 일문이 대체자를 구할 수는 없는 노릇이어서 일문은 돈을 포기할 수밖에 없었다. 매일 새벽 두 시면 알람과 함께 일어나 주섬주섬 옷을 챙겨 입던 일문이 일어나지 않자 부스스 잠을 깬 사람은 동생 일금이었다. 곤히 자고 있는 형을 우두커니 내려다보던 일금은 옷에 몸을 대강 꿰고 새벽길을 나섰다. 일금이 향한 곳은 신문 지국이었다. 일금은 명랑하게 말했다.

"일문이 형 아파서 대신 왔어요."

일금은 형이 노곤해서 못 일어나는 줄 알고 하루 대신하러 온 것인데 지국장은 일금을 일문의 땜빵으로 여겼다. 그래서 자연스레 일금은 형의 뒤를 이어 신문을 돌리게 됐고, 동생 덕에 일문은 첫 달 받지 못한 4만 5천 원과 포기한 임금 9만 원을 챙길 수 있었다. 형과는 달리 일금은 두 달 만에 배달 부수를 200부로 늘렸다. 자전거 페달을 밟는 일금은 새벽 우유 배달 아저씨한테 "안녕하세요!" 인사하고, 술 취해 잠든 취객에게 "일어나세요!" 소리치고, 스치는 가로수에 "길 비켜라!" 엄포 놓고, 밤 산책 나온 길 고양이한테 "왈

왈왈!" 겁주고, 신문을 정확히 던져 넣은 자신에게 "스트라이크!" 칭찬했다. 이런 일금에게 지국장은 또 다른 성과급도 제안했다.

"배달 다니다 다른 신문 있으면 몰래 빼 와. 한 부 당 200원씩 줄게."

경쟁 신문의 배달 사고를 유발하겠다는 것인데 신문 판촉 경쟁 때문에 칼부림이 나던 시절이었다.• 일금은 그 임무조차 척척 해냈으니 신문 200부를 자전거 바구니에 담고 판매지국을 떠났다가 경쟁 신문 150부를 담고 돌아오는 때도 있었다. 지국장은 괜스레 헛기침했다.

"일금아, 이건 몰래 빼 오는 게 아니고 수거잖아. 수거."

놀 수만은 없는 일문이 다시 찾은 일은 공사판 사깡 데모도였다. 주말이면 나가 시멘트를 나르고 사모래를 비볐는데 몸은 고되었지만 마음은 편했다. 하지만 이 역시 하청에 또 하청에 또 하청을 받는 구조라 노임은 짰고 중간 과정에서 누군가 장난이라도 치면 오야지도 돈을 떼이는 일이 비일비재했다. 지금이야 웬만한 아르바이트도 근로 계약서를 쓴다지만 당시만 해도 근로 계약서를 쓰는 아르바이트생이란 존재하지 않았다. 돈을 떼이지 않는 것이 일을 찾는 것 못지않게 어려웠던, 아르바이트생들의 푼돈조차 벗겨 먹으며 살아야 했던 IMF 시절이었다.

• '신문 전쟁' 끝내 살인 불러. 부수 확장 싸움 도중 지국 직원 흉기 휘둘러 2명 사상 - 1996. 7. 16. 한겨레신문

* * *

일문 아빠가 죽은 지 1년쯤 지났을 때 일문 엄마는 외박이 잦아졌다. 가게에서 잤다는 둥, 밤새 단체 손님 받을 준비를 했다는 둥 처음에는 핑계라도 있었지만 그조차 곧 사라졌다. 그렇게 몇 개월 흐른 어느 날 밤 일문 엄마는 두 형제를 앉혀 놓고 심각한 표정을 지으며 말했다.

"엄마 재혼해."

가게 단골손님과 재혼해 지방에 식당을 차릴 것이라고 말하는 일문 엄마는 남편의 장례식에서도 못 흘리던 눈물을 펑펑 쏟았다. 결혼하면 좋은 일인데 왜 우는지 알 수 없어 일금은 어리둥절했지만 일문은 침통한 얼굴이었다.

"일문아, 미안하다. 엄마가 너 졸업할 때까지 등록금은 책임질게. 일금은 아직 어리니까 내가 돌봐 줘야 해서 데려가지만, 일문아. 너는 못 데려가."

안 그래도 말수 없는 일문의 입이 더욱 단단하게 들러붙었다. 일금이 엄마를 따라갔다가 새 아빠의 구박을 받지 않을지 혹은 홀로 남겨진 자신이 잘 살아갈 수 있을지 어느 것 하나 확신할 수 없었다. 일문이 착잡해 하고 있을 때 여전히 아리송하다는 얼굴로 동생 일금이 엄마에게 물었다.

"엄마, 형은 엄마 아들 아니야? 나만 친아들이야?"

일문 엄마는 화들짝 놀라며 형제를 끌어안았다.

"누가 그런 소리를 해? 둘 다 내 뱃속으로 낳은 자식이야. 둘 다 내 새끼야."

일금은 그제야 미소를 띠며 오히려 소리 내 우는 엄마의 등을 토닥였다.

"엄마, 그럼 걱정하지 마. 나 안 돌봐 줘도 돼. 난 형이랑 살게."

"아냐 일금아. 넌 나랑 가. 엄마랑 같이 살아."

일금은 여전히 환한 미소를 잃지 않았는데 어떻게 보면 흐뭇해 보이고 또 어떻게 보면 시건방져 보이는 미소였다.

"엄마는 결혼할 아저씨가 있지만, 내가 가면 형은 아무도 없잖아. 엄마 옆엔 아저씨, 형 옆엔 일금이. 그래야 둘둘, 짝이 맞지."

일문 엄마는 눈물을 흘리며 고개를 끄덕일 수밖에 없었다. 형 일문도 슬쩍 손을 올려 눈가를 훔치는 것이 눈물이 고이는 모양이었다. 일금은 그런 가족을 양팔로 폭 끌어안고 등을 두드리며 위로했다. 흐뭇하기도 하고 건방지기도 한 일금의 미소는 가만히 보니 살아생전 아빠의 미소 같기도 했다.

며칠 뒤 일문 엄마는 조촐한 짐을 싸서 집을 나갔다. 하지만 자주 온다던 엄마는 서서히 발길이 뜸해졌고 얼마 뒤에는 아예 연락조차 닿지 않았다. 엄마가 일하던 식당에 일금이 찾아갔을 때 뽀글거리는 파마가 유난한 여 사장은 일금의 얼굴을 금세 알아봤다.

"세상에, 새끼들이랑도 연락을 끊었어? 그러게 요즘 경기에 누가 식당을 개업해? 살림 차리고 보니 남자 빚도 많았다지 아마? 니 엄마 가게까지 찾아갈 필요 없어. 거기 이미 망해서 니 엄마 날랐어."

일문과 일금이 맺은 엄마와의 연은 그걸로 끝이었다. 수년 후 다시 연락이 닿긴 했지만 통화만 몇 번 했을 뿐 각박한 살림에 아등바등 사느라 일문 엄마와 형제는 서로를 찾지 않았다. 각자의 삶을 방해하지 않고 알아서 잘 살아 주는 것이 모두에게 좋은 일이라고 생각하다 보니 차차 잊혀진 것이었다. 그로써 형제는 세상에 오롯이 둘만 남게 됐다. 당장 생활비가 간절한 탓에 일문과 일금은 보증금을 빼기로 하고 다시 단칸 셋방으로 이사했다. 송 영감은 예의 그 하얀 수건을 목에 감고 형제의 이사를 도왔다. 짐이라고 해야 리어카 세 개가 전부였다.

"구르마는 끄는 기 아이고 조종하는 기야. 다 조종사 면허증 발급받아가 하는 거거덩. 그라니까네 너거덜은 뒤에서 단디 밀어라. 알었째?"

세 사람이 마지막 리어카를 옮기는데 소문이 이미 다 퍼졌는지 동네 사람들은, 슈퍼 앞 평상에서 콩나물 다듬다가, 복덕방 탁상에서 남의 장기 훈수 들다가, 통장네 안방에서 인형 눈알 붙이다가, 교회 선교실에서 옆집 권사 흉보다가, 또 한마디씩 입을 댔다.

"불쌍해서 어째야 쓰까나. 오메오메. 에미가 새끼들만 놔두고 토까 부렀어야."

"그럼 일문 엄마는 대체 누구 엄마란 거야?"

"당신 같으면 지 새끼 놔 놓고 연 끊을 수 있겄소? 둘 다 일문 엄마 새끼가 아닌 것이재."

"그 아줌마가 지금까지 생판 피 한 방울 안 섞인 남의 자식들을 길렀다는 거야?"

"그러니까 생긴 게 저렇게 천양지차, 천차만별, 천태만상이지."

"일문이 아빠가 굼벵이여. 구르는 재주는 타고나서 이 여자 배 위에서 구르고, 저 여자 배 위에서 구르고…."

"일문 엄마 욕할 일 하나도 없구마이라. 외려 그동안 참말로 고생한 것이구먼."

"그라믄 일문 엄마는 몬 찾는 기야? 우리 YS가 구석구석 실명제 시키놔가 통장 번호만 알면 찾을 수 있을 긴데?"

"우리 YS? 아따, 느그 YS 땀시 나라가 그지깽깽이여야. 그나마니 금이빨 두 개 금 모으기 안 하고 붙어 있는 것은 다 우리 DJ 슨상님 덕분이랑께."

"YS? DJ? 알파벳도 못 외우는 것들이 지랄들 하고 있네. 왜? 천한 놈들이 임금님 함자 부르려니 황송하냐? 아예 폐하라고 불러라."

"아무튼 저 둘은 그럼 자기들이 친형제가 아니란 걸 이제 알까?"

"알겠지. 아무리 없이 산다고 집에 거울 없겠어? 거울 보면 답 나오는데 뭘."

"오메오메, 짠해서 어짠데. 안 그래도 먹고살기 쌔빠지는 세상인디…."

먹고살기 쌔빠지는 세상 속 초라한 단칸방은 형제에게 가여울 것도 불편할 것도 없이 오붓하고 안락했다. 그날 밤 일문과 일금은 언제나처럼 나란히 누웠다. 그때 일금은 어느새 고등학생이었으니 코는 흘리지 않는 대신 입이 걸어졌고, 말할 때마다 입가에 허연 침이 뭉쳤다. 일금은 그 걸어진 입으로 개뿔도 모르는 새끼들, 쥐뿔도 모르는 새끼들 하며 혼자 중얼거렸는데 동네 사람들이 자신들을 보며 친형제가 아니라고 떠드는 데 분노한 까닭이었다. 아니나 다를까 일금의 입가에 게거품처럼 침이 끼었다. 어릴 때 동생의 코를 닦던 일문의 손이 이번에는 동생의 침을 닦았다. 일문은 누워 곰곰이 생각했다. 지금껏 수차례 돌이켜 봤지만 자신이 일곱 살 때 엄마가 임신한 기억은 없었다. 그래서 일문은 일금이 자신의 친동생이 아니라는 사실을 진작에 알고 있었지만 모른 체한 것뿐이었다. 하지만 엄마가 떠난 후 일문은 자신 역시 엄마의 친자식이 아닐 수 있다는 의심이 생겼다. 일문은 까마득한 어릴 적 기억을 더듬었다. 아무리 애를 써도 엄마가 자신의 기억 속에 등장한 게 몇 살 때인지 뚜렷하지 않았다. 그래서 일문은 아빠를 떠올렸다. 엄마는 다를 수 있어도 아빠는 같다, 아빠만 같다면 자신들은 친형제다, 그러니 동네 사람들이 뭐라고 입방아를 찧든 신경 쓸 필요 없다고 일문은 혼자 결론지었다. 물론 일문 마음속에 있는 티끌만 한 불안까지 씻긴 것은 아니었다. 만약 일금의 생모를 임신시킨 남자가 아빠가 아니라면? 일금의 생모가 일금을 임신할 때 아빠 말고 다른 남자도 만나고 있었다면? 그래서 자신을 임신시킨 남자를 착각했거나 혹은 아빠에게 의도적으로 책임을 지운 것이라면? 만약 그렇다면 자신들은 피 한 방울 섞이지 않은 남남이 되는 것이었다. 이처럼 혼자 고민하는 형의 속을 아는지 모르는지 일금은 지치지도 않고 혼자 중얼거렸다. 개뿔도 모르는 쥐새끼들, 쥐뿔도 모르는 개새끼들…. 일문은 태어나서 한 번도 입 밖으로 꺼내 본 적 없는 욕들이었니, 아무리 뜯어 봐도 닮은 구석이라고는 개뿔만큼도 없는 이 형제가 과연 쥐뿔만큼이라도 피가 섞인 친형제인지는 신만이 알 일이었다.

* * *

형 일문이 대학을 졸업하는 해, 신입 사원을 뽑는 회사는 많지 않았다. IMF의 여파였다. 일 년을 허송세월한 일문은 가까스로 IT 회사의 기획팀에 입사했다. 하지만 오래가지 않았고 곧 다른 회사를 알아봐야 했다. 인터넷이 세상을 바꿀 것이라며 세상의 모든 돈이 IT에 몰릴 때라, 제2의 정주영, 이병철을 바라는 수많은 욕망들이 인터넷 관련 회사를 세웠다 망했다, 창업했다 폐업하는 반복이었고 일문은 그 안에서 이 회사 저 회사를 부평초처럼 떠돌았다.

고등학교를 졸업한 동생 일금은 몇몇 대학에는 진학할 수 있는 성적이었지만 굳이 거기에 돈과 시간을 들이고 싶지 않았다. 그래서 곧바로 입대했는데 일문네 대대장의 바람과는 다르게 당시는 방위병이 사라지고 없었으니, 일금은 현역으로 군에 들어갔고 큰 사고 없이 전역했다. 일금은 고민하는 시간도 없이 곧장 방송통신대학에 등록하고 지역 케이블 회사에 입사했다. 유선 방송 케이블을 설치하는 일이었는데 인터넷 광케이블 구축을 장려하는 정부 정책과도 맞물려 나름 유망했고, 이 집 저 집 다니며 여러 사람들의 다양한 살림을 만나는 일 또한 일금의 적성에 딱이었다. 아이고 오래 기다리셨습니다, 할머니 이제 요 버튼만 누르면 '여인천하' 볼 수 있어요, 학생 인터넷 연결했으니 백신 깔아야 하는데 내가 해 줄까? 어머니 저녁에 고등어 드셨어요? 냄새 기똥차네요, 문간에 있는 쓰레기 제가 나가면서 치울 테니 할아버지 그냥 누워 계세요. 형 일문이 전전하는 회사들이 사장이란 말 대신 CEO란 영어를 쓰고 제때 지불되지도 않는 임금에 스톡옵션을 논할 때 동생 일금은 사다리를 깔고 전봇대에 올라 5C-HFBT 케이블을 달고 있었다.

형 일문이 네 번째 회사에 입사하고 동생 일금이 4년 예정이었던 방통대를 6년 만에 졸업하는 동안 전봇대 위에서 보는 도시의 풍경 역시 달라졌다. 새로 뽑힌 시장은 시 외곽에 집을 짓는 일이 더 이상 돈이 되지 않는다고 생각했는지 시가지 내 낡은 마을을 재개발하겠다고 나섰다. 그 덕분에 소주를 마시고 콩나물을 다듬던 대명슈퍼 평상 자리에는 수십 미터 고층 아파트가 지어졌고, 바가지로

탕 물을 퍼서 쓰던 옛날 목욕탕 자리에는 주상 복합 건물이 세워졌고, 미닫이 새시 문 안에 할배들 장기판이 벌어지던 복덕방 자리에는 대형 프랜차이즈 식당이 입점됐고, 3층짜리 상가 꼭대기 층을 빌려 쓰던 동네 교회 자리에는 수십 미터 십자가를 이마에 얹은 초대형 교회가 들어섰다. 땅을 가진 사람도 새로 지어진 아파트에 들어가 살기에는 집값이 너무 비쌌으니 세입자 처지는 말할 필요도 없었다. 슈퍼 주인, 복덕방 할배, 목욕탕 사장, 교회 목사, 송 영감, 일문과 일금 형제를 비롯해 옆집은 물론이요 앞집, 뒷집, 건넛집, 사거리 개똥이네 수저통 젓가락 숫자까지 꿰고 살던 사람들은 수십 년 산 동네를 떠나 집값이 싼 변두리로 뿔뿔이 흩어졌다. 그래도 모자랐는지 시장 말고도 너 나 할 것 없는 정치인들은 도심 재개발을 떠들며 표를 호소했다.

형제가 새로 이사 간 집은 방이 두 칸이었다. 그래도 형제는 한 방에서 같이 잤다. 그런데 얼마 지나지 않아 형 일문이 집에 들어오지 않는 날이 많아지기 시작했다. 일금이 어디서 잤냐고 캐물어도 형 일문은 묵묵부답이었다. 그러려니 하고 지내는 어느 날, 일금이 빨래를 돌리는데 형 일문의 옷에서 기다랗고 가는 머리카락이 두세 올 발견됐다. 갈색으로 살짝 염색도 되어 있는 것이 일문의 머리카락이 아닌 것만은 분명했다. 식탁 위에 하얀 화장지를 깔고 보란 듯이 머리카락을 올려놓은 일금은 형의 퇴근을 기다렸다. 일문은 마침내 입을 열었다.

"일금아, 형 애인 생겼어."

여자의 이름은 미경이라고 했다. 같은 회사 동료였는데 직급은 일문과 같았지만 나이는 일문보다 어렸다. 처음 몇 달 동안 일문은 미경의 존재를 거의 느끼지 못했다. 그래서 일문은 그녀를 그저 조용한 여자라고 생각했다. 어느 회사나 마찬가지지만 일문네 사장은 '사우디에 폭탄주를 팔자'와 같은 허황한 일을 곧잘 목표로 삼았다. 그러면 직원들 역시 여느 회사와 마찬가지로 다양한 핑계를 대며 몸을 사렸는데, 박 대리는 무슬림이 술을 마시기까지 기대 시간이 너무 오래 소요된다며 사장 눈치를 봤고, 이 과장은 무슬림은 돼지고기를 안 먹으니 폭탄주에 적당한 안주 디벨로팅이 우선이라며 한 발 뺐고, 권 차장은 사우디 마켓에 폭탄주에 대한 B2C 마인드쉐어를 늘리는 방향으로 솔루션을 전환해야 한다며 소쿠리로 물 퍼 담았다. 일문은 그조차도 없어 꿀 먹은 벙어리로 앉아 있었지만 미경은 달랐다. 그녀는 눈을 차분히 내리깐 채 어깨까지 내려오는 머리카락을 귀 뒤로 넘기며 얌전히 물었다.

"폭탄주가 뭐예요?"

직원들이 아무리 몸을 사려도 '사우디에 폭탄주 팔기' 프로젝트는 '사우디에 비키니 팔기', '사우디에 목탁 팔기', '사우디에 성경 팔기', '사우디에 기름 팔기'로 목표의 허황함만 바뀔 뿐 단 한 번도 취소되지 않았다. 그 탓에 권 차장, 이 과장, 박 대리, 일문의 야근은 늘어날 수밖에 없었으나 폭탄주도 모르는 미경의 업무는 늘어나지 않았다. 직원들의 눈초리를 받으며 먼저 퇴근하는 그녀를 일문은 그저 폭탄주도 모르는 순진한 여자라고 생각했다. 그러던 어느 봄날, 출근길에서 마주친 미경이 일문을 향해 상냥한 눈웃음을 지어 보였다. 떨어지는 벚꽃을 수려한 이마로 헤치며 단정하게 걷는 자신의 모습이 얼마나 준수한지 관심도 없고 알 리도 없는 일문은 그녀의 눈웃음이 난처해 그만 볼을 붉히고 말았다. 그때부터 미경은 일문을 볼 때마다 상냥하게 웃어 보였고 그래서 일문은 그녀를 다시 친절한 여자라고 생각했다. 술 못하는 일문이 일찍 들어가겠다는 말을 못 해 회식 자리에 끝까지 남아 있을 때에도 미경은 일문에게 먼저 다가와 인사했다.

"저 지금 집에 들어가요. 일문 씨도 고생하지 말고 빨리 일어나세요."

유난히 오래 소지품을 챙긴 다음 뒤 한 번 돌아보지 않고 떠나는 그녀를 일문은 또 조신한 여자라고 생각했다. 사무실 안쪽에 위치한 일문의 책상에서는 그녀의 자리가 보이지 않았으니 회의 시간이나 복도가 아니면 마주칠 일 없는 그녀가 일문의 주위 여기저기에 출몰하기 시작한 것도 그때쯤이었다. 유달리 커다란 웃음소리에 파티션 위로 고개를 내밀어 보면 옆 섹션 인사과 여직원과 수다를 떨고 있는 그녀가 보였고, 빨리도 먹고 시끄럽게도 먹는 통에 여직원들은 합석하기를 꺼려하는 김 부장과의 점심 식사 자리에 그녀가 홀연히 끼어 있었으며, 일문의 자리 창문 밖으로 내려다보이는 야외 벤치에서 커피 텀블러를 들고 다소곳이 앉아 있는 그녀가 자주 목격됐다. 담배를 피우지 않는 탓에 그 벤치가 흡연하는 남직원들이 수다 떠는 장소라는 사실을 모르는 일문은 이곳저곳 왕성하게 움직이는 그녀를 또 활달한 여자라고 생각했다. 그러던 어느 날 회식 자리에서 일문은 평소와는 다르게 마지막까지 자리를 지키는 그녀를 발견했다. 자정이 지나자 그녀는 테이블 위로 떨어지는 조명이 자신의 오른쪽 얼굴에 와 닿는다는 사실을 잘 알고 있다는 듯이 왼쪽 벽으로 머리를 기대 가만히 눈을 감았다. 술 취한 동료들은 넥타이가 삐뚤어지고, 셔츠에 간장이 묻고, 이에 고춧가루가 끼고, 삐져나온 코털에 콧물이 달리고, 붉으락푸르락한 얼굴에 개기름이 미끈거리는데, 미경만은 아이라인이나 립 라인, 비비 톤, 심지어 머리카락 한 올 흐트러지지 않은 완벽한 모습이어서 어딘지 몽환적이었다. 술기운이 올랐는지 미경은 그 상태로 잠들었다. 보통 사람이라면 '꾸벅꾸벅' 잠들었겠지만 그녀는 '스르르'라는 흉내말이 어울리는 모습으로 잠에 빠졌고 그런 그녀를 가장 잘 볼 수 있는 대각선 맞은편 자리에는 공교롭게도 일문이 앉아 있었다. 이 시끄러운 곳에서도 잠에 빠지는 그녀를 일문은 다시 또 연약한 여자라고 생각했다. 하지만 술자리가 끝났을 때 평소 박 대리, 이 과장, 권 차장, 김 부장에게 했던 것처럼 일문은 미경을 택시에 태워 그냥 집에 보내고 말았다. 그러자 그 다음 날부터 일문을 향해 웃어 주던 그녀의 상냥한 눈빛이 철저한 무관심으로 바뀌었다. 그녀는 더 이상 일문의 주변으로 출몰하지 않았으며 회식 자리에서 빠져나갈 때에도 일문 대신 박 대리에게 인사했다. 그래서 일문은 그녀를 차가운 여자라고 고쳐 생각했다. 일주일쯤 지나자 일문 마음속에 까닭 모를 조바심이 일었다. 그토록 조용하고 순진하고 친절하고 조신하고 활달하며 연약했던 여자가 갑자기 차갑게 바뀌다니, 어쩌면 그녀는 간사한 여자일지도 모른다는 생각이 들었다. 다시 일주일이 지났을 때 미경은 여전히 차가웠고 일문은 불면에 시달렸다. 돌이켜 보면 미경은 조용한 여자였다가 돌연 활달한 여자로 바뀌었고, 친절한 여자였다가 불현듯 차가운 여자로 달라졌고, 순진한 여자였다가 갑자기 간사한 여자로 변했다. 그런데 사람이 어떻게 그토록 순식간에 확확 바뀔 수 있단 말인가? 대체 그녀는 어떤 여자란 말인가? 그쯤 되자 일문에게 그녀는 도통 이해할 수 없는 여자로 자리 잡았고 그녀가 던지는 불가해한 퍼즐을 밤마다 풀어야 하는 일문은 온밤을 새하얗게 보내야 했다. 그렇게 두어 달쯤 지난 어느 날, 김 부장이 별안간 회의실 문을 열며 소리쳤다.

"프로젝터 누가 썼어? 노트북 연결하는 핀이 다 부러졌잖아. 사장님께 PT 해야 되는데 보드에 그리면서 할까?"

금방 회의실에서 빔 프로젝터를 사용한 사람은 일문이었고 그때만 해도 물건은 제대로 작동했었다. 우물쭈물하는 일문을 향해 김 부장은 욕을 섞어 소리쳤고 주변 직원들은 허겁지겁 자신의 모니터에 열중했다. 개, 닭, 소를 비롯해 갖은 동물들을 끌어들이는 김 부장의 고성이 십여 분간 계속되자 세렝게티 야생동물들이 사무실을 뛰어다니는 지경에 이르렀다. 보다 못한 미경이 자신의 서랍을 뒤지더니 일문에게 다가왔다. 미경은 무언가를 건네며 나직이 말했다.

"젠더예요. 가서 다른 구멍에 연결시켜 드리세요. 더 난리 피우기 전에."

순간, 미경을 바라보는 일문의 눈동자에 번쩍 섬광이 일었다. 불가해한 여자 미경이 자애로운 여자 미경으로 변신하면서 뿜어내는 섬광이었다. 이 일을 계기로 일문은 미경에게 밥을 샀고, 밥을 먹다 보니 가끔 영화를 보게 됐고, 가끔 영화를 보다 보니 함께 산책하게 됐고, 함께 산책하다 보니 서로에 대해 얘기하게 됐고, 서로를 얘기하다 보니 서서히 사랑하게 됐고, 사랑하다 보니 같이 밤을 지새우게 됐는데, 프로젝터 핀을 부러뜨린 사람이 다름 아닌 미경이라는 사실은 그녀만이 알고 있는 비밀이었다.

* * *

고향이 시골인 미경은 회사 근처에 원룸을 얻어 혼자 살았다. 데이트가 길어지면 둘은 자연스레 미경의 집으로 가 함께 밤을 보냈고 그래서 일문의 외박이 잦아진 것인데 문제는 일금이었다. 형한테 애인이 생겼다는 사실을 알게 된 일금은 둘의 데이트에 자주 끼어들었고, 형 커플을 따라 미경의 집까지 쫓아가더니 아예 집에 돌아갈 생각을 하지 않는 것이었다. 미경의 눈치를 받은 일문이 "먼저 가, 일금아. 난 좀만 더 있다 갈게."라고 말하면 그제야 집에 돌아가는 것도 몇 번뿐, 일금은 미경의 원룸 한복판에 먼저 자리를 깔고 드러눕는 게 일상이 되었다. 급기야 일문 커플이 데이트를 마치고 느지막이 미경의 집으로 귀가하면 건물 입구에서 일금이 그들을 반기는 일까지 벌어졌다.

"누나, 형이 술을 못하니까 재미없죠? 제가 치킨 사 왔으니까 한잔 해요."

일금은 곧장 미경의 집으로 퇴근하는 일도 서슴지 않았던 것이다. 일금을 집으로 보내는 방법은 결국 일문 자신이 집으로 돌아가는 길뿐이었다. 서운하게 애인의 집을 떠나는 형의 꽁무니를 쫄래쫄래 쫓아 나오면서도 일금은 벌린 입을 닫지 않았다.

"그냥 자지. 귀찮게 언제 집까지 가?"

"불편할까 봐 그러지."

"누구? 나? 난 불편할 거 없어."

일문이 길게 한숨을 쉬었다.

"일금아, 집으로 퇴근하지 왜 자꾸 여기로 와?"

"당연히 와야지. 형이랑 약속했잖아."

약속이라니, 일문은 덜컥 겁이 났다. 자신의 군 복무 시절, 다음에는 여자 가슴을 꼭 함께 만지자던 일금의 말이 생각난 때문이었다. 일문은 모른 척했다.

"약속? 난 약속 같은 거 한 적 없는데?"

"왜 없어? 엄마 시집갈 때 했잖아. 엄마 옆엔 아저씨, 형 옆엔 일금이. 그 말에 형 우는 것도 난 다 봤어. 그리고 아빠 살아생전 맨날 밖에서 혼자 자니까 좋았어? 미경이 누나도 곧 가족인데, 아빠처럼 혼자 자게 내버려 두면 안 되지."

동생의 마음을 알게 된 일문은 더 이상 일금을 다그치지 않았다. 그러나 일문의 양친이 없어 시집살이는 않겠구나 생각하던 미경은 결혼도 하기 전에 시동생한테 시집살이 겪는 터라 스트레스가 이만저만이 아니었다. 일금이 앉은 변기, 일금이 쓴 젓가락, 일금이 벤 베개, 일금이 닦은 수건, 심지어 일금의 발이 닿은 방바닥까지 싹 뜯어다가 내다 버리고 싶은 심정이었다. 미경은 일문을 붙잡고 숱하게 불만을 토로했다.

"오빠. 이게 말이 돼? 일금이 좀 그만 오라고 해."

"내가 오빠랑 사귀지 일금이랑 사귀어?"

"그런 동생 있는 줄 알았으면 오빠 만나지도 않았어."

"원 플러스 원이야? 진절머리 난다. 좀."

"형은 숫기 없는 샌님인데 동생은 또 철면피야. 둘이 형제 맞아?"

미경이 아무리 불만을 쏟아 내도 일금은 꾸역꾸역 미경의 집에 찾아왔다.

"둘 중 누가 바보야? 내 얘기를 제대로 못 전하는 오빠가 바보야, 아니면 전해도 못 알아 처먹는 일금이가 바보야?"

스트레스로 미경의 정수리에서 김이 오르던 어느 날, 궁하면 통한다고 미경은 불현듯 묘수 하나가 떠올랐다. 일금이 퇴근 후 같이 시간을 보낼 사람이 생긴다면? 그 사람이 여자고 그 여자랑 일금이 연애를 한다면? 그러면 더 이상 자신들을 방해하지 않을 것이라는 생각이었다. 미경은 급하게 여자를 수소문했다.

태어나서 한 번도 여자를 만나 본 적 없는 일금은 소개팅을 해준다는 미경의 전화에 심장이 녹아내리는 줄 알았다.

"이진희라고 하는데 고향 동생이야. 일요일 두 시에 강남역 10번 출구로 오라고 했으니까 한번 만나 봐. 전화번호는 문자로 찍어 줄게."

약속 당일 아침 6시에 일어난 일금은 목욕을 다섯 번 하고, 로션을 열두 번 바르고, 옷을 스무 번 갈아입고, 왁스를 두 통 쓰고, 없는 향수 대신 방향제를 세 번 뿌린 뒤 보무당당하게 강남역으로 나섰다. 일금의 소개팅 상대인 이진희는 약속 시간보다 조금 늦게 강남역 10번 출구에 도착했다. 그러나 그녀는 희한한 장면과 맞닥뜨려야 했다. 까만 얼굴은 터질 듯이 비대해 코가 아닌 눈 밑 살에 안경을 얹었고, 왁스를 얼마나 발랐는지 부러질 듯이 딱딱한 짧은 곱슬머리는 밤색 단화의 광택과 함께 위아래로 반짝거리는데, 구하기도 어려워 보이는 보라색 벨벳 셔츠 단추를 몽땅한 목의 핏줄이 다 드러나게 채운 것도 모자라, 오후의 직사광선에 하얀 면바지 속으로 넣어 입은 셔츠 길이가 다 비쳐 보이고, 덤으로 체크무늬 트렁크 팬티의 꼬깃꼬깃한 구김까지 훤히 들여다보이는 작달막한 남자가, 마치 공항에서 외국인 손님을 맞는 것처럼 '이진희 씨'라고 쓴 큼직한 도화지를 들고, 사람 붐비는 지하철 출구 정면에 서 있었던 것이다. 이진희는 그 길로 울면서 집에 돌아와 버렸고 다음 날 전에 만나던 남자 친구에게 전화해 "네가 얼마나 괜찮은 남자인지 미처 몰랐어."라고 늦은 후회를 했다.

두 시간을 기다렸지만 허탕 친 일금에게 미경은 근사한 새 옷을 사 입히고 곧장 두 번째 소개팅을 주선했다. 일금과 여자는 커피숍에서 만났는데 삼십 분쯤 지났을 때 엄마가 아파 집에 가 봐야 한다며 여자가 갑자기 자리에서 일어났다. 커피숍을 나오자마자 여자는 미경에게 전화했다.

"못생긴 건 둘째치고 무슨 게야? 스키장 인공 눈 제조기야? 침을 어찌나 튀기는지 마시던 커피가 카푸치노가 됐어. 언니 그렇게 안 봤는데 못됐다."

여자는 그 후 미경과 연락을 끊었는데 3년 뒤 자신의 결혼 청첩장을 돌릴 때에야 비로소 연락했다는 이야기는 후일담이다. 어쨌건 미경은 화를 꾹 참으며 침 튀기는 것에 각별히 주의하라고 손수건을 챙겨 준 후 일금을 세 번째 소개팅에 내보냈다. 미경의 조언을 따른 결과 일금은 여자와 차를 마시는 것은 물론이요 함께 삼겹살을 먹는 데까지 이르렀다. 식사가 끝날 때쯤 일금은 여자에게 더치페이를 요구했다.

"먹기는 지가 다 처먹어 놓고."

여자는 만 원짜리 두 장을 일금의 얼굴에 던지고 가 버렸다. 그날 밤 미경은 터지는 속을 부여잡으며 일금을 다시 타일렀다.

"처음에는 남자가 돈을 다 내는 거야. 네 형도 그랬어."

"그 처음이 언제까진데요? 두 번? 세 번째까지?"

"여자가 내겠다고 할 때까지!"

"그럼 누나가 미리 물어본 다음에 소개해 주면 안 돼요? 몇 번째부터 돈 낼 건지? 난 못해도 세 번째부터는 나눠 낼 수 있는 여자면 좋겠는데."

치미는 짜증을 억누르며 미경은 돈을 써야 여자가 넘어온다고 호되게 주의를 준 뒤 일금을 네 번째 소개팅에 내보냈다. 마땅한 사람이 없어 드문드문 연락하는 후배의 동생에게 부탁했는데 가볍게 만나 밥이나 같이 먹으라며 사정사정해서 만든 자리였다. 여자를 만난 일금은 미경의 코치대로 커피 값, 극장 값, 밥값을 혼자 다 냈다. 하지만 그 돈이 얼마나 귀한 돈인지 알려 주고 싶어 입이 근질댔다.

"음료 두 잔에 9,000원. 랜선 30미터 살 돈이네요."

"이전 설치로는 안 되고 그나마 신규 개통으로 하나 깔아야 둘이 영화 한 편 볼 돈 나오겠네요."

"작업 마치면 회사에서 고객 분한테 전화해서 서비스가 어땠는지 평가를 받는데요. 거기서 높은 점수를 못 받으면 벌금이 5만 원이에요. 엄청 큰 돈 잃는 기분이었는데 이제 보니 스파게티 두 접시 값밖에 안 되네요."

여자가 쥐고 있던 포크를 식탁에 내려놓으며 벌떡 일어났다.

"가끔 만나 밥이나 얻어먹으래서 나왔더니 체하겠다. 여보세요, 그쪽은 아까운 돈 썼는지 몰라도 나는 아까운 시간 썼어요. 불쌍한 놈 뜯어먹다가 지옥 갈까 겁나네."

여자의 말은 거짓이 아니었다. 그녀가 일하는 헤어숍은 유명 헤어 디자이너 원장이 기술을 가르쳐 준다는 이유로 한 달 60만 원 주면서 하루 열 시간씩 주말도 없이 사람을 부렸으니, 불편하게 밥 얻어먹다 소화제 값 내칠 바에 그 시간에 집에서 자는 게 그녀 입장에서는 이익이었다. 여자의 사정이야 어쨌든 미경은 분통이 터졌다. 그래도 희망의 끈을 놓지 않고 다시 사람을 물색했는데, 일금이 대기업에 다닌다고 속인 후에야 띄엄띄엄 아는 언니의 건너건너 아는 후배의 건성건성 아는 친구를 가까스로 소개받을 수 있었다. 그것이 그리 틀린 말은 아니어서 일금이 설치하는 인터넷과 케이블 방송은 TV 광고까지 하는 대기업 상품이었다. 미경은 절대로 돈에 관해서는 말하지 말라고, 쩨쩨한 티 내봐야 어느 여자가 좋아

하겠냐고 주입식 교육을 시킨 뒤 일금을 다섯 번째 소개팅에 내보냈다. 미경의 교육대로 일금은 말을 애써 가렸는데 여자가 대뜸 물었다.

"일금 씨네 회사 대기업 아니에요? 현장에서 설치하는 사람들도 대우 좋나요?"

돈에 관한 얘기가 아니라고 판단한 일금은 감출 것이 없었다.

"에이, 그 회사 유니폼 입고 그 회사 라인 깐다고 다 그 회사 직원인가요. 설치, 수리는 몽땅 협력 업체에서 해요."

"그래요? 그래도 대기업 협력 업체니까 괜찮겠네요."

"아, 전 그 협력 업체 소속도 아니에요. 일종의 개인 사업하는 사람이라고 보시면 돼요."

"설치 업체를 운영하시는 거예요? 사장님이시구나. 사무실에 직원은 몇 명이에요?"

"사무실도 없고 직원도 없어요. 콜 뜨면 혼자 가서 설치하고, 협력 업체에서 건당 수수료 받아요. 요새는 보통 하루 열 집 정도 해요."

대기업 직원도 아니고 사장님도 아니라는 말에 여자는 마시던 차를 남기고 가 버렸다. 하지만 여자가 제대로 알지 못하는 것이 있었다. 일금도 처음에는 정규직으로 입사했었다. 하지만 유선 방송들이 통폐합하면서 설치와 관리 업무를 전담하는 하청업체로 일금의 소속이 바뀌더니 그 하청업체마저도 직원들을 외주화 해 결국 일금은 소속 없이 건당 수수료로 일하는 처지가 되었다. 이처럼 원청업체는 업무를 하청업체에 도급으로 맡기고 다시 하청업체는 직원을 뽑지 않고 '건 바이 건' 계약으로 사람을 부리는데 이 사슬의 말단에서 일하는 일금 같은 '이중 간접 고용' 노동자들을 당시 법은 그저 개인 사업자로만 취급했으니, 법대로라면 일금은 틀림없는 사장님이었던 것이다.

일금이 사장이고 직원이고 간에 미경은 복장이 터졌다. 못생기고 눈치 없고 가난한 것도 모자라 자랑할 일도 아닌 것을 주저리주저리 떠드는 일금은 지능까지 떨어지는 것이 분명했고 그런 동생을 둔 죄로 자신이 사랑하는 일문마저 정떨어져 보일 지경이었다. 그런 생각을 품다 보니 일문의 행동 하나하나가 미경의 눈에 달리 보이기 시작했다. 메뉴 선택을 자신에게 맡기는 일문의 배려는 먹을 거 하나 고르지 못하는 우유부단으로 보였고, 자기 위주인 데이트 일정에 군말하지 않는 일문의 상냥함은 관계에 노력을 쏟지 않는 무관심으로 보였고, 무엇을 갖겠다 욕심내지 않는 일문의 소박함은 미래를 준비하지 않는 불성실로 보였다. 거기서 끝나면 다행이련만 미우면 고운 데 없고 사람 미워지는 것은 한순간이라고, 미경은 자신이 흠모해 마지않던 일문의 잘난 외모마저 싫어졌다. 맵시 좋은 입술은 두루뭉술한 말만 뱉어서 싫어졌고, 곱상하게 올라선 콧마루는 야물딱지지 않아 싫어졌고, 핏줄이 비칠 듯 투명한 피부는 식성이 궁색한 탓인 것 같아 싫어졌다. 미경은 일문에 대한 자신의 마음이 엷어져 가는 것을 느꼈다. 자신의 심정을 아는지 모르는지 일문은 내내 투미했다. 지친 미경은 일문과 함께 보내던 주말 시간을 집에서 혼자 밀린 드라마를 시청하거나 친구들과 어울려 쇼핑하는 일로 대체했다. 일문의 안부를 묻는 친구들의 질문에 콧소리 가득한 목소리로 "우리 오빠는…."이라고 시작하던 미경의 대답은 "몰라. 아마 집에 있을걸?"이라는 심드렁한 답으로 바뀌었다.

일문과 미경의 데이트 횟수는 줄었고 일문을 향하던 미경의 미소는 귀해졌다. 일문이 무슨 일 있냐고 물으면 미경은 항상 "그냥…."이라고 답했는데, 그 '그냥'이 정말 그냥일 리는 없고 그 '그냥' 밑에 어떤 감정이 숨겨져 있다는 사실은 일문도 눈치챌 수 있었다. 하지만 그 감정이 무엇인지는 일문 깜냥으로 알아낼 수 없었다. 그저 그 감정에서 나는 냄새만 어렴풋이 맡을 수 있었는데 그것은 이별의 냄새였다. 일문은 절망했다. 퇴근하면 이불을 뒤집어쓰고 누워 버렸고, 다음 날 가까스로 일어나 출근했다. 그러던 어느 날, 지난 인사 발령 때 과장으로 승진한 일문의 입사 동기에게 환하게 웃어 주는 미경을 발견한 일문은 그만 넋이 빠지고 말았다. 일문의 업무용 모니터는 화면 보호 배경으로 넘어가기 일쑤였고 일문은 키보드 하나 누르지 못했다. 그 꼴을 본 김 부장이 다시 세렝게티 야생 동물들을 죄다 불러 모았는데 그 자리에서 일문은 그만 굵은 눈물을 떨구고 말았다. 김 부장의 욕설에 미경이 건네준 젠더가 생각난 때문이었다. 사정을 알 리 없는 회사 동료들은 상관에게 혼

난다고 우는 일문을 비웃었다.

* * *

이때가 미국이 좀비에게 점령당해 국제 사회에서 사라진 그즈음이었다. 3억 시장을 잃었으니 한국 경제는 곧 벼랑에 몰릴 것이라고 모든 언론이 입을 모았다. 서점에는 〈정년까지 버티는 조직 생존법〉, 〈입시에서 살아남는 학생 만들기〉, 〈리딩 영재 내 아이, 유치원 생존 스토리〉 등 각종 생존 비법, 생존 노하우 관련 서적들이 쏟아졌고, TV에는 〈길거리 서바이벌, 노숙자의 법칙〉, 〈학교 서바이벌, 반장 선거 IOI〉, 〈회사 서바이벌, 슈퍼 인턴 K〉 등 갖가지 생존 프로그램들이 도배됐다. 숨 쉬면 사는 게 사람인데 숨 못 쉬어 죽는 세상 될까 봐, 한 업체는 홈쇼핑에 가정용 산소 호흡기까지 내다 팔았고 그것이 또 10분 만에 완판 되는 판국이었으니 살아남는 데 관심 많은 기업들은 말할 것도 없었다. 이럴 때는 아무것도 하지 말고 숨만 쉬고 있어야 살아남을 수 있다는 내용의 각종 기안들이 사내 결정권자들 책상 위에 올려졌고, 숨만 쉬는 최선의 방법은 구조 조정이고 정리 해고라는 내용의 갖가지 보고서들이 그 뒤를 따라 올라왔다. 누구를 얼마나 정리할지 정한 결정권자들은 지체 없이 칼을 휘둘렀다. 근무 태도 불량하고 인사 고과 저조한 일문은 그 칼날의 첫 대상이었다.

칼날처럼 실직의 고통은 날카로웠다. 일문은 라면 한 봉지 가격에 새삼 놀랐고 무심코 사 마시던 음료수 가격에 지갑을 닫았다. 실직으로 칼질 당한 일문에게 각종 고지서는 표창처럼 날아왔다. 일문이 고지서에 적힌 숫자들을 계산하다 보면 어느새 해가 져서 사방이 깜깜했고 일문의 앞날도 깜깜해서, 다시 수십 장 이력서를 갱신하고 수백 통 입사 원서를 넣다 보면 창밖으로 희붐하게 동이 터왔는데, 동트듯이 재취업도 트이면 좋으련만 어느 회사 하나 일문을 뽑지 않았다. 그러나 재취업보다 더 트이지 않는 것은 미경을 만날 기회였다. 미경은 언제나 바빴다. 대부분이 회사에서 야근 중이었고 그나마 쉬는 날에는 업무에 지쳐 자고 있었다. 미경에게 수차례 연락한 끝에 받은 짧은 문자에는 '미안해. 나도 살아남으려고 애쓰고 있어.'라고 적혀 있었다. 일문은 언젠가 미경이 한 이야기가 떠올랐다.

"내 생각에… 우리나라 노동 생산성이 낮은 이유는 노동 시간이 긴 탓인 것 같아. 우리나라 노동 시간이 OECD 최상위잖아. 한 시간에 빵 한 개 만드는 사람이 있어. 그 사람 스물네 시간 굴리면 빵 스물네 개 나오겠어? 많아야 열댓 개 나오겠지. 그치만 세 명이 여덟 시간 삼교대하면 스물네 시간에 스물네 개 가까이 나오지 않을까? 그런데도 김 부장은 성과 안 나온다고 죽어라 야근시켜요. 성과가 안 나오면 일을 더해야 하는 게 아니라 사람을 더 뽑아야 하는 건데."

그때 듣고 있던 일금이 어김없이 끼어들었다.

"누나, 한 사람이 한 시간에 빵을 하나밖에 못 만들어요? 나라면 10분에 하나씩 만들 수 있어요."

"예를 들면 그렇다는 거야. 예를 들면…."

"그리고 누나. 한 사람이 한 시간에 빵 한 개 만들면 스물네 시간에 빵 스물네 개가 나오지 왜 열댓 개가 나와요?"

"사람이 어떻게 스물네 시간 풀로 일하니? 먹고, 자고, 싸고, 쉬어야지. 일금아, 사람이 기계니?"

그런 미경이 기계처럼 일하고 있다 생각하니 일문은 다시 앞이 깜깜했다.

일금은 출근할 때마다 식탁 위에 돈 3만 원을 올려놓고 나갔다. 실직한 형 일문 쓰라고 놓은 돈이었는데 퇴근해서 보면 항상 그대로였다. 어디 나간 기척도 없는 형 일문에게 일금이 물었다.

"형, 미경이 누나 안 만나?"

"바쁘대."

일금은 형 일문이 3만 원으로는 데이트하기에 모자라서 미경을 만나지 않는 줄 알고 출근할 때마다 놓는 돈을 5만 원으로 올렸다. 하지만 그 돈도 퇴근해서 보면 그대로였다. 몇 달이 지나자 일금이 퇴근 후 만나는 식탁 위 돈 액수가 조금씩 달라지기 시작했다. 5만 원에서 얼마씩 빈 38,520원, 21,630원, 19,980원 하는 식이었다. 그럴 때마다 냉장고에 돼지고기가 재워져 있거나, 소쿠리에 과일이 담겨져 있거나, 세제 통에 세탁 세제가 리필돼 있는 등 집안 살림이 채워져 있었다. 일금은 그제야 형 일문이 미경을 만나지 못하고 있다는 사실을 눈치챘다. 그동안 형 일문이 풍기던 낯선 냄새 역시 무엇인지 짐작할 수 있었다. 고단한 연인이 풍기는 이별의 냄새였다.

다음날, 일금은 백화점 명품관을 찾았다. 해외 유명 브랜드 매장의 잘 훈련된 스태프 한 명이 연습한 미소를 지으며 일금을 맞았다.

"닌상마이띤얼션머?"

일금도 밝은 미소로 화답했다.

"저 한국 사람이에요."

스태프가 추천한 상품은 밀라노 컬렉션 플랫 라인 1.7 숄더백이었다. 이탈리아 가죽 명가 '우나스딸라' 공방에서 생산한 송아지 가죽을 밀랍으로 왁싱 처리한 프랑스 리넨실로 총 2만 땀 새들 스티칭 하고, 비딩 리벳을 포함한 모든 금속 부품을 이중 니켈도금한 제품으로 모든 공정이 십 년간 훈련받은 장인들의 수작업으로만 이루어진다고 스태프는 길게 설명했는데 일금이 알아들을 수 있는 단어는 몇 개 되지 않았다. 브랜드 노출을 자제하고 미니멀리즘을 강조해 지난 밀라노 패션위크 SS시즌에서 극찬을 받았다는 설명까지 들으니 일금의 눈에 가방은 아름답다 못해 광채가 나는 것처럼 보였다. 하지만 매우 고가라는 게 문제였다. 잔고를 탈탈 털어도 그만한 돈이 없었던 일금은 은행 대출 창구에 앉았다. 은행 직원은 대출을 거부했다. 회사 재직 기록이 없다는 이유였는데 법적으로 일금은 직원이 아닌 사장이니 재직 기록이 있을 리 없었다. 일금 같은 도급 기사가 아니라 서비스 센터 소속 기사인 박석구가 자기 이름으로 대신 은행 대출을 받아 줄 테니 대출금의 10프로만 먼저 현금으로 떼어 달라고 제안했다. 박석구는 여러 가지 물건을 사랑했다. 벨트와 신발을 사랑했고, 수입 양주를 사랑했고, 이어폰과 헤드폰을 사랑하더니, 최근에는 시계와 사랑에 빠졌는데 그날도 금빛 반짝이는 베젤 안에 듀얼 타임과 문페이즈가 세련되게 돌아가는 손목시계를 차고 있었다. 10프로는 말이 안 되고 5프로면 생각해 보겠다고 일금은 역으로 제안했고 박석구가 받았다. 하지만 박석구도 대출이 거부됐다. 한 직장을 8년째 다니고 있었지만 서류상으로 그는 2년마다 이직을 한 것으로 되어 있었다. 본사의 하청을 받는 서비스 센터가 노사 분규가 있을 만하면 폐업하고 재개업하는 것을 반복하면서 박석구 역시 수시로 일괄 퇴사, 일괄 재계약된 탓이었다. 그제야 자기 처지를 자각한 박석구는 분노했다. 하지만 이미 때는 늦어서 그의 왼쪽 손목에서 빛나던 시계는 그 며칠 후 사라졌다.

집으로 돌아온 일금은 옷장 속옷 칸을 열어 제일 아래 딱 한 번 입고 아껴 놓았던 XXL 사이즈 붉은 드로우즈 팬티를 들췄다. 팬티 밑에는 까만 종이 가방이 놓여 있었다. 일금은 종이 가방을 조심히 열었다. 가방 안에는 비닐 지퍼백이 담겨 있었다. 일금은 지퍼 백을 슬며시 개봉했다. 지퍼 백 안에는 노란 종이봉투가 들어 있었다. 일금은 사방으로 눈알을 굴리며 봉투 안에서 무언가를 은밀히 꺼냈다. 일금이 신줏단지처럼 모셔 둔 적금 통장이었다.

일금은 적금을 해약해 밀라노 컬렉션 플랫 라인 1.7 숄더백을 구입했다. 그리고 그것을 미경에게 선물했다. 이탈리아 소가죽을 20만 번 바느질한 수작업 장인들이 십 년 동안 자제해서 밀라노가 극찬했다는 일금의 이야기를 미경이 이해했는지는 알 수 없지만 몹시 부담스러워 한 것만은 분명했다. 하지만 일금은 동생이 주는 선물이라며 가방을 다짜고짜 미경 품에 안기고 돌아왔다. 그 며칠 후 일금은 랜섬웨어가 유행이니 컴퓨터를 업그레이드해야 한다며 미경을 찾아갔고, 또 며칠 후에는 조명을 LED로 바꿔 주겠다며 찾아갔고, 또 어느 주말에는 낡은 가구를 리폼해 주겠다며 찾아갔다. 이것저것 갈고 고치면서 일금은 입을 다물지 않았다.

"일문이 형 배에 복근 본 적 없죠? 남들은 식스 팩이라고 자랑하는데 형은 열두 개, 한 다스예요."

"일문이 형이 진짜 개그맨인데. 저 119에 실려 간 적도 있어요. 형 때문에 웃느라 숨 막혀서요."

"우리 동네가 전국에서 범죄율 제일 낮아요. 형이 동네 불량배들 다 혼내 주니까요. 일문이 형은 불의를 보면 못 참거든요."

"일문이 형은 천재예요. TV 퀴즈쇼 문제 다 맞춰요. 형은 모르는 게 없어요."

아무리 피곤하더라도 미경은 일금이 찾아올 때마다 따뜻한 밥을 지어 먹이고 돌려보냈다. 환한 웃음으로 인사하고 돌아가는 일금은 걷는 뒷모습조차 웃고 있었다. 미경은 그 모습을 오래 지켜보았다. 가족이 되어 한집에 살아야 한다고 생각하니 그토록 밉살맞던 일금이 남이라고 생각하니 맑고 무해했다. 미경은 자신의 변덕이 가증스러웠지만 누구라도 부릴 변덕이라고 스스로를 변호했다. 그날 밤 참으로 오랜만에 미경은 일문에게 문자했다.

'오빠. 우리 이제 헤어지자.'

지금 이별을 말하는 것이 자신이 해야 할 마땅한 도리라고 미경은 생각했다. 그리고 그 도리에 일문은 식음을 전폐했다. 이력서도 새로 고치지 않았고 어디에도 입사 지원하지 않았다. 일금과 함께 저녁을 먹지도 않았고, 같이 TV를 보지도 않았고, 심지어 일금과 대화하지도 않았다. 세수를 하지도 않았고, 이를 닦지도 않았으니, 샤워는 더욱이 말할 필요도 없고, 옷을 갈아입지도 않았고, 방안 불을 켜거나 끄지도 않았고, 화장실에 가지도 않았고, 하물며 방귀를 뀌지도 않았는데, 그것은 먹은 것이 없으니 그럴 수 있다 치더라도, 급기야 잠마저 자지 않았다. 일문은 하루 종일 이불 위에 모로 누워 진종일 미경과 함께 나눈 추억만 뒤적였다. 광화문 현판이 가을 노을에 물들 때 미경의 하얀 볼도 가을에 붉었고, 창신동 성벽길에 밟지 않은 새 눈이 지천이면 미경의 작은 발자국이 깔깔 명랑했다. 칼국수를 호호 식히는 미경의 입바람에 을지로 뒷골목 작은 식당 안이 봄 내음으로 가득 찼고, 한강을 훑는 서풍이 후터분한 여름 더위를 날리면 송알송알 땀 돋은 미경의 가슴골이 포시러웠다.

일문은 때때로 눈물을 흘렸다. 눈꼬리를 타고 관자놀이에 잠시 달렸다가 베갯잇을 적신 일문의 눈물은 그대로 말라서 허공으로 날아올랐다가 공기 속으로 녹아들어 다시 일문이 숨 쉬었다. 그 숨을 마시면 일문은 또 눈물을 흘렸다. 일문은 시름시름 앓았다.

형 일문이 예사롭지 않자 일금은 미경을 찾아갔다. 집이 비어 좀처럼 만날 수 없었다. 일금이 거는 전화는 받지 않았고, 보내는 문자는 읽지 않았다. 그러던 어느 날 미경이 만나자며 일금에게 먼저 연락을 해 왔다. 늦은 밤 일금이 찾아 간 장소는 미경의 집도, 미경의 회사 근처도 아닌 낯선 동네 커피숍이었다.

"누나, 여기 어디예요?"

"나 이사했어."

미경은 큼직한 종이 가방을 일금에게 내밀었다. 안에는 밀라노 컬렉션 플랫 라인 1.7 숄더백이 들어 있었다. 미경은 연한 미소를 머금고 말했다.

"이거 돌려주려고 불렀어."

이것이 무슨 의미인지 잘 알고 있는 일금은 다급하게 거짓말을 보탰다.

"형 복근은 한 다스가 아니라 두 다스예요."

"형 저금을 너무 많이 해서 연말에 나라에서 저축상 준대요."

"형 지금 취업 안 하는 게, 합격한 회사 서른네 군데 중에서 고르느라 그래요."

"형 누나랑 안 보는 사이 키가 10센티나 더 컸어요."

일금의 이야기에 미경의 연한 미소가 진해졌다.

"일금아, 나 결혼해."

미경이 떠나고 난 자리에 일금은 붙박였다. 잠시 뒤 일금은 눈물을 찔끔대기 시작했고, 누가 봐도 틀림없는 연인의 이별 장면인지라 주변 손님들은 쑥덕대기 시작했다. 참하고 단정한 여자가 못나고 볼품없는 남자에게 딱지를 놓은 상황이니, 주변 손님들은 그간 남자를 만나 온 여자의 마음에도 공감이 갔고, 못났다고 버림받은 남자의 슬픔에도 연민이 갔다. 비슷한 이별을 겪은 적이 있는지 커피숍의 젊은 남자 사장은 가게 메뉴 중 제일 비싼 패션레몬티 프라푸치노를 일금에게 내밀었다.

"손님, 서비스예요."

고개를 든 일금이 입가까지 흐른 눈물을 핥으며 물었다.

"서비스 언제까지예요? 내일 와도 또 주나요?"

찔끔대던 일금의 눈물은 귀갓길에 줄줄 흐르기 시작했고 불쌍한 형 일문이 누워 있을 집에 다다르니 이내 펑펑 쏟아졌다. 일금은 현관문을 열자마자 울며 소리쳤다.

"미경이 누나 시집간대!"

일문은 오랜만에 자리에서 일어나 앉았다. 정말 시집가는지 알 수는 없지만 동생 일금의 정을 떼어 준 것만으로도 일문은 미경이 고마웠다. 떠난 연인의 고마운 마음 씀씀이를 떠올리니 일문의 뺨에도 주르륵 눈물이 흘렀다. 입아귀에 침 거품을 문 일금이 형 일문의 품 안으로 달려와 안겼다.

"형, 형은 착하고 잘생겼는데 왜 미경이 누나는 딴 데 시집가는 거야?"

일문은 엄지손가락으로 일금 입아귀의 침을 닦으며 말했다.

"돈을 못 버니까. 직장에서 잘려서."

"형은 똑똑하고 성실한데 왜 직장에서 잘린 거야?"

"일을 못하니까. 술도 못 마시고, 담배도 못 피우고, 넉살도 없고."

일금이 더 크게 울고 더 크게 물었다.

"형, 그럼 엄마는 왜 우릴 떠난 거야?"

"엄마 혼자서 우리 둘 키우기 힘드니까."

"형, 그럼 아빠는 왜 죽은 거야?"

"졸았으니까. 운전하다 졸았으니까."

일금이 더 서럽게 울고 더 서럽게 물었다.

"형, 그럼 아빠는 왜 존 거야? 운전을 할 거면 정신 차리고 해야지!"

일문이 일금을 꼭 껴안았다.

"정신 차려도 졸렸을 거야. 피곤하니까. 사는 게 지치고 피곤하니까…."

멀리서 술 취한 남자의 트로트 가락이 창문을 타고 형제의 집으로 넘어왔다. 이제는 애원해도 소용없겠지. 변해 버린 당신이기에…. 생전 형제의 아빠가 즐겨 부르던 노래였다.

* * *

청천 하늘에는 잔별도 많고 우리네 가슴속에는 수심도 많다는데 사연 많은 이 형제의 하늘에 샛별 같은 수심이 생긴 날은 일문과 미경이 헤어지기 직전, 그러니까 일금이 낡은 가구를 리폼해 준다며 미경의 집을 찾은 바로 그날이었다. 미경이 사 온 중고 식탁 의자 몇 개를 알록달록 도색해 준 일금이 사포, 페인트 통, 페인트 붓, 래커 스프레이 등 갖고 간 공구를 챙기는데 박석구한테서 전화가 왔다.

"일금 씨, 빨리 본사로 와요."

미경이 차려 준 김 나는 밥에 정신을 뺏긴 일금이 조금 늦게 본사에 도착했을 때 본사 사옥 앞 인도는 이미 요란했다. 노란 폴리스 라인이 둘러 쳐진 길바닥에 열 명 남짓한 사람들이 줄지어 앉아 스피커 노랫소리에 박수 장단을 맞추고 있었다. 그중에는 일금에게 낯익은 얼굴도 여럿이었다. 입만 열면 자기 자랑을 늘어놓는 '자뻑' 준규, 이름도 풍길이지만 땀 냄새를 풍겨서 별명도 '풍기리'인 풍길, 한 시간에 콜을 다섯 개 처리한다는 '쌩쌩이' 영인, 할당된 영업을 못 채워 시말서만 전화번호부 분량을 썼다는 '114' 민수, 전봇대에서 일곱 번 추락했지만 한 번도 다치지 않은 '몽키' 승택, 사고로 아내를 잃고 혼자 중학생 딸 키우느라 항상 잠이 모자란 '주부 습진' 광만 등이 그들이었는데 모두 일금의 동료 기사들이었다. 대열 바깥에서 싫다는 사람 쫓아가며 전단지를 나눠 주던 박석구가 일금을 발견하고 손짓했다.

"아유, 생각보다 많이 안 모여서 일금 씨한테 전화했어. 저기 뒤에 가서 앉아."

박석구 손에 들린 전단지의 큼직한 글자가 일금의 눈에 들어왔다.

'위장 도급 NO! 직접 고용 YES!'

모인 사람들이 많지 않아서인지 경찰은 몇 명 보이지 않았다. 스피커에서 나오는 노랫소리는 힘찼지만 낯설었다.

"휘몰아치는 거센 바람에도, 부딪혀 오는 거센 억압에도, 우리는 반드시 모이었다, 마주 보았다."

사람들이 발밑에 내려놓은 집회 안내 유인물에 노래 가사가 적혀 있었으나 누구 하나 제대로 따라 부르지 못했다. 손바닥이 벌겋게 박수만 치던 '자백' 준규가 벌떡 일어나 자기 스마트폰을 스피커에 연결했다. 유명 가수의 히트송이 울려 퍼졌다.

"나를 사랑으로 채워 줘요. 사랑의 밧데리가 다됐나 봐요."

준규가 가사 몇 부분을 바꿔 큰 소리로 따라 부르더니 "다 같이!"라고 외쳤다. 준규를 따르는 목소리들은 높고, 낮고, 쉬고, 낭랑하고, 갈라지고, 또랑또랑하고 제가끔이었지만, 서서히 한목소리로 모였다.

"나를 현금으로 채워 줘요. 월급의 밧데리가 다됐나 봐요. 월급 없인 못 살아. 정말 나는 못 살아. 월급은 나의 밧데리."

아는 노래가 나오고 바뀐 가사가 파악되자 제일 신나고 흥 오른 사람은 다름 아닌 일금이었다. 화통을 삶아 먹은 목소리로 고래고래 노래하니 스피커가 무색할 지경이었는데 문제는 일금이 타고난 박치에 출중난 음치라는 점이었다. 정상적으로 노래하던 사람들도 일금의 괴상한 박자와 음정에 귀를 잡아먹혀 점점 알 수 없는 노래를 부르기 시작했고 일금에게 전염된 사람들 목소리가 다시 그 주변 사람들을 물들였으니, 그럴싸하던 합창은 이내 정체불명의 10중창 불협화음으로 바뀌고 말았다. 자신이 하나로 만들어 놓은 목소리가 어쩌다 10인이 합창하는 소음이 되었나 어리둥절해하던 준규가 황급히 원인을 찾아보니 범인은 일금이었다. 준규가 일금의 귀에 대고 말했다.

"일금 씨. 노래 좀 작게 불러요."

하지만 그것도 잠시, 노래를 따라 하다 흥이 오른 일금의 목소리는 금세 커졌고, 사람들은 다시 불협화음을 합창하기 시작했고, 준규는 일금에게 수시로 가서 노래 좀 작게 부르라고 요청해야 했다. 제일 앞줄에 앉은 준규가 제일 뒷줄에 앉은 일금에게 오락가락하길 십여 차례, 결국 준규는 터지고 말았다.

"야! 김일금! 노래 부르지 말라고!"

하지만 역시나 그것도 잠시, 풀이 죽어 노래를 멈췄던 일금은 사람들의 박수 장단에 흥이 나 자그맣게 노래를 따라 하기 시작했고, 이내 벼락처럼 목소리가 커졌으니 노래는 다시 엉망진창이 되는 반복이었다. 준규는 일금에게 사정할 수밖에 없었다.

"일금 씨. 제발 노래 부르지 말아 줘. 차라리 율동을 해. 율동."

"율동이요? 제가 그걸 어떻게 해요?"라고 말하며 일금은 주섬주섬 엉덩이를 털고 일어났다. 사람들 앞으로 나선 일금은 곧 몸을 움직이기 시작했다. 음치에 박치인 일금이 율동이라고 잘할 리가 없었다. 일금의 율동은 삐걱대고 덜그럭거리는 몸부림에 가까웠다. 사람들이 폭소했다.

"약 맞은 우리 집 바퀴벌레도 너보다는 낫겠다."

"119 불러야 하는 거 아냐? 사람 몸이 어떻게 저 모양으로 움직이냐?"

"일금 씨. 그러지 말고 팔을 앞으로 뻗어 봐. 옳지. 입을 살짝 벌리고. 좋아, 그 상태로 좀 더 삐걱거려 봐. 잘한다. 발은 덜그럭거리고. 그렇지. 좀비다, 좀비. 영락없는 좀비 춤이다."

좀비를 빼다 박은 일금의 춤사위에 사람들은 배꼽을 쥐고 나자빠졌다. 몇몇은 거품을 물고 바닥을 나뒹굴 정도였다. 준규가 이래서는 안 되겠다 싶었는지 노래와 율동은 그만하고 자유 발언 시간을 갖자며 상황을 정리했다. 마이크 잡은 사람부터 해 보라고 사람들이 소리치자 준규가 긴 말총머리를 흔들며 뜸을 들였다. 마침내 준규가 입을 뗐다.

"제 별명 아시죠? 자빽입니다. 제가 인물이 좋다, 술을 잘한다, 노래를 잘한다, 축구를 잘한다, 이렇게 제 자랑만 해서 자빽이라고 생각하시는데 아닙니다. 여러분 목표 영업 다 채우시나요? 전 못 채웁니다. 케이블 방송 15개, 인터넷 5개, 결합상품 5개를 매달 어떻게 채웁니까? 그래서 이모 이름으로, 처남 이름으로 신규 뚫어서 제가 다 메웁니다. 남의 이름 빌려다가 영업 할당 채우는 걸 우리 뭐라고 부르죠?"

사람들이 이구동성 외쳤다.

"자빽이요!"•

"네. 그래서 제가 자빽입니다. 제발 할당 좀 줄여 주세요. 남아나는 월급이 없습니다!"

냄새를 풍기며 풍길이 마이크를 이어받았다.

"고객 집 방문하고 나면 본사에서 고객한테 전화 걸어 만족도 조사를 합니다. 사전 전화하더냐, 인사하더냐, 친절하더냐, 명찰 달았더냐, 설명 잘하더냐 등등 여러 가지를 묻는데 또 복장 상태랑 청결도를 물어요. 압니다. 제가 땀이 좀 많아서 냄새 나는 거. 그래서 전 다른 건 다 9점, 10점 받아도 청결도에서는 밑바닥이지요. 그러면

• '자빽' 관행에 우는 케이블방송 외주업체 노동자들 - 2013. 7. 23. 매일노동뉴스

반성문 써야죠, 평가에 반영돼 우선 업무에서 배제되죠, 심하면 또 벌금이잖아요. 기사들 몇 푼 번다고 그걸 또 벌금으로 깝니까?"

사람들이 이구동성 외쳤다.

"그러니까 좀 씻어!"

"밥 먹을 틈도 없이 하루 열두 시간씩 일하는데 대체 언제 어디서 씻습니까?"

'쌩쌩이' 영인이 날쌔게 발언을 이었다.

"저 지난달 월급 마이너스 찍었습니다. 기름값, 퇴직금, 보험료를 왜 월급에서 깝니까? 안 그래도 쥐꼬리만 한 월급에서 영업 실적 페널티 15만 원, CS 인센티브 페널티 25만 원, 개통 불량 페널티 20만 원, 기기 분실 페널티 22만 원 찍으니까 월급이 마이너스 4만 3천 원 됩디다."

사람들이 이구동성 외쳤다.

"그러니까 잊지 말고 기기 잘 챙겨."

"고객이 분실한 셋톱박스를 제가 무슨 수로 챙깁니까!"

준규가 발언할 사람을 더 찾았다. 여기요, 하며 박석구가 일금의 팔을 들어 올렸다. 다시 앞으로 끌려 나온 일금이 쭈볏쭈볏 마이크를 잡았다. 미경이 한 말이 떠올랐지만 정확하진 않았다.

"에, 그러니까… 우리나라 노동 생산성이 낮은 이유는요… 한 시간에 빵을 한 개 만드는 사람이 하루 종일 만들면… 에, 그러니까 스물네 개 만드는데요… 어? 스물네 개 만들면 안 되는데? 에, 그래서… 삼교대를 하면요… 사람이 기계가 아니니까… 에, 빵 종류가 많아질 거고요… 에, 아무튼 저희 동네도 빵 종류가 많은데….”

사람들이 이구동성 외쳤다.

“뭔 소리야? 니네 동네 빵이 어쨌다고?”

일금이 어줍대며 말했다.

“저희 동네 빵은… 빵은… 에… 맛있어요. 특히 소보로빵이요.”

사람들이 또 박장대소했다.

“니 얼굴도 소보로다.”

“우리 처가 빵집 한다. 오면 많이 줄게.”

“오늘 뒤풀이로 빵집 가자!”

“빵집에는 소주 안 팔잖아.”

“그럼 빵 사 갖고 소줏집 가자!”

분주한 주말 도심 거리 한복판에 다시 유명 가수의 히트송이 울려 퍼졌다.

“나를 정직으로 채용해요. 인내의 밧데리가 다됐나 봐요. 간접고용 못 살아. 차별 정말 못 살아. 정규직 나의 밧데리.”

일금이 자리에서 일어나 다시 춤 췄다. 삐걱대고 덜그럭거리는 일금의 춤이 뒤죽박죽, 중구난방으로 노래하는 사람들의 흥을 돋웠다.

느지막이 당직 출근을 하던 본사 직원은 이들의 춤과 노래가 거슬렸다. 주말 당직에 걸린 터라 안 그래도 언짢았던 본사 직원은 다

들리게 혼잣말했다.

"아나, 잊을 만하면 나타나네. 좀비 새끼들."

박석구가 대열 뒤에서 전단지를 돌리다가 이 소리를 들었다.

"누가 좀비야? 누가 새끼야? 그러는 넌 뭐 하는 새끼야?"

본사 직원이 말쑥하게 차려 입은 양복 상의 단추를 풀었다.

"나 이 회사 직원이다. 넌 뭐냐?"

박석구도 지지 않고 대꾸했다.

"나도 이 회사 직원이다."

"니가 왜 이 회사 직원이야? 너 하청업체 소속이잖아. 니네 회사 가서 데모해. 왜 남의 회사 앞에 와서 시끄럽게 지랄이야. 그러니까 좀비 소리 듣지. 이 좀비들아."

본사 직원의 풀린 양복 상의 안으로 목에 걸린 사원증이 출렁였다. 본사 직원의 아픈 지적에 박석구는 그의 멱살을 덥석 잡았다.

"우리 피 빨아서 니네가 먹고사는 거야."

본사 직원도 박석구의 멱살을 냅다 잡았다.

"니네 피 빨린 건 니네 회사 사장한테 가서 따져."

줄 제일 뒤에 있던 일금이 가장 먼저 가서 그들을 말렸고, 곧장 사람들이 뒤따랐다. 끌고 밀리는 몸싸움 와중에 일금이 메고 있던 가방이 튕겨져 솟구쳤다. 가구 리폼 용품이 들어 있던 가방이었다. 일금은 가방을 좇아 시선을 돌렸다. 멀지 않은 곁에는 본사 사옥 공공 조형물이 서 있었다. 1미터 기단 위에 세워진 2.5미터짜리 사람

동상이었다. 날아오른 가방은 공중에서 한 바퀴 돌면서 그 조형물 쪽으로 방향을 잡았고, 두 바퀴째 돌면서 지퍼가 열렸고, 세 바퀴째 돌면서 안에 든 페인트 통들을 뱉으며 기단 아래로 떨어졌는데, 공중에서 가방을 뛰쳐나간 페인트 통들은 다시 허공을 한 바퀴 돌면서 뚜껑이 벌어졌고, 두 바퀴째 돌 때는 다행히 별 일 없었지만, 세 바퀴째 돌 때 내용물이 흐르더니, 네 바퀴째 갈색, 주황색, 노란색 순으로 동상 머리에 철퍼덕 쏟아졌다. 가방을 쫓던 일금의 새우눈이 방울눈이 되었다. 후다닥 기단 위로 기어오른 일금은 상의를 벗어 페인트 벼락 맞은 동상을 닦았다. 하지만 닦는다는 것이 페인트 각각을 어찌나 잘 버무리는지, 잘 빚은 사람 형상이었던 동상은 일금이 걸레질을 마쳤을 때 마치 피 흘리는 좀비처럼 보였다. 그렇든 저렇든 사람들은 박석구와 본사 직원의 싸움을 말리느라 정신이 없었다. 박석구가 우렁찬 목청으로 전국 팔도의 갖가지 욕을 선보이면 본사 직원은 오른손, 왼손 가릴 것 없이 삿대질하는 기술로 맞받았고, 그 사이에서 사람들은 이리 밀리고 저리 밀렸는데 다행히 다친 이는 없었다. 주변 경찰까지 합세해 말려서야 변변찮은 싸움은 끝이 났다. 신고한 집회 시간은 이미 다 잡아먹은 다음이었다. 본사 직원은 분이 풀리지 않았는지 엄지, 검지, 중지, 약지 가릴 것 없이 삿대질하며 회사로 들어갔고, 박석구 또한 화가 가시지 않았는지 다종다양한 욕을 선보이며 집으로 돌아갔다.

사람들이 떠난 본사 앞 도로는 평온했다. 본사 외벽 통유리에 부덮혀 산개하는 가을 햇살은 넉넉했고, 보도블록 대열은 들뜬 것 하나 없이 정갈했다. 거리 저 끝까지 심어진 은행나무 잎들은 노랗게 익어 기름졌고, 나들이를 끝내고 돌아가는 가족들 웃음소리는 풍경 속에서 행복했다. 그 가운데 페인트 세례를 받은 동상이 팔을 뻗어 손끝을 아래로 떨어뜨린 채 좀비처럼 서 있었다. 아빠 손을 잡고 걷던 여자 아이가 물었다.

"아빠. 저 동상 팔 모양이 원래 저랬어?"

"모르겠는데."

"이상하네. 저번에는 팔짱 끼고 있었는데."

집회를 관리한 경찰도, 조형물을 설치한 본사도, 심지어 조형물을 만든 조각가도 동상의 예전 모습을 기억하지 못했다. 그저 몇몇 아이들만이 원래의 것을 기억하고 고개를 갸우뚱할 따름이었다.

* * *

그 이후로도 주말이 다가오면 박석구는 매번 같은 내용으로 일금에게 전화했다.

"일금 씨, 이번 집회에 나올 거지?"

본사 앞 주말 집회에 참석하라는 전화였는데 일금은 가지 않았다. 목청껏 노래도 부르지 못하게 할 뿐더러 행여 또 자유 발언에 걸려 창피를 당하지 않을까 하는 걱정 때문이었다. 미경의 마음을 되돌리느라 주말에는 바쁜 탓도 있었다. 하지만 박석구의 전화는 지치지도 않고 꾸준했다. 일금이 200미터 롤 동축 케이블을 끌고 갈 때도 연락이 왔고,

"일금 씨, 이번 주는 진짜 사람 모자라. 집회에 나와."

"못 가요."

케이블 선을 끼고 전봇대를 탈 때도 연락이 왔고,

"일금 씨, 이번 주에 잘하면 금당 센터 미스 김도 온다는데 안 올 거야?"

"못 가요."

15층 아파트 옥상을 기고 있을 때도 연락이 왔고,

"저번 집회 뒤풀이 죽였는데… 일금 씨, 이번 주엔 올 거지?"

"못 가요."

와이어에 매달려 빌라 외벽에 붙어 있을 때도 연락이 왔다.

"일금 씨, 별 건 아닌데 이번 집회 때는 부식도 돌린대. 그래서 소보로빵으로 준비하려고."

와이어 후크를 조이며 일금이 잠시 고민했다. 박석구가 말을 이었다.

"그런데 진행비가 모자라서 참가자들한테 돈을 조금 걷을 거야. 만 원씩."

"안 가요."

일금이 매달려 있던 빌라로 들어가 고객에게 말했다.

"오래 기다리셨죠? 이전 설치 끝났습니다. 이거 읽어 보시고…
여기 사인하시고…."

고객은 짧은 단발머리를 한 30대 중반 여자였는데 일금이 들고
있는 가방을 유심히 쳐다봤다.

"그 백 혹시 밀라노 컬렉션이에요?"

일금이 우쭐댔다.

"알아보시네요. 제 공구 가방이에요."

여자가 소리 내 웃었다.

"짝퉁이죠?"

"아니에요. 진짜예요. 이게 1.7인가 2.7인가 그건데 소가죽을 10
년 동안 20만 번 바느질해서 미니멀을 이중 도금한…."

"네, 그런 걸로 해요."

부처님 말씀에 거자필반去者必返이라 '떠난 자는 언젠가 반드시
돌아온다'고 했으니 미경에게 선물한 가방이 다시 일금에게 돌아
온 시기가 바로 이때였고, 또 회자정리會者定離라 '만난 자는 언젠가
반드시 헤어진다'고 했으니 일문과 미경이 헤어진 시기도 바로 이
때였는데, 공교롭게도 일문이 병원을 찾은 시기 역시 바로 이때였
다. 이왕 부처님 말씀 나온 김에 계속 부처님 말씀으로 풀어 보면,
인간의 여덟 가지 괴로움 중 하나가 사랑하는 사람과 헤어지는 고
통, 애별리고愛別離苦인데 일문의 애별리고가 어찌나 컸던지 인간의
네 가지 괴로움, 생로병사生老病死 중 하나인 병이 일문에게 찾아온

것이다.

미경과 헤어진 이후 일문은 부쩍 살이 빠졌다. 먹는 게 없으니 살 빠지는 것은 그렇다 치더라도 오른쪽 배를 쿡쿡 쑤시는 복통은 은근히 걱정됐다. 며칠을 고민하던 일문은 겨우 몸을 일으켜 병원으로 향했다. 접수하고 로비 의자에 앉아 있는데 마침 간호사가 그를 불렀다.

"김일문 님."

일문은 맥없이 의자에서 일어나 진료실로 들어갔다. 진료과 간판에는 소화기내과라고 쓰여 있었다.

의사는 알파페트로프로틴 수치가 높고 초음파 사진에서 미심쩍은 것이 보인다며 암을 의심했고, CT 스캔과 간침 생검을 통해 간세포암을 확진했다. 의사의 말투는 티눈이나 다래끼를 진단하듯 무미건조했고 일문은 그 말투 속에서 병의 위중함을 느끼지 못했다. 몸도 아프지 않았고, 몸보다는 마음이 더 아팠는데 미경을 잃은 애별리고 때문이었다. 하지만 의사는 마음은 진단하지 않고 간이 아픈 것이라고 하니 행여 마음이란 것이 있다면 그것은 간에 깃드는 게 아닐까 일문은 생각했다.

그날 밤 일문이 일금에게 말했다.

"나 암이래."

"아미레가 뭐야?"

"암… 나 간암 걸렸대."

일금이 무르춤하더니 곁눈을 뜨고 일문을 노려보았다. 한참을 노려보아도 일문이 반응을 보이지 않자 일금은 느닷없이 형 일문의 상의를 벗기고 배 이곳저곳을 눌렀다. 이어 자신의 웃옷을 까 볼록한 자기 배 여기저기를 누르고 꼬집었다.

"내 간이 더 부었어. 형이 암일 리가 없어."

일금은 형 일문의 몸 냄새를 맡기 시작했다. 배꼽에서 가슴, 겨드랑이로 벌름벌름 콧구멍을 들이대더니 일문의 입을 벌리고 그 안으로 코를 집어넣었다. 곧바로 자신의 몸 냄새를 맡았고 손으로 입김을 모아 자기 입 냄새를 킁킁댔다.

"썩은 내는 나한테서만 나. 형이 암이면 난 이미 죽었어."

일금은 씩씩대며 형 일문의 병을 부정했다. 일금은 병원에 전화를 걸어 예약된 일문의 진료일을 최대한 앞당겼고, 진료일이 되었을 때 일을 빼고 병원에 일문과 동행했다. 머리가 반쯤 센 담당 의사는 진중한 금테 안경을 쓰고 있었는데 거짓말할 사람처럼 보이지 않았다. 형 일문은 여전히 무덤덤했지만 동생 일금은 그제야 겁이 났다.

"검사가 잘못된 거 아니에요? 장비가 고장 났을 수 있잖아요. 우리 형을 다른 환자랑 착각한 걸 수도 있잖아요."

의사는 일금이 튀기는 침을 피해 필름 판독기에 사진을 꽂았다. 일문의 간을 단층 촬영한 사진이었다. 의사가 설명했다.

"여기가 간우엽 7분절인데, 이거 보이시죠? 이게 암입니다."

일금의 얼굴이 일그러졌다.

"백 원짜리만 하죠? 다행히 크기가 2센티입니다. 소간암입니다."

일금의 얼굴이 펴졌다.

"하지만 여기. 여기에 이런 게 또 하나 있어요. 종양이 두 개인 거죠."

일금의 얼굴이 일그러졌다.

"다행히 간경변도 보이지 않고, 혈관 침윤도 없습니다."

일금의 얼굴이 펴졌다.

"하지만 종양이 두 개면 병기상 간암 2기입니다."

일금의 얼굴이 일그러졌다.

"치료법은 여러 가지가 있는데 간절제술이 결과가 가장 좋습니다. 환자는 간 기능도 정상이고 나이도 젊으니 종양을 절제해 봅시다."

일금의 얼굴이 펴졌다.

"예전에는 간암 생존율이 굉장히 낮았어요. 하지만 최근에는 간절제술의 5년 생존율이 70프로까지 올라왔습니다."

일금은 얼굴을 일그러뜨려야 할지 펴야 할지 망설였다. 형 일문이 70프로에 들지, 30프로에 들지 알 수 없었기 때문이었다. 일금은 침을 튀기며 의사 곁으로 바싹 의자를 당겼다.

"형은 70프로인가요, 30프로인가요?"

의사는 일금이 입을 열 기회를 뺏으려는 듯 길게 답했다.

"간암의 원인은 여러 가지가 있어요. 주원인은 간염 바이러스고 그 외에도 비만, 당뇨, 흡연, 음주 등이 암을 일으킵니다. 물론 유전적인 이유로도 발생하고요. 김일문 환자는 간염도 없고, 담배도 안 피우고, 술도 안 마시고, 비만이나 당뇨도 없어요. 암이 생길 이유가 없는데 암이 생기는 분들이 더러 있습니다. 그래서 암을 병이 아니라 자연스러운 노화 현상으로 보는 사람들도 있지요. 김일문 환자는 암이 생길 원인을 가지고 있지 않으니 한편으로 보면 예후가 좋다고도 할 수 있습니다. 병원도 최선을 다해 치료하고 환자도 최선을 다해 치료 받으면 좋은 결과를 기대할 수 있을 거예요. 긍정적인 생각을 하는 게 중요합니다. 치매 환자나 정신 분열증을 겪는 분들은 암에 잘 걸리지 않아요. 그분들은 생각의 로직이 저희랑 다르거든요. 그만큼 마음가짐이 중요한 겁니다. 스트레스 피하시고, 좋은 생각을 하세요. 많이 웃으시고요. 최선을 다해 봅시다."

퇴원 후에도 경과에 따라 항암 치료를 할 수 있고 정상 생활로 복귀하는 데 최소 6개월 정도 걸릴 것이라는 말로 의사가 진료를 마치려는데 그것은 의사 혼자만의 바람이었다.

"선생님, 우리 형 살려 주세요! 우리 형 70프로 만들어 주세요!"

간 아픈 형을 옆에 두고 간 떨어진 사람처럼 놀란 일금이 의사의 가운을 부여잡고 늘어진 것이다. 일금이 얼마나 울고불고, 풀고, 짜는지 진료실 밖 환자들의 대기 시간 또한 늘어졌다. 10분, 20분, 시간이 밀리자 환자들은 창구 간호사한테 항의하기 시작했고, 30분, 40분이 지나도 변화가 없자 환자들은 진료실로 쳐들어가 의사로부터 일금을 직접 뜯어냈는데, 뜯어내는 시간만도 10분을 잡아먹어 일문 뒤의 환자는 하릴없이 50분을 날려야 했다.

돌아오는 지하철에서 나란히 앉은 형제는 말이 없었다. 형 일문은 자신을 걱정하는 동생이 애처로웠고 동생 일금은 병에 걸린 형이 불우했다. 한참을 말없이 앉아 있는데 많이 웃어야 한다는 의사의 말이 일금의 머릿속에 떠올랐다. 일금이 형 일문을 올려다보았다.

"형, 혓바닥 턱에 닿아?"

"아니."

"난 닿아."

일금이 입을 쩍 벌리고 혀를 길게 빼 자신의 턱 끝을 간신히 핥았다. 일문이 웃었다.

"형, 혓바닥 코에 닿아?"

"아니."

"난 닿아."

일금이 이번에는 아래턱을 빼고 혀를 내밀어 인중 첫머리를 간당간당 핥았다. 일문이 웃었다.

"형, 혓바닥 팔꿈치에 닿아?"

"아니."

"난 닿아."

일금이 오른팔을 접어 볼에 붙이고 짧은 목을 길게 빼 혀를 팔꿈치에 댈락 말락 했다. 일문이 웃었다. 일금의 재주는 계속됐다. 형, 콧구멍에 엄지 들어가? 아니. 난 들어가. 형, 콧구멍에 손가락 두 개 들어가? 아니. 난 들어가. 형, 그럼 콧구멍에 오백 원짜리 들어가? 아니. 난 들어가. 주변 승객들은 그런 형제를 보며 슬금슬금 자리를 피했는데 그러거나 말거나 형제는 계속 킥킥댔다.

"그런데 형."

"왜?"

"나는 술 마셔도 간이 튼튼한데 술도 안 마시는 형은 왜 간이 아플까?"

"간이 다른가 보지."

"형젠데 간이 달라?"

"형제라고 다 같니? 다를 수 있지."

일금이 벙싯벙싯 웃음 띤 눈으로 잘생긴 자신의 형을 다시 올려다보았다.

"응. 다를 수 있지. 형제라도 얼마든지 다를 수 있지… 그나저나 형, 콧구멍에 발가락 들어가?"

일문은 아껴 둔 적금을 해약해 동생 일금에게 송금했다. 병원비와 긴 투병 기간을 버틸 돈이었다. 일금이 일을 마치고 들어와 통장을 흔들며 춤췄다. 제멋대로 멜로디를 붙인 노래까지 곁들였다.

"일금이와 일문이는 부자라네, 부자라네. 4천만 원. 4천만 원. 삼겹살이 몇 근인지, 치킨이 몇 마린지."

명품 가방을 사고 남은 일금의 돈에 일문이 송금한 돈이 더해진 액수였다.

형 일문은 입원했고 동생 일금은 일을 쉬며 병 수발했다. 의사가 말했다. 개복 수술을 할 것이다. 명치 오른쪽을 가로 20센티미터, 세로 15센티미터 절개해서 종양만 제거하는 종괴 절제술을 할 것이다. 3시간 정도 소요되는 수술이다. 간암은 재발률이 매우 높다. 수술 후에도 2주 더 입원하며 경과를 지켜봐야 한다. 의사가 말하는 틈틈이 일금은 상체를 꿈틀대고 입술을 옴짝거리며 끼어들 기회를 노렸다. 의사는 여지를 주지 않고 진료 차트를 덮었고 그 순간 간호사가 다음 환자를 데리고 들어와 의자에 앉혔으니, 이 모든 동작이 얼마나 빠르고 자연스러운지 마치 일금이 잡고 늘어지는 것을 방지하기 위해 의사, 간호사, 환자가 미리 연습한 합동 작전 같았다. 일금은 의사 소맷부리를 잡기는커녕 질문 한마디 던지지 못하고 진료실을 나와야 했다. 일문이 입원한 병실은 6인실이었는데 여러 간호사가 들락거리며 간호했다. 간호사가 위암 수술을 받은 환자에게 "통증 점수가 몇 점이에요?"라고 물으면 일금이 쪼르르 달려가 "왜 우리 형한테는 안 물어봐요?"라고 따졌고, 간호사가 식도염 수술을 받은 환자의 링거를 갈아 주면 일금이 달라붙어 "왜 우리 형은 닝겔 안 줘요?"라고 캐물었다. 간호사가 일금을 뿌리치며 짜증냈다.

"수술 받고 나면 하루 열두 번씩 통증 점수 묻고 24시간 내내 링거 달아 드릴 테니 걱정 마세요."

이런저런 수술 전 검사를 받느라 일문의 식단은 묽은 죽이었다. 현미를 불려 뭉근하게 끓였는데 간을 하지 않아 밍밍했다. 옆에서 일금은 컵라면을 먹었다. 일금이 후루룩거릴 때마다 짭조름한 국물 냄새가 병실 안에 퍼졌다. 위를 자르고, 장을 꿰매고, 간을 도려낸 여러 환자들의 입맛이 동했으나 컵라면은 먹어서는 안 될 음식이었다. 일금의 라면 냄새가 며칠 병실을 휘돌자 궤양 수술을 받은 환자가 참지 못하고 몰래 컵라면을 들여와 먹었는데 밤에 발작했다. 참다못한 간호사가 일금을 찾아와 쏘아붙였다.

"외부 음식은 휴게실 가서 드세요!"

그 후부터 일금은 일문의 식사가 끝날 때까지 기다렸다가 식판을 수거한 뒤 휴게실로 향했다.

"형. 나 컵라면 하나 금방 먹고 올게."

라면 익는 시간이 3분일 텐데 일금은 3분 만에 돌아왔다. 몇몇 간병인들이 저놈 몇 분 만에 돌아오나, 음료수를 걸고 내기했다. 일금의 기록은 점점 빨라져서 최고 기록이 1분 32초까지 올라갔다. 매번 음료수를 뺏기던 간병인이 병실에 들어서는 일금에게 물었다.

"아저씨. 라면 안 익히고 먹어요?"

일금이 자신의 배를 퉁퉁 두드렸다.

"군대에서 뽈면 안 드셔 보셨어요? 뱃속에서 다 불어요."

1분 32초씩 세끼, 하루 세 번을 제외하고 일금은 형 일문이 누워 있는 병실을 떠나지 않았다.

입원 일주일이 지났을 때 원무과에서 중간 수납을 요청했다. 며칠 뒤 있을 수술비를 포함한 일주일치 병원비가 521만 원이었다. 일문이 동생 일금에게 말했다.

"돈 찾으면서 집에도 갔다 와. 씻고 옷도 갈아입고."

옆 병상 간병인이 이때다 싶었는지 말을 보탰다.

"형님 내가 봐 줄 테니까 며칠 푹 쉬다 와요. 아저씨 코 고는 소리에 잠을 못 자."

일금이 일주일 만에 병원을 나섰다. 이 외출이 그토록 힘들고 고달파지리라고는 이때 일금은 예상하지 못했다.

* * *

일금의 외출이 고달파진 이유를 설명하자면 이야기를 다시 되돌려야 하는데, 일금이 집회에 나갔던 그 다음 주 월요일쯤이 적당하다. 그날 조그마한 인터넷 신문에 기사가 하나 올라왔다. 제목이 이랬다.

'원청 업체를 향한 간접 고용 노동자들의 분노.'

케이블 노동자들을 이중 간접 고용하는 통신 대기업들의 행태를 비판하는 내용이었다. 당황한 본사는 곧장 홍보실 직원들을 풀었고, 이튿날 홍보실 직원들은 유력지 기자들을 불러 판촉비를 풀었고, 다음 날 유력지 기자들은 숙취를 이기며 기사를 풀었다. 그 기사들의 제목은 또 이랬다.

'기업 구조 선진화에 떼쓰는 노동자들.'

'주말 나들이객 눈살 찌푸린 소음 집회.'

'늘어난 노동자 파업, 떨어진 노동 생산성.'

'막무가내 집회, 국가 신용 흔들.'

신문이 뭐라고 쓰든 간에 일금네 동료들은 주말 집회를 이어 갔다. 일금은 빠졌지만 박석구를 비롯해 준규, 풍길, 영인, 광만 등은 단 한 차례도 빠지지 않았다. 본사는 계속되는 집회로 기업 이미지가 나빠질 것을 대비해 새로운 홍보 기획을 용역 발주했다. 용역을 수주한 광고 회사는 광고의 리드카피를 '가족과 함께 있습니다'로 잡았다. 할아버지, 할머니, 아빠, 엄마, 아들, 딸로 구성된 3대 여섯 가족이 소파에 앉아 TV를 보는 정면 사진 위로 위 문구를 박으면 효과적일 것이라고 광고 회사의 기획안은 제안하고 있었다. 열 살짜리 딸이 리모컨을 잡는 것보다 할아버지가 잡는 것이 더 보기 좋을 것 같다며 상무 한 명이 기획안에 딴죽을 걸었고, 할아버지보다 엄마가 리모컨을 잡는 것이 요즘 트렌드에 어울린다며 상무대우 한 명이 딴죽에 딴죽을 걸었다. 하지만 최초 기획안처럼 딸이 리모컨을 잡는 것으로 최종 컨펌됐는데 용역을 수주한 광고 회사 사장은 본사 회장의 조카사위였다. 본사는 다음 회계연도 마케팅비를 끌어다 지면 광고비 10억을 우선 배정했다. 가족과 함께 있다는 광고가 나풀대는 동안에도 준규를 비롯한 사람들은 가족과 함께 있지 못하고 길바닥에서 집회를 이어 갔다. 임원들은 지면 광고가 끝난 후에도 집회가 계속되면 광고 집행 효과가 사라질 것이라며 집회를 조속히 중단시키라고 해당 부서장들을 쪼았고, 부서장들은 직원들을 쪼았고, 직원들은 쫄 사람이 없어서 애꿎은 술만 쪼았다. 첫 집회에서 박석구와 시비가 붙었던 직원은 경영기획실 소속이었다. 일찍 퇴근해서 학원에 아이 픽업 좀 가 달라는 아내의 부탁을 잊고 소주, 맥주, 폭탄주를 열심히 쪼던 그는 집 앞에 와서야 아내의 부탁이 생각났다.

"씨발, 엿 같아서 회사 못 다니겠다."

그는 집에 들어서자마자 먼저 화를 내는 임기응변을 발휘했다. 박력 있게 상의를 소파 위로 내던지는 연출까지 곁들이자 작전이 성공했는지 아내가 끓어오르는 화를 누였다.

"타이밍도 절묘해. 내가 화만 내려고 하면 꼭 먼저 화를 내네."

순간 그의 술 취한 눈이 번뜩였다. 옳다구나, 이렇게 하면 집회를 막을 수 있겠구나. 꾀가 떠오른 직원은 다음 날 회사 소재지 경찰서로 출근해 집회가 벌어지는 장소에 먼저 집회 신고를 냈다. 집회 장소를 미리 선점하는 이른바 '유령 집회 신고 전략'이었다. 그러든지 말든지 일금네 동료들은 맞은편 인도로 장소를 옮겨 집회를 벌였다. 다시 그 직원이 맞은편 인도까지 선점하면 그러거나 말거나 일금네 동료들은 가까운 지하철 역 근처로 집회 장소를 변경했다. 그 직원이 그곳까지 집회 신고를 내면 그러든 말든 일금네 동료들은 본사 사옥에서 200미터 떨어진 사거리에서 신나게 노래하고 박수쳤다. 약 오르게도 부르는 노래의 래퍼토리까지 다채로워졌다.

"벌금은 샤방샤방, 월급은 씨방씨방, 우리 회사 죽여줘요."

"무시로. 무시로. 우리 요구 완전 무시로."

"쩐, 쩐, 쩐, 봇대 타지 말아요. 안전모 사비로 사요."

직원 입에서 욕이 터져 나왔다.

"이 좀비 새끼들."

열댓 놈 데모 하나 못 막냐며 실장에게 한 달 내내 까인 그 직원에게 어느 날 시설과 직원이 찾아왔다.

"이것 좀 보세요."

시설과 직원이 내민 것은 사옥 앞 공공 조형물을 찍은 사진이었다. 청동색 남자 동상이 호기롭게 팔짱을 끼고 있었다. 경영기획실 직원은 사진을 뚫어져라 살폈다.

"이게 왜 이런 모양이죠? 좀비 모양 아니었어요?"

"그게… 확인해 보니 예전에는 이런 모양이었더라고요."

"조형물을 언제 바꾼 건가요? 제가 알기로는 그런 적이 없는데…."

시설과 직원이 파일 하나를 열었다.

"지지난 달 8일에 찍힌 A동 제2현관 CCTV 영상이에요. 기사들

첫 집회 날인데 한 번 보세요."

하청업체 기사들이 집회를 벌이는 모습이 부감으로 찍혀 있었다. 잠시 뒤 그들과 시비가 붙은 자신의 모습이 보였다. 그러다 누군가의 가방이 날더니 페인트가 쏟아져 동상을 덮쳤다. 소보로빵같이 생긴 기사 한 명이 기단 위로 올라가 허겁지겁 페인트를 닦는데 놀라운 일이 벌어졌다. 그가 걸레질을 할 때마다 동상의 색깔이 변하더니 그가 기단을 내려왔을 때 동상이 좀비 모양으로 변해 있는 것이었다. 경영기획실 직원은 즉각 실장에게 보고했다. 실장은 안경을 추켜올리며 미소를 지었다.

"오호라. 이것들 재물 손괴네."

일금은 중간 수납할 돈을 찾기 위해 은행에 들렀다. 현금 출납기에서 돈이 인출되지 않았다. 잔액은 4천만 원 그대로인데 출금 가능 금액은 0원이었다. 은행 창구 직원은 가압류된 통장이라서 출금이 되지 않는 것이라고 설명했다. 가압류 금액은 공교롭게도 통장 잔액과 같은 4천만 원이었고, 채권자 이름은 주식회사 OOO, 그러니까 본사였다.

"고객님이 주식회사 OOO에 채무가 있으신가 보네요. 임시로 압류된 거예요. 압류가 풀릴지 아니면 채권자가 이 돈을 가져갈지는 법원 판결 나와 봐야 알아요."

일금은 은행 직원의 설명을 도통 알아들을 수 없었는데 이해할 수 없는 이야기에도 손은 바르르 떨렸다.

“일단 채권자를 만나 잘 협의해 보세요.”

일금은 서둘러 서비스 센터로 향했다. 본사에는 아는 사람이 없었기에 센터장이라도 만나 보려는 생각이었다. 평소에는 얼굴 보기도 힘든 센터장이 일금을 자기 사무실로 들이더니 차를 내주었다. 마음 급한 일금은 차를 한 번에 들이켰고 급할 것 없는 센터장은 차를 느긋하게 홀짝였다.

“연락 못 받았어요? 아마 본사가 일금 씨 고발하고 손해 배상 청구한 거 같아요. 그때 왜 몇 달 전에 데모한 날, 김일금 씨가 사옥 앞 동상에 페인트칠했잖아요. 동상이 아주 못 쓰게 돼서 본사 피해액이 만만치 않은 모양이에요. 그 피해액 갚으라는 거죠. 그러니까 왜 쓸데없이 데모들을 해서 피를 보는지….”

다시 일금의 손이 떨리더니 곧 어깨까지 따라 떨렸다. 떨리는 어깨는, 아래로는 옆구리 살을 흔들고, 골반을 흔들고, 넓적다리를 흔들어 발목까지 떨게 했고, 위로는 목을 흔들고, 턱살을 흔들고, 턱을 요동치게 해 일금의 이빨이 딱딱 부딪혔다.

“딱딱… 아니 아무리 그래도 통장까지 딱딱… 그러시면 딱딱딱 그거 형 수술비인데… 딱딱.”

“아, 손배 가압류? 그거야 뭐 법원이 내줄 만하니까 내줬겠죠.”

“일부러… 딱딱… 그런 것도 아니고… 전 데모도 딱딱 한 번 나갔는데요 딱딱딱.”

"그건 본사도 알고 있는 거 같아요. 다 일금 씨만 같았어도 문제가 이렇게 커지진 않았겠죠. 그런데 그날 같이 현장에 있었던 사람들은 아직까지 데모를 하나 봐요. 요즘은 아예 매일 하나 봐. 아주 지겨워 죽겠어. 사실 본사도 김일금 씨한테 그 돈을 꼭 받겠다는 게 아니에요. 데모를 계속하니까 괘씸한 거지. 데모만 멈추면 압류는 금방 풀어 줄 거예요. 어찌 됐건 일금 씨도 그놈들 데모 친구잖아요. 가서 한번 설득해 봐요. 데모 좀 그만하라고."

"데모하는 사람들한테 딱딱… 가압류를 딱딱… 붙여야죠. 왜 딱딱… 데모도 안 하는 딱딱… 저한테 4천만 원을 딱딱딱딱…."

센터장이 꼰 다리를 풀고 팔꿈치를 무릎 위에 얹은 다음 깍지를 끼었다.

"김일금 씨가 딱딱거릴 줄만 알지 세상을 모르시네. 이 양반아, 본사 피해액이 5억이야. 그날 현장에 있었던 11명한테 5억을 골고루 나눠서 가압류 때린 거라고. 지금 당신들이 벌인 일이 몇 천만 원으로 해결될 일이라고 생각해!"

센터장의 말이 딱 떨어지자 딱딱거리던 일금의 이빨이 딱 멈췄다.

일금이 다음으로 가야 할 곳은 명확했다. 일금은 사람들이 집회를 벌이는 본사 쪽으로 길을 잡았다. 어느새 겨울의 초입이었다. 매연 고인 도심은 멀리 보이지 않았다. 공기가 쩡해서 달리는 버스 창에 김이 서렸다. 물기를 바짝 빨린 느티나무 낙엽들이 도로 위를 바삭거리며 굴렀다. 회색 털모자를 쓴 노점 아줌마가 해진 주황색 천막을 구루마 사방으로 내렸다. 노점 뒤로 선 빌딩 외벽에 성형외과, 마사지, 부동산, 생활 자금 대출 등 간판이 부산했다. 하늘이 낮아 빌딩 머리가 구름을 이었다. 곧 눈을 뿌릴 매지구름이었다. 어디선가 스피커 노랫소리가 들렸다. 도로 건너편에 '자빽' 준규가 보였다. 일금은 그 자리에 한참 서서 길게 심호흡했다. 무언가 결심이 섰는지 일금은 안경을 벗어 주머니에 넣고 미간에 힘을 주며 길을 건넜다. 표정 또한 그악스럽게 꾸몄다. 사람들이 일금을 발견하고 반갑게 맞으려는데 일금은 대꾸 없이 대열 한가운데로 걸어가 바닥에 대자로 누웠다. 일금은 핏대를 세워 외쳤다.

"데모 그만해라. 영원히 그만해라. 이제 집에 가라!"

구정물을 뿌린 듯 일금의 둘레로 사람들이 좍 갈라졌다. 일금은 그치지 않고 외쳤다.

"데모 끝났다. 영원히 끝났다. 이제 집에 가라!"

준규가 일금 곁으로 와 엉덩이를 붙이고 앉았다. 준규는 담배를 꺼내 물었다.

"일금 씨, 왜 이러는지 알겠는데 이럴 필요 없어. 우리도 다 피해자야. 일금 씨가 그날 페인트만 안 쏟았어 봐. 우리한테 가압류가 붙었겠어? 알아, 일금 씨도 피해자지. 우리가 집회 관뒀으면 애초에 가압류 붙을 일도 없었겠지. 요즘 쉬느라 모르나 본데 회사에서 이제 우리한테 일도 안 줘. 일금 씨는 우리랑 다를 거 같아? 집회에 나오지 않았으니 우리랑 다른 취급 받을 거 같아? 일금 씨, 정신 차려. 집회에 나오든, 안 나오든 처음부터 우린 똑같은 처지였어. 똑같이 차별받고 착취당하는 신세였다고. 그러니 이럴 필요 없어. 비참한 놈들끼리 정말 이럴 필요 없어."

준규의 말을 귓등으로나마 듣는지 마는지, 일금은 바닥에 등을 붙인 채 검기운 하늘만 쳐다보며 외쳤다.

"데모 그만해라! 데모 끝나야 압류 풀린다! 데모 끝나야 우리 형 병원비 풀린다!"

일금의 훼방에 사람들은 욕을 하기도 하고, 한숨을 쉬기도 하고, 주저앉아 고개를 떨어뜨리기도 했다. 그러나 풍길은 달랐다. 풍길은 평소 냄새 풍기듯 노여운 기색을 풍기더니 갑자기 일금의 멱살을 잡아 일으켰다. 풍길이 일금의 얼굴에 주먹을 날렸다.

"개새끼야. 나도 이사할 전세금 묶여서 길바닥에 나앉게 생겼다."

풍길의 주먹에 일금은 얼떨떨했는데, 얼떨떨함은 곧 억울함으로 바뀌었고, 억울함은 이내 분노로 변해, 일금은 박치기로 풍길의 턱을 받았다.

"시발놈아, 난 우리 형 약값도 없다."

둘은 서로 엉켜, 패고 박고 잡고 뜯고 엎치고 메치는 개싸움을 벌였다.

"개새끼야, 난 우리 애기 분유값도 없다."

"시발놈아, 난 집에 쌀 떨어졌다."

"개새끼야, 난 가스 끊겼다."

"시발놈아, 난 2천 원 있다."

"개새끼야, 난 빚이 2천이다."

본시 재미있는 것이 싸움 구경이고, 냄새 풍기는 놈과 볼품사나운 놈이 용호상박 바닥을 구르는 것도 모자라 누가 더 가난한지 주둥이로까지 대결을 펼치고 있으니, 일금과 풍길의 싸움은 도낏자루 썩어도 모를 만큼 재미난 구경이어야 했지만, 오히려 어딘가 처연했다. 동료들이 일금과 풍길을 뜯어말리는데 모퉁이에서 집회를 관리하던 경찰이 달려왔다.

"뭐 하시는 거예요? 소란 피우면 해산합니다."

준규가 경찰의 비위를 맞추며 알짱거렸다.

"아유, 죄송합니다. 우리들끼리 조금 흥분해서요. 별일 아닙니다. 금방 말립니다."

경찰이 준규를 위아래로 훑었다. 준규 오른손에 담배가 끼어져 있었다.

"아저씨, 여기서 담배 피우면 안 돼요. 금연 거리예요. 담배 꺼요."

"아유, 죄송합니다. 요것만 피우고 끄겠…."

"지금 장난해요? 빨리 꺼요!"

준규가 남은 담배를 들어 보였다.

"아직 백 원어치는 남았는데… 저기 구석으로 가서 요것만…."

경찰이 위압적으로 목소리를 높였다.

"빨리 안 꺼요? 백 원 아끼다 딱지 끊어요."

딱지라는 말에 준규 목소리의 나긋나긋함이 싹 가셨다.

"그래, 딱지 끊어라, 딱지 끊어. 통장에도 딱지 붙은 놈이 그까짓 범칙금 딱지가 무섭겠냐? 얼른 끊어라. 딱지 끊으면 계속 피워도 상관없지? 내 이 자리에서 한 보루를 피워 주마."

준규가 새 담배를 꺼내 줄담배를 물자 경찰은 눈에 쌍심지가 돋고 울대에 부아가 끓었다.

"이거 공무 집행 방해예요. 담배 안 꺼요?"

"딱지를 끊겠다는데 왜 공무 집행 방해야! 딱지 끊어. 백 원 안 아낄 테니까 딱지 끊으라고!"

한쪽에서는 일금과 풍길이 부둥켜 뒹굴고, 한편에서는 준규와 경찰이 가슴팍을 세우고 삿대질 해 대니 사람들은 어디를 뜯어말려야 할지 우왕좌왕했고, 엎친 데 덮치고, 눈 위에 서리 오고, 시집가는 날 등창난다고, '주부습진' 광만까지 귀퉁이에 앉아 통곡하기 시작했다.

"너무 비참해. 이게 뭐야. 너무 비참하다고…."

집회는 그야말로 쑥대밭이 되었다. 행인들은 턱을 빼고 이 희한한 광경을 구경했다. 끝내 경찰이 몰려와 사람들을 연행하려 했다. 지네끼리 싸우던 놈, 경찰과 싸우던 놈, 그 사이를 왔다 갔다 하던 놈, 그 옆에서 통곡하던 놈 모두가 땅바닥에 누워 경찰에 저항했다. 그러면서도 지네끼리 싸우던 놈들은 내리 싸웠고, 경찰과 싸우던 놈은 거푸 담배를 물었고, 그 사이를 왔다 갔다 하던 놈들은 마구 울부짖었으니, 이날 집회는 행인들에게는 돈 주고도 못 볼 진풍경이 되었다. 땅바닥을 기던 광만이 그런 행인들을 향해 외쳤다.

"내 나이가 오십 줄인데 혼자 100만 원 벌어서 아이 공부시키고 있습니다. 그럼 나라에서 '그 돈으로 한 달은 어떻게 사냐?', '나라에서 도와 줄 것은 없느냐?'고 묻고 도움을 줘야 하는 것 아닙니까? 그런데 이 나라는 제 통장을 빼앗고, 이제는 경찰을 풀어서 잡아가네 마네 하고 있습니다. 정말 이 나라에서 더 이상 살고 싶지 않습니다. 내 자식은 이 나라가 아닌 다른 나라에서 살게 하고 싶습니다. 그런데… 가난한 내가, 아이가 이 나라를 떠날 수 있을지 모르겠습니다."•

다행히 경찰은 이들을 모두 훈방 조치했다. 밤이 이슥했고 하늘에 별 하나 보이지 않았다. 준규가 소주나 마시러 가자고 제안했다. 풍길이 준규를 말렸다.

"술 마실 돈 있으면 다 내놔 봐요."

사람들이 풍길의 얼굴을 쓱 쳐다보더니 너나 할 것 없이 주머니

• 2007년 이랜드 비정규직 대량 해고 사태 때 비정규직 노동자의 실제 발언. '직장'만 '통장'으로 바꿈. - 2007. 7. 20 오마이뉴스 〈'스머프들'을 짓밟지 마십시오〉

를 뒤졌다. 20만 원 정도가 모였다. 풍길이 그 돈을 일금에게 내밀었다.

"형 병원비에 보태요."

풍길의 턱이 부어 있었다. 사람들은 앞서거니 뒤서거니 각자 집을 향했다. 저만치서 준규가 카악 침을 뱉었다.

"그래. 오늘 같은 날 술 마시면 체해."

일금이 멍든 눈을 끔벅이며 풍길의 부은 턱을 올려다보았다. 일금이 풍길의 손을 꽉 잡았다.

일금은 집으로 돌아왔다. 법원 등기가 와 있으니 찾아가라는 우체국 스티커가 현관 우편함에 붙어 있었다. 일주일 넘게 사람 자취 없던 집은 처처했다. 일금은 형 일문이 시킨 대로 구석구석 씻고, 묵은 속옷을 갈아입고, 빨래를 돌렸다. 사 둔 쌀이 없어 라면 두 개를 삶았다. 김치통이 비어 바닥에 남은 김치 국물을 반찬 했다. 일금이 마트에서 100그램당 612원에 사 온 천일염 김치였다. 김치에 쓰인 천일염은 전남 영광 염부 68세 김춘길 씨가 생산한 장판염이었다. 장마가 길어진 탓에 김춘길 씨는 평소 1,000가마씩 출하하던 소금을 올해 500가마도 채 긁지 못했다. 못 갚은 영어 자금 대출도 산더미인데 광주 사는 막내딸은 결혼 날짜를 잡았다. 김춘길 씨는 요즘 일당치기로 덕장에 조기를 말리러 다닌다. 김춘길 씨의 소금은 강화군 후포항에서 새우를 잡는 7.95톤 닻 자망 어선 선장 54세

황명기 씨에게도 팔린다. 새우는 배 위로 올라오자마자 소금이 뿌려져 새우젓으로 익는다. 3월에 봄젓 담글 때는 바닷물 염도가 높아 새우가 없었고, 6월에 육젓 담글 때는 해파리가 득시글해 공선으로 돌아왔고, 가을에 추젓 담글 때는 시에서 개량 안강망 어선들한테 조업 허가를 내줘 어획량을 다 뺏겼다. 선원들 임금은커녕 기름값도 빚으로 남으니 이 일을 계속해야 하나 황명기 씨는 고민이다. 황명기 씨의 새우젓은 서울 망원동에서 반찬 가게를 하는 65세 이영숙 씨한테도 납품된다. 한자리에서 11년, 코딱지만 한 동네 장사였지만 이영숙 씨는 한 푼 두 푼 모으는 재미로 살았다. 비만 오면 홍수 난다고 사람들 발길 없던 동네가 갑자기 명소로 입소문 나더니 인파로 북적였다. 집주인이 월세를 올렸는데 이영숙 씨가 반찬 팔아서 낼 수 있는 수준이 아니었다. 이영숙 씨는 가게를 접었다. 취직 못 한 자식이 둘이나 있는 이영숙 씨는 요즘 빌딩 청소 일을 알아보고 있다. 이영숙 씨한테서 반찬을 사 가던 사람 중에는 47세 허지영 씨도 있었다. 오십도 되기 전에 정리 해고당한 남편의 퇴직금을 털어 허지영 씨는 편의점을 차렸다. 야간 알바 한 명 쓰고 나머지 시간은 부부가 맞교대하며 일했다. 본사는 최소 연 6,000만 원 수익을 약속했으나 실상은 둘의 인건비도 안 나오는 수준이었다. 창업 1년이 지나서 골목 어귀에 다른 브랜드 편의점이 들어섰다. 몇 달 후에는 길 뒤편에 또 다른 브랜드 편의점이 개업했다. 허지영 씨는 가게를 정리했다. 2년이 안 돼 남편의 퇴직금을 다 까먹은 허지영 씨는 현재 마트 계산원으로 일하고 있다. 허지영 씨가 일하는 마트에서 물건을 사는 사람 중에는 일금도 있었다. 사는 건 매한가지이니, 일금은 허지영 씨가 바코드를 찍어 계산해 준 주방 세제로 다 먹은 라면 냄비를 닦았다. 사는 게 좋다지만 구르는 데는 매 개똥밭이니, 일금은 다 돌아간 빨래를 건조대에 널었다. 청천 하늘엔 잔별도 많고 우리네 가슴속엔 수심도 많다. 일금은 잠자리에 누웠다. 일금은 잠자리에 누워 병원에 있을 형 일문을 말똥말똥 생각했다.

* * *

다음 날 일금은 아침 일찍 일어났다. 목욕을 다섯 번 하고, 로션을 열두 번 바르고, 왁스를 두 통 쓰고, 없는 향수 대신 방향제를 세 번 뿌리고, 소개팅 갈 때 입으라며 미경이 사준 새 옷을 꺼내 입은 일금은 본사를 향했다. 본사 회장을 만나 가압류를 풀어 달라고 빌고 애원하고 떼쓰고 사정해 볼 요량이었다. 업무 공간으로 들어가는 본사 1층 로비 안쪽에 출입 게이트가 설치돼 있어서 사원증을 가진 사람만 드나들 수 있었다. 뻣뻣한 곱슬머리를 벅벅 긁으며 게이트 앞을 어슬렁대던 일금은 나이 지긋한 건물 경비에게 말을 붙였다.

"회장님을 만나고 싶은데요."

경비는 일금의 얼굴을 5초간 쳐다보고, 일금의 차림새를 5초간 훑어보았다. 일금의 왼쪽 눈에는 멍까지 앉아 있었다. 경비가 답했다.

"가쇼."

"회장님을 꼭 만나야 하는데요."

"회장님이 댁 같은 사람을 왜 만나요?"

"꼭 만나야 해요. 제가 이 회사 재물을 망가뜨렸다고 통장을 가압류 당했거든요."

"그런 일로 회장님을 어떻게 만나나? 딱 보니까 직원이 처리할 일이구먼."

"그 직원이 누군데요?"

경비가 다시 일금의 얼굴을 5초간 쳐다보고, 차림새를 5초간 훑어보더니 고개까지 5초간 설레설레 저었다.

"이 회사 직원도 아닌 내가 그걸 어떻게 알겠소?"

"직원도 아닌데 왜 여기서 일하세요?"

"이 사람이 시비 거나? 나 경비 용역이야!"

경비에게 퇴짜 맞은 일금은 다시 로비를 어슬렁거렸다. 일금이 가만히 보니 게이트는 사원증을 인식판에 갖다 댄 사람들만 띡띡 소리를 내며 통과시켰다. 일금은 게이트를 출입하는 사람 가운데 한 명이 자신과 관련한 업무를 담당하는 직원일 것이라는 생각이 들었다. 마침 한 사람이 사원증을 대고 게이트를 나오고 있었다. 일금이 다가가 조심히 물었다.

"혹시 김일금이라고 아세요?"

'재물 손괴 관련 가압류 건을 담당하는 직원을 알고 싶습니다.'라거나 '김일금 가압류 건을 담당하는 직원을 알고 싶습니다.'라고 조리 있게 말할 능력이 없는 일금이 만들어 낸 질문이었다. 직원은 못 볼 꼴을 본 듯 대꾸도 않고 일금을 지나쳤다. 그래도 일금은 사원증을 목에 건 사람들만 보면 가서 부지런히 물었다.

"김일금이라고 들어 보셨어요?"

"혹시 김일금을 아시나요?"

"제가 김일금인데요."

일금이 한 시간 동안 물은 사람은 총 스물일곱 명이었는데 스물세 명은 본체만체 지나쳤다.

"김일금이라고 아세요?"

"모릅니다."

"김일금이라고 들어 보셨어요?"

"바쁩니다."

"제가 김일금인데요."

"필요 없어요."

세 명은 위와 같이 단답식으로 답하고 순식간에 지나갔다. 유일하게 단 한 명만이 일금의 질문에 관심을 보였는데,

"김일금이라고 혹시 아세요?"

"모르겠는데… 무슨 일로 그러십니까?"

그는 박석구와 시비가 붙었던 바로 그 경영기획실 직원이었다. 김일금 사건을 모를 리 없는 그 직원은 일금이 다가와 질문을 하자 당황했지만 아는 척할 수도 없는 노릇이었다. 그래서 모른다고 답했지만 일금이 왜 회사 로비까지 와서 이러고 있는지 궁금했다. 그래서 무슨 일로 그러시냐고 물은 참이었다. 일금이 울먹이며 말했다.

"제 통장이 가압류당했는데요. 이 회사가 가압류한 건데요. 거기에 우리 형 수술비가 들어 있어서요. 우리 형 암인데 그거 못 찾으면 수술 못 받아서요. 제 통장 가압류 좀 풀어 주세요. 제발 우리 형 수술 받게 좀 해 주세요."

역시 두서없고, 물색없고, 조리 없는 답변이었지만 경영기획실 직원이 일금의 사정을 파악하기에는 충분했다. 하지만 그 역시 별 수 없는 월급쟁이였고 회사의 지시를 받는 월급쟁이가 할 수 있는 대답이란 것 역시 뻔했다.

"죄송합니다. 제 소관이 아니라서요."

일금이 주특기인 물고 늘어지기를 발휘하려는데 마침 신고가 들어왔는지 아까 그 경비가 달려와 일금을 끌어냈다.

"이 아저씨 아직 여기 있었네. 얼른 나가요. 업무 방해하지 말고."

일금은 현관 밖으로 끌려나가 팽개쳐졌고 다시는 로비 안으로 들어오지 못했다. 그 모습을 지켜본 경영기획실 직원은 마음이 착잡했다. 그 때문인지 점심시간이 되어서도 입맛이 없었다. 들큼한 봉지 커피 한 잔으로 점심을 때우려고 탕비실이 있는 3층 복도로 나가는데 복도 미들창 너머에서 바깥 소리가 들려왔다. 경영기획실 직원은 창으로 다가가 소리가 나는 1층 지상 주차장을 내려다보았다. 주차장으로 차가 들어올 때마다 일금이 차창을 두드리며 외치고 있었다.

"김일금이라고 아시나요?"

"김일금이라고 들어 보셨어요?"

"김일금이 바로 저예요."

잠시 후 경비들이 일금을 주차장 밖으로 쫓아냈다. 경영기획실 직원이 자기 자리로 돌아와 업무를 보려는데 창밖으로 보이는 회사 건물 앞 인도에 일금이 다시 나타났다. 일금은 건물에 출입하는 사람들을 붙잡고 끊임없이 물었고, 사람들이 모두 퇴근하고 사라진 늦은 밤이 되어서야 풀 죽은 걸음으로 돌아갔다. 3층 자기 자리에서 이 모습을 끝까지 지켜본 경영기획실 직원은 퇴근길에 담배를 샀다. 날씨가 제법 쌀쌀했다. 경영기획실 직원은 십 년 전에 끊은 담배를 다시 물었다.

그날 밤, 일을 해서 밥을 버는 세상 모든 사람들은 두 남자의 울음소리를 들었다.

"형, 미안해. 미안해."

"괜찮아. 일금아, 괜찮아."

"형, 미안해. 미안해."

"괜찮아. 일금아, 괜찮아."

중간 수납을 하지 못한 일문의 수술은 연기됐다. 일문의 알량한 신용카드 한도로는 병원비를 수납할 수가 없었고 신용 결제라는 시스템을 이해하지 못한 일금은 애초부터 신용카드를 만들지 않았으니 당장 돈 나올 데가 없었다. 돈을 마련하기 위해 여기저기 뛰어다닌 일금이 비싼 이자를 물기로 하고 보름 만에 대출을 받아 왔을 때 의사는 다른 이유로 수술을 거부했다.

"종양이 간문맥을 침범했습니다. 간을 절제할 수 없는 상황입니다."

* * *

일금과 동료들은 재물 손괴죄로 벌금형에 처해졌다. 집회를 주도한 준규가 500만 원으로 가장 무거웠고 집회에 딱 한 번 참석한 일금이 70만 원으로 가장 가벼웠다. 그래도 준규는 집회를 멈추지 않고 이어 갔다. 벌금은 고사하고 당장의 생활비마저 떨어진 사람들은 하나둘 집회를 이탈했다. 두 달 만에 집회를 떠난 광만은 대리운전을 시작했고, 석 달 만에 집회를 접은 영인은 보험회사 영업 사원이 되었다. 넉 달째 박석구도 집회를 관두고 해외 직구 인터넷 쇼핑몰을 차렸고, 여섯 달째 풍길마저 집회에 출석하는 대신 처가 빵집 카운터로 출석했다. 일금이 가끔 집회에 얼굴을 비쳤을 때, 집회는 준규 혼자 진행하는 일인 시위로 바뀌어 있었다. 그런 준규조차 열 달이 지나자 집회를 포기하고 말았다. 가압류만 붙여 놓고 손해배상 본안 소송은 질질 끌던 본사는 그제야 사람들에게 붙은 가압류를 풀어 주었다. 노동자들은 와해됐고 준규는 풀린 통장에서 돈을 찾아 집에서 술만 마셨다.

일금은 형 일문의 병원비를 마련하기 위해 닥치는 대로 일했다. 새벽에는 택배 상하차 일을 했고, 낮에는 제품 포장 일을 했고, 밤에는 고깃집 불판을 닦았다. 상하차 일은 시간당 최저 임금보다 500원 더 줬고, 불판 닦는 일은 200원 더 줬고, 제품 포장 일은 딱 최저 임금이었다. 약값을 대고 대출금을 갚기에도 빠듯했는데 일문의 고주파 열치료 시술비는 150만 원이었고, 색전술 시술비는 120만 원이었다. 열 달이 흐르고 가압류가 풀렸을 때에야 일금은 숨통이 트였다. 고주파 열치료와 색전술 시술을 받은 일문의 상태는 트이지 않았다.

일문이 세 번째 색전술을 시술받고 집에 돌아온 며칠 뒤였다. 일문이 갑자기 하얀 약봉지를 일금에게 내밀었다.

“이거 갖고 다니면서 닦아. 이제 중학생인데 코 그만 흘리고.”

일금은 겁이 났다.

“형. 무슨 소리야? 내가 왜 중학생이야? 내가 무슨 코를 흘려?”

“군인한테 두 장씩 주는 거야. 일금아, 코 나올 때 닦아.”

“형, 이거 손수건 아니야. 약봉지야.”

일문이 약봉지를 일금의 코에 갖다 댔다.

“소매로 닦지 말고. 자, 흥 해 봐. 흥.”

일금이 엉엉 울었다.

“형, 나 이제 코 안 흘려. 침 흘려. 입가에 침을 닦아 줘야지. 흘리지도 않는 코를 왜 닦아.”

일금은 울면서 코에 닿은 형 일문의 손을 입가로 내렸고, 일문은 바들바들 떨면서 동생 일금의 코에 자꾸 손을 갖다 댔다. 일문에게 간성혼수가 찾아온 것이었다. 일문의 병은 1년 만에 말기로 치달았다. 의사는 완치를 목표로 하기 어려워졌다며 말꼬리를 감췄다.

“폐까지 전이된 상태입니다. 암의 진행을 늦추는 것 외에는….”

그 후 일문은 치료를 위해 병원에 입원하는 날 외에는 줄곧 집에서 누워 지냈다. 일문은 급격히 쇠약해졌다. 불현듯 찾아오는 고통은 간과 폐만이 아닌 일문의 모든 내장을 다지고 갈았다. 그럴 때면 일문의 의식도 불타고 익어 감각이 존재하는 육신 전체가 온통 고통이었다. 제발 죽여 달라는 말도 고통이 사그라지고 나서야 중얼거릴 수 있었다. 고통이 지나가고 나면 의식이 흐려졌고 일문은 자주 정신을 잃었다. 까무룩 정신이 희미해질 때 일문이 기억하는 마지막 장면은 항상 같았다. 자신을 내려다보며 울고 있는 일금의 얼굴이었다. 다시 정신을 차렸을 때 일문이 처음 맞이하는 장면 또한 언제나 같았다. 자신을 내려다보며 웃고 있는 일금의 얼굴이었다.

어느 날 밤이었다. 발코니로 별빛이 흐드러지게 쏟아지는데 컴퓨터 모니터를 들여다보던 일금이 갑자기 춤을 추기 시작했다. 예의 그 삐걱대고 덜그럭거리는 춤이었다. 춤추며 일문에게 다가온 일금은 흐벅지게 웃으며 말했다. 신이 난 목소리였다.

"형, 우리 미국 가자. 미국, 미국, 아메리카!"

일문은 정신이 흐려서 동생 일금이 무슨 말을 하는지 이해할 수 없었다. 일문의 반응이 있든 없든, 일금은 푸진 엉덩이를 흔들며 계속 춤을 췄다. 일금이 들여다보던 모니터에 기사 하나가 떠 있었다.

좀비의 체액은 만병통치 약재. 조선 중기 고서적 공개

'죽었다 살아난 자의 상처 고름을 바르면 모든 병이 완치되어 무병장수한다.'

국제사회에 우려를 낳고 있는 좀비가 의외로 만병통치 약재로 쓰일 수 있다는 주장이 제기돼 눈길을 끌고 있다. 고문서 전문가 한유성 씨는 중종 시절 쓰인 것으로 추정되는 고서적 '자자마도집'을 최근 공개했다. 조선 전기 농민들의 생활상을 엿볼 수 있는 이 책은… (중략) 특히 '죽었다 살아난 자의 상처 고름을 바르면 모든 병이 완치되어 무병장수한다.'는 내용은 최근 벌어지고 있는 '좀비 사태'를 연상

케 한다. 서적을 공개한 한유성 씨는 "죽었다 살아난 자의 상처 고름이란 좀비의 체액을 뜻하는 것"이라면서 "연산 11년, 운종가에서 노숙하던 사람들 사이에 전염병이 돌아 많은 이들이 죽었다는 기록이 있는 것으로 보아 당시에도 지금의 좀비 사태와 비슷한 사건이 있었고, 그들이 흘리는 고름이나 피가 만병통치 약재로 쓰여 뛰어난 효능을 발휘한 것이 아닌가 짐작된다."고 말했다.

한유성 씨가 수집한 고문서들은 20일부터 나비 뮤지엄에서 열리는 '질문하는 역사, 대답하는 기록 전展'을 통해 일반에 공개된다. 관람료 6,000원.

자자의 책을 편의대로 해석해 자극적인 제목으로 포장한 역시나 믿거나 말거나 홍보성 기사였지만 일금은 미국으로 가는 방법을 수소문했다.

캐나다, 힌친브룩
모두

* * *

로사가 캐나다에 도착했을 때 캐나다 정부는 난민 문제로 골머리를 앓고 있었다. 좀비를 피해 도망쳐 온 수백만의 미국인들이 도심 거리를 차지하면서 국경 도시들을 슬럼화시켰다. 집이 모자라 임대료는 폭등했고, 물자 부족으로 물가는 치솟았고, 구직 시장에 난민들이 뛰어들면서 실업률은 하늘을 찔렀다. 자국민과 난민을 분리하기 위해 캐나다 정부는 국토 전역에 난민 수용 시설을 건설했다. 미국과 접한 모든 국경에는 9미터 높이의 콘크리트 장벽을 세웠다. 좀비를 막으려는 것인지 난민을 막으려는 것인지 캐나다 정부는 설명하지 않았다. 국경 장벽이 모두 완성되었을 때 캐나다 전역에 지어진 난민 수용 시설은 100개가 넘어 있었다. 뒤늦게 탈출한 미국 난민들이 장벽 출입 게이트를 두드려도 캐나다 국경 경비대는 문을 열어 주지 않았다.

캐나다 정부는 난민들을 먹이고 재우고 입히기 위해 국채를 발행했다. 자국민의 경제 활동을 보호하기 위해 취업 허가를 받지 않은 난민의 노동을 금지했다. 허가증 없이 노동하다 적발된 난민은 송환될 조국이 없어 감옥에 갇혔다. 미국 달러는 휴지 조각이었고, 일을 하지 못해 캐나다 달러를 구하지 못한 난민들은 어쩔 수 없이 수용소에 머물렀다. 캐나다 정부가 수용소에 보급하는 물자는 갈수록 줄어들었다. 물자가 부족한 난민들은 수용소에서 서로 물물교환 했다.

미국 난민과 탈북 난민을 구별할 여유가 없었던 캐나다 이민국은 로사를 힌친브룩에 위치한 제29 난민 수용소로 보냈다. 공동 주방이 딸린 방 네 칸짜리 조립식 주택이 수용소가 배정한 로사의 숙소였다. 방 한 칸마다 한 가구씩 들어가 살았으니 총 네 가구가 사는 셈이었다. 홀몸인 로사는 혼자 방 하나를 다 썼는데 그런 호사는 오래가지 않았다. 수용소 당국은 가족 없이 혼자인 난민 여성을 로사의 방에 채웠고 반 년 만에 다섯 명의 여성이 10평방미터 방에서 몸을 접어 누워야 했다. 그 좁은 방에 누울 권리조차 난민들은 사고팔아서 로사의 방은 묵는 사람이 수시로 바뀌었다. 숙소 권리를 판 난민들은 수백 채 줄 맞춘 조립식 주택 사이에서 노숙했다. 수용소는 정글이었고, 사람들은 욕하고 싸우고 훔쳤다.

수용소 경비는 헐거웠다. 로사는 돈을 벌기 위해 한국 식당에 가서 설거지를 하거나 교포 가족의 베이비시터 일을 했다. 영어를 공부한 보람이 있어서 가끔은 한국 관광객들을 상대로 가이드 일을 하거나 번역 일을 하기도 했다. 당국에 적발된다면 본국으로 송환될 것인데 캐나다 이민국에 접수된 로사의 본국은 북한이었다. 백인들과는 다르게 한국 교포들은 취업 허가증이 없는 로사를 신고하지 않았다. 로사와 방을 나눠 쓰는 난민들은 백인이든 흑인이든 히스패닉이든 상관없이 모두 몸 냄새가 달랐다. 그 냄새를 덮으며 몸을 구길 때 로사는 한국 여권을 버린 자신을 원망했다. 몇 차례 한국 대사관에 찾아갔지만 한국 외교관들은 한국 여권을 버린 한국인의 주장을 자신의 업무로 취급하지 않았다.

로사가 한국 식당 '아리랑'에서 설거지를 하고 있는데 교포 2세인 여사장이 주방으로 들어오더니 물었다.

"로사. 사이드 잡 할 생각 있어? 이 손님들 인터프리러를 찾는데…."

여사장 뒤로 남자 둘이 보였다. 한 명은 창백한 얼굴로 휠체어에 앉아 있었고, 한 명은 너부데데한 얼굴로 벙싯벙싯 웃고 있었다.

* * *

티모시는 미국을 종단하면서 좀비를 두 번 만났다. 웨스트버지니아를 지날 때 만난 좀비들은 수백의 무리를 이루어 고속도로를 메우고 있었다. 모두 태양을 향해 턱을 쳐든 자세로 몸을 움찔거렸다. 태양을 오래 쳐다봐도 좀비들은 눈이 시리지 않은 듯했다. 시야를 덮은 좀비의 들판은 바람에 흔들리는 옥수수 밭 같았다. 막힌 길을 뚫지 못해 티모시는 안절부절못했는데 좀비들은 티모시의 왜건에 반응하지 않았다. 좀비 대열 앞에서 티모시는 난처했다. 해 질 무렵 밴 하나가 도로 끝에서 질주해 왔다. 밴은 속도를 줄이지 않고 길을 메운 좀비들을 치며 달렸다. 밴의 바퀴에 자기 무리가 갈려도, 갈리지 않은 좀비들은 상관하지 않았다. 좀비들 토막이 밑창에 끼어 밴은 금방 속도가 줄었다. 더 이상 길이 뚫리지 않자 백인 두 명이 차창을 내리고 좀비들을 향해 발포했다. 좀비들은 총소리에는 반응했다. 수백의 좀비 떼가 순식간에 차를 찢고 사람을 뜯었다. 티모시는 조용히 도로를 우회했다.

펜실베니아에서 만난 좀비들은 도로 바깥으로 열린 들판을 걷고 있었다. 수백 마리 좀비들이 고개를 떨군 채 서쪽을 보고 걸었다. 떨어뜨린 고개가 먼 석양을 향하고 있어서 좀비들은 순례자 같았고 들판은 경건했다. 개 한 마리가 다리를 절며 좀비들을 따랐다. 개는 인간과 좀비를 구분하지 못하고 컹컹 짖었다. 좀비들은 개 짖는 소리에 반응하지 않았다. 미국을 탈출하는 차량 몇 대가 티모시의 왜건을 추월했다. 땅거미로 얼룩진 지평선 끝자락 도시에서 검은 연기가 올랐다.

캐나다 힌친브룩 제29 난민 수용소에서 티모시는 사만다와 크리스를 만났다. 비극적인 재난 속에서 재회한 가족은 서로의 건강과 안부와 근황을 묻고, 서로 걱정하고 위로했다.

"너희 엄마는 좀비가 되어 있더구나."

"정말? 엄마가 좀비라고? 엄마를 만났어?"

"글쎄··· 만난 건지 아닌지··· 모르겠네."

"무슨 소리야. 만났어, 안 만났어?"

"그걸 만났다고 해야 하나··· 모르겠어."

티모시의 이야기에 크리스는 눈물을 보일락 말락 했고 사만다는 눈을 흘겼다. 티모시는 자식들을 만나 기뻤지만 그 기쁨은 오래가지 않았다. 티모시는 자식들과의 교류를 금세 끊었다. 티모시의 딸 사만다는 호삼이라는 이름의 남자 친구와 함께 수용돼 있었다. 호삼은 얼굴이 각지고 털이 많은 팔레스타인 출신의 무슬림이었다. 백인, 흑인, 멕시코인, 일본인, 인디언, 베트남인 다 괜찮았지만 무슬림은 다른 문제였다. 티모시는 무슬림과 사는 딸을 받아들일 수 없었다. 티모시의 아들 크리스는 미셸이라는 이름의 애인과 같이 미국을 탈출했다. 미셸은 팔다리가 가늘고 긴 세네갈계 흑인 남자였다. 크리스는 게이가 되어 있었다. 게이는 인종이나 종교와는 또 달랐다. 그것은 인간 본연의 모습에 관한 문제였다. 티모시는 크리스를 용납할 수 없었다. 사만다를 무슬림의 짝으로 더럽히고, 크리스를 게이로 타락시킨 미국 동부가 좀비로 뒤덮여 지옥이 되었길 티모시는 10평방미터 방 안에서 밤마다 하나님께 기도했다.

수용소는 열악했다. 식료품도 부족했지만 캐나다 정부가 배급하는 생필품은 턱없이 모자랐다. 특히 옷과 약이 귀했고, 술과 담배는 금값이었다. 온난한 오클라호마의 옷차림으로 캐나다의 겨울을 견뎌야 하는 티모시는 그래서 자주 앓았다. 앓았지만 약도 없었다. 티모시의 궁핍을 보다 못한 사만다가 찾아왔다.

"아빠. 이스라엘이 장벽을 쳐서 가자 지구를 차단했을 때 팔레스타인 사람들이 어떻게 버텼는지 알아? 이집트로 통하는 땅굴을 파서 물자를 들여왔어.• 그중 한 사람이 호삼이야. 아빠 방바닥을 파면 경비들 모르게 미국으로 뚫을 수 있대."

티모시가 배정받은 조립식 주택은 국경에 세운 9미터 장벽에 바싹 붙어 있었다. 땅굴을 파 미국으로 들어갈 수만 있다면 필요한 물자를 구할 수 있을 테지만 무슬림의 도움을 받아야 한다는 점이 티모시는 내키지 않았다. 무슬림과 부대끼는 대신 궁핍과 부대끼는 것을 선택한 티모시에게 사만다가 다시 찾아왔다.

"아빠. 아빠가 좋아하는 영화 벤허. 거기서 벤허의 복수를 도와준 사람이 누구였는지 기억나? 아랍 족장이야. 이교도였다고."

티모시는 결국 무슬림과 잠시 부대끼는 쪽을 선택했다. 호삼의 종교를 인정한 것이 아니라 같은 목적을 공유한 것일 뿐이라고 티모시는 핑계 삼았다. 티모시가 어떤 생각을 갖고, 어떤 표정과 눈빛으로, 어떻게 자신을 바라보는지 개의치 않고 호삼은 묵묵히 티모시의 방바닥을 파 들어갔다. 호삼은 몸을 쓰는 일에 능숙했다. 호삼

• 가자 지구 150만 명의 생명줄, 땅굴 경제 - 2008.10.8. 서울신문

은 무른 흙을 피해 차진 흙을 팠고, 깨야 하는 암석과 캐야 하는 암석을 구별했고, 지상에서 나침반으로 잡은 방향을 지하에서 읽어냈고, 빈 통조림 깡통을 엮어 천장을 받칠 갱목을 쳤다. 두 달 만에 호삼의 땅굴은 장벽 아래를 지나 미국으로 열렸다. 사람 하나 허리 숙여 지나갈 높이였다. 호삼은 티모시네 방바닥에 붙은 캐나다 쪽 입구는 매트리스로 덮었고, 숲으로 난 미국 쪽 출구에는 수용소 간이 화장실 FRP 문을 뜯어 달았다. 티모시와 호삼은 샷건 하나씩을 차고 그 땅굴을 걸어 미국으로 들어갔다. 좀비는 보이지 않았다. 출구가 있는 숲 서쪽으로 소박한 강이 흘렀다. 이정표에는 샤또게 강이라고 쓰여 있었다. 티모시와 호삼은 샤또게 강을 따라 버려진 인가를 뒤졌다. 빈집마다 옷과 약이 흔했다. 호삼은 한 번 들른 집은 문에 래커칠을 해 표시했다. 짐은 손에 들지 않고 빈집 커튼으로 감아 등에 졌다. 편해진 손으로 호삼은 이동 중에도 사격 자세를 풀지 않았다. 호삼은 인생을 살아온 사람이 아니라 인생에서 살아남은 사람 같았다. 가자 지구에서, 이집트에서, 그리고 또 미국에서 호삼이 어떻게 살아남았을지 티모시는 짐작할 수 있었다. 삭막한 수용소에서 딸 사만다 곁에 있는 사람이 호삼이라는 사실에 티모시는 뒤늦게 안도했다.

티모시와 호삼은 한 달에 한 번 꼴로 미국에 잠입했다. 쓰고 남은 생필품을 티모시는 시중보다 싼 가격에 다른 난민들에게 팔았고 물건을 구하는 난민들도 티모시의 집을 찾았다. 어떤 난민들은 필요한 물건을 티모시에게 주문하기도 했다. 하루는 샤또게 강 근처에서 호삼이 옥수수 포대를 쌓아 놓은 창고를 발견했다. 호삼이 그중 한 포대를 지고 오자 이번에는 크리스의 애인 미셸이 나섰다. 미셸은 옥수수에 이스트를 쳐 발효시키고 네 번 증류한 뒤 초류와 후류를 버린 중류를 병에 담았다. 술이었다. 미셸의 술은 밀주라고 믿기 어려울 만큼 향이 투명하고 도수가 선명했다. 미셸의 술은 내놓기 무섭게 팔렸다. 미셸은 술을 판 돈으로 티모시의 집에 사는 다른 난민들로부터 숙소 권리를 사들였다. 사만다와 호삼, 크리스와 미셸이 방 하나씩 차고 들어왔다. 자식들이 집을 떠난 뒤 쭉 홀로 살아온 티모시는 수년 만에 다시 가족과 함께 살았다. 미셸이 말했다.

"시내에 있는 침실 세 개짜리 주택 임대료가 월 3천 달러를 넘었다고 하네요. 당분간은 이걸로 만족해야죠."

미셸은 소리 없이 걷고, 입을 벌리지 않고 웃었다. 크리스와 대화할 때 쓰는 미셸의 프랑스어는 그윽했고, 가족과 대화할 때 쓰는 미셸의 영어는 신중했다. 발효용 스톡포트를 휘젓는 미셸의 손가락은 가늘고 길었다. 인생을 헤치고 비집는 손가락이 아니라 만지고 쓰다듬는 손가락이었다. 미셸은 그 손가락으로 크리스의 감정을 두드리고, 상처를 어루만지고, 눈물을 닦아 주었을 것이었다. 티모시는 아들 크리스를 사랑하는 미셸의 손가락이 그제야 고마웠다.

* * *

땅굴이 알려졌는지 미국행을 바라는 사람들이 종종 티모시를 찾아왔다. 티모시는 돈을 받고 이들을 미국까지 안내했다. 땅굴을 지나, 출구가 열린 미국 쪽 숲으로 나와, 방향을 잡을 수 있는 샤또게 강까지 인도하는 것이 티모시가 안내할 수 있는 최대치였다. 호삼은 샷건을 차고 항상 티모시와 동행했다. 좀비는 단 한 번도 발견할 수 없었지만 미국으로 들어간 사람은 다시 캐나다로 돌아오지 않았다.

미국으로 들어가려는 사람들의 이유는 다양했다.

"죽더라도 고향에 가서 죽어야지요."

"내 아들은 살아 있어요. 분명히 살아 있어요."

"중국이 생화학 공격한 것일 뿐 좀비는 다 거짓말이에요. 이제는 시간이 지났으니 돌아가도 안전합니다."

어느 날 이보다 훨씬 독특한 이유를 가진 사람들이 티모시를 찾아왔다.

"자기 형이 아픈데 좀비 체액을 바르면 낫는다네요."

아시아 사람 세 명이었다. 통역을 맡은 사람은 젊은 여자였고, 나머지 두 명은 남자인데, 한 명은 반쯤 정신을 잃은 채로 휠체어에 앉아 있었고, 다른 한 명은 작고 뚱뚱한 몸으로 그 휠체어를 밀었다. 로사, 일문, 일금이었다. 미국으로 갈 수 있는 방법을 찾는 일금을 땅굴 소문을 들은 로사가 티모시에게 안내한 것이었다. 티모시는 이들이 비과학적인 동양 주술을 신봉하는 사람들이라고 생각했다. 하지만 좀비 또한 비과학적인 현상이었기에 이들이 미국으로 가려는 이유에 상관할 수 없었다. 터널은 15분이면 통과하고 출구에서 한 시간 걸으면 숲을 벗어나 샤또게 강에 이르는데 자신들은 거기까지만 안내해 줄 수 있다고 티모시가 설명했다.

"다시 돌아오려면 어떻게 해야 하는지 묻네요."

로사가 질문했다. 티모시가 답했다.

"출구 문이 FRP라서 두드리면 터널이 텅텅 울립니다. 와서 두드리시오."

"좀비는 어디에 있냐는데요?"

"터널 출구 주변에서는 좀비를 만난 적이 한 번도 없소. 샤또게 강에서 남쪽으로 내려가면 올버니나 뉴욕 같은 큰 도시들이 나오니 그쪽으로 가 보라고 하시오."

티모시의 답에 로사의 눈이 반짝였다. 로사가 일금의 질문을 통역한 것이 아닌 자신의 질문을 던졌다.

"좀비를 본 적이 없어요?"

"출구 근방에서는 본 적이 없소. 안전하지 않다면 이 일을 매번 어떻게 하겠소?"

로사에게 힌친브룩 수용소는 정글이었고, 숨 쉴 수 없는 바다 깊은 곳, 빛이 닿지 않는 심해 어딘가였다. 레오나르도 디카프리오가

심연에 잠긴 로사를 향해 수직으로 잠수해 내려왔다. 그의 나라가 코앞이었다. 이불을 뒤집어쓰고 DVD를 보던 고향 샛별에서, 잡히면 죽는다는 불안을 멀미하던 쿤밍행 버스 안에서, 팔리기를 기다리는 짝태처럼 누워 있던 태국 수용소에서, 쉬지 않고 꿈꾸던 그의 나라를 로사는 보고 싶었다.

"혹시 통역이 필요할지 모르니 저도 샤또게 강까지만 같이 갈게요."

로사의 제안을 일금은 좋아했고, 티모시는 거절하지 않았다.

해거름이었다. 일행은 땅굴로 들어갔다. 티모시의 계획은 늘 그랬던 것처럼 샤또게 강까지 일문과 일금을 안내하고 호삼, 로사와 함께 돌아오는 것이었지만 이날 티모시는 그럴 수 없었다. FRP 문을 열고 미국 쪽 숲으로 나와, 단풍 낙엽 빨갛고 은행 낙엽 노랗게 덮인 숲길을 걸어, 슬며시 스미다가 흠뻑 물드는 해질녘의 붉은 구름을 방향 삼아, 석양이 배여 붉은 비늘 파닥이는 샤또게 강에 다다랐을 때, 티모시는 새라를 만났다. 델머에서처럼 새라가 석양 내린 강변에 앉아 있었다.

"좀비다!"

새라를 알 리 없는 호삼이 그 자리에 포복하며 샷건을 겨눴다. 로사는 얼어붙었고, 일문은 간성혼수가 찾아와 헛것을 보는 상태였고, 일금은 다가갈까 말까 머뭇거리는데 티모시가 새라를 향해 걸어갔다. 티모시를 발견한 새라도 힘겹게 몸을 일으켜 티모시를 향해 다가왔다. 느리지만 정확한 발음으로 새라가 말했다.

"아이들… 아이들이… 보고… 싶어서…."

새라의 말에 티모시는 눈물이 고였는데 말하는 좀비의 모습에 공포감을 느낀 호삼이 빵, 방아쇠를 당겼다. 새라가 쓰러졌다. 티모시가 달려가 새라를 끌어안았다. 티모시의 품에 안긴 새라는 부들부들 다리를 떨었다. 총소리에 반응한 좀비 몇 마리가 강 건너 숲에서 뛰쳐나왔다. 숲이 뱉어 내는 좀비들은 하염없이 이어져 좀비 떼는 이내 수백 마리로 부풀었다. 강을 건너는 좀비들의 검은 체액이 노을 머금은 강물의 붉은 빛을 갈랐다. 도망치는 사람들의 비명을 질주하는 좀비들의 발자국 소리가 덮었다. 빨갛고 노란 낙엽 위로 붉고 하얀 사람들의 피와 살이 흩어졌다. 출구 문까지 돌아온 사람은 호삼뿐이었다. 인생에서 다시 살아남은 호삼은 홀로 FRP 문을 걸어 잠갔다.

| 에필로그 |

* * *

미국은 사라졌지만 사람들은 그럭저럭 먹고, 그럭저럭 입고, 그럭저럭 자며, 그럭저럭 행복했다. 그럭저럭 행복하지 못한 사람은 각국의 정치인들뿐이었다. 경기 불황, 정치 불안, 국제 관계 위기는 모두 미국이 사라진 때문이라며 정치인들은 자신들의 무능을 남 탓했다. 결국 미국 시장 회복을 절대 과제로 천명한 한 · 중 · 일 3국의 정치인들이 미국에 연합군을 파견하는 데 전격 합의했다. 작전명은 'Make America Sweat Again', 그러니까 '미국을 다시 달콤하게'였다. 각국마다 1개 대대씩 차출해 총 3개 대대 규모로 부대를 편성했다. 미국 동부 해안에 주둔지를 건설하는 것이 부대의 최우선 목표였고, 그곳을 근거지 삼아 추가 부대를 투입한다는 것이 한 · 중 · 일 3국의 계획이었다. 영국이 2차대전 당시 노르망디 상륙

작전의 리허설 장소로 쓰였던 슬랩톤 해변을 한 · 중 · 일 연합군의 합동 훈련 장소로 내주었다. 6개월의 훈련 끝에 연합군은 마침내 작전에 투입됐다. 1개 대대는 공수했고, 2개 대대는 상륙했는데 3개 대대 모두 일주일 만에 통신이 두절되고 말았다. 한 · 중 · 일 3국의 정치인들은 병력을 추가 투입해야 한다고 너 나 할 것 없이 주장했지만 어느 나라 하나 앞장서지 않았다.

연합군이 전멸한 지 한 달 후, 캐나다 남서부 펀디 만 해상에서 표류 중인 소형 보트 하나가 발견됐다. 보트에는 군인 한 명이 실려 있었는데 탈진해 기절한 상태였다. '미국을 다시 달콤하게' 작전에 참가한 한국 공수 여단 하사 고철구였다. 고철구는 학비를 벌기 위해 군인이 된 사람이었다. 이왕 직업 군인이 될 바에 월급이라도 많이 받자는 심산으로 특전사에 지원했다. 4년 3개월 복무 기간 동안 번 돈으로 고철구가 공부하고 싶은 학문은 문학이었다. 고철구의 꿈은 소설가였다. 고철구의 꿈이야 어쨌든 한국 군 당국은 작전의 유일한 생존자가 발견됐다는 소식에 흥분했다. 그로부터 고급 정보를 얻을 수 있다 판단한 군 당국은 급하게 고철구를 한국으로 송환했다. 언론의 접근을 막기 위해 고철구를 격리한 군 당국은 군의관과 정보 장교를 보내 고철구의 진술을 청취했다. 고철구는 의자 등받이에 등을 대지 않고 허리를 꼿꼿이 세워 앉아 자신이 겪은 일을 이야기했다.

"초탄필살, 선수필승. 좀비를 먼저 발견하고 첫 사격을 개시한 인원은 저희 분대장이었습니다. 하지만 순식간이었습니다. 느릿느릿 어슬렁대던 좀비들은 총격이 시작되자마자 맹수처럼 달려들어 부대원들을 물고 뜯고 찢었습니다. 좀비들이 중대를 전멸시킨 시간은 채 10분도 걸리지 않았습니다. 구사일생으로 탈출해 대대본부로 귀환했지만 본부도 이미 초토화된 상태였습니다. 생존자는 저뿐이었습니다. 캐나다로 탈출해야겠다는 생각으로 북쪽으로 올라갔습니다. 단풍이랑 은행이 우거진 숲 지형을 통과하는데 뿌뿌 빠빠뿌, 어디선가 하모니카 소리가 들렸습니다. 하모니카는 사람만 불 수 있는 것 아니겠습니까? 저는 야간 전술 보행으로 소리가 나는 쪽으로 접근했습니다. 그런데 놀랍게도 하모니카 소리를 내는 것은 사람이 아니었습니다. 좀비였습니다. 좀비 한 마리가 입으로 하모니카 소리를 흉내 내고 있었고, 그 소리에 맞춰 좀비 일곱 마리가 춤을 추고 있었습니다. 쏟아지는 별빛을 받은 놈들의 몸은 색깔도, 명암도 없이 하얗게 빛났고, 삐걱대고 덜그럭거리는 놈들의 동작은 춤인 것도 같았고 몸부림인 것도 같았습니다. 신기하게도 저는 도망가야겠다는 생각보다 같이 어울리고 싶다는 생각이 들었습니다. 좀비들도 저를 반겼습니다. 저희는 같이 손을 붙잡고, 삐걱대고 덜그럭거리며 춤췄습니다. 저희가 춤추는 배경은 찬란하게 석양 진 강변으로, 노랗게 벼 익은 들로, 빨갛게 단풍 든 숲으로 수시로 풍경을 바꾸었습니다. 그런데 그중 한 놈이 이상한 걸음을 걷기 시작했습니다. 그러자 별이 지지 않고 해가 뜨지 않았습니다. 하늘의 북두칠성이 아홉 개로 갈라지더니 다시 열한 개로 새끼 쳤습니다. 마침내 열한 개의 별이 번쩍 빛을 뿜더니 사라졌습니다. 그 순간 믿기 어려운 일이 일어났습니다. 함께 춤추던 여덟 마리 좀비들의 피가 씻기고, 뼈가 자라고, 살이 올라 그들 모두가 사람으로 변한 것이었습니다. 그들은 각자 자기소개를 했습니다. 느리지만 정확한 발음이었습니다. 난 티모시야, 난 새라, 나는 자자, 저는 종가예요, 저는 김일문입니다, 저는 일문이 형 친동생 김일금, 저는 종가 할머니 손녀 끗년이에요, 저는 아실 거예요, 레오나르도 디카프리오입니다. 그들의 소개를 듣는 순간 이 모든 사태가 어디서 비롯됐고, 그들이 어떻게 좀비가 됐는지가 제 머릿속에 주마등처럼 지나갔습니다. 이름만 듣고도 저는 그들의 모든 사연과 이야기를 이해할 수 있게 된 것입니다. 저는 저희가 추는 춤의 의미도 깨달을 수 있었습니다. 더 이상 헤어지지 않아도 된다는 기쁨의 춤이었고, 끝없이 사랑할 수 없다는 분노의 춤이었으며, 이제 노동하지 못한다는 슬픔의 춤이었고, 그만 노동해도 된다는 즐거움의 춤이었습니다. 저희는 며칠 동안 울고 웃으며 그 춤을 췄습니다. 그러나 거기까지였습니다. 저는 정신을 잃었고 다시 깨어났을 때는 낡은 보트 위였습니다. 아마 그들이 저를 보트에 태워 바다 위로 밀어내 준 게 아닐까 짐작됩니다."

군의관은 고개를 저었고 정보 장교는 한숨을 쉬었다. 한참을 말없이 인상만 구기던 정보 장교가 건성으로 물었다.

"좀비 사태가 어디서 비롯됐고, 그들이 어떻게 좀비가 됐는지 깨달았다고 하신 거 맞습니까?"

"네. 그렇습니다."

"그럼… 숲에서 만났다는 그 여덟 마리 좀비들은 어떻게 좀비가 된 겁니까?"

"긴데 처음부터 얘기합니까?"

"네, 해 보세요."

고철구는 물을 한 모금 들이켜 입 안을 적셨다. 고철구가 진술했다.

"멕시코 국경 도시인 후아레즈에 70년째 살고 있는 곤잘레스 영감은 그것을 처음 봤을 때 죽은 아들 디에고가 살아 돌아온 줄 알았지 말입니다. 살아생전 디에고도 그런 모습으로 문을 두드린 적이 있었습니다. 미국으로 밀입국해 돈 많이 벌어서 돌아오겠다던 디에고는 돈은커녕 옴이니 영양실조니 폐렴이니 하는 구질한 병만 안고…."

군의관은 하품을 하며 진료 차트에 'PTSD(외상 후 스트레스 장애)로 인한 정신 착란'이라고 적었고, 정보 장교는 코를 후비며 자신의 수첩에 '소설 쓰고 있네.'라고 낙서했다. 고철구의 진술은 그렇게 소설로 치부됐고, 한갓 소설가 지망생의 '소설'을 믿어 주는 이는 아무도 없었다.

| 작가의 말 |

다큐멘터리 만드는 일을 오래했다. 편집기 앞에 앉아 촬영한 인물을 보며 '아, 조금만 더 울지.', '아, 조금만 더 웃지.' 하고 있는 나를 발견했다. 내가 뭐라고 남의 감정을 재단하고, 남의 삶을 편집하는지, 다큐멘터리 만드는 일이 버겁고 무서웠다. 논픽션이 힘들어 픽션의 세계로 도망쳤다. 퇴근 후 취미로 조금씩 소설을 썼다. 논픽션에서 도망치면 즐거울 줄 알았다. 쓰다가 금세 깨달았다. 내가 쓰고 있는 소설 속 세상도 논픽션이었다. 세상이 논픽션인데 소설이라고 픽션일 리 없었다. 쓰는 동안에도 일가족이 자살하고, 전쟁이 터지고, 테러를 일으키고, 권력을 남용하고, 진실을 숨기고, 남의 것을 훔치고, 누군가를 죽이고, 누가 죽었다는 뉴스는 끊이지 않았다. 그래도 우리 동네 '순이 분식' 아주머니는 열심히 떡볶이를 끓였고, 공공 근로 어르신들은 열심히 거리를 쓸었고, 택배 아저씨는 열심히 박스를 날랐고, 아이들은 열심히 등교를 했고, 만원 버스에 몸을 구겨 넣은 승객들은 열심히 출근을 했다. 사람들은 꿋꿋이 세상을 살아가고 있었다. 그제야 다시 깨달았다. 내가 쓰는 소설 속 세상이 미증유의 허구가 아닌 세상을 담은 논픽션이어서 다행이었다. 뒤늦게 나는 조금 안도했다.

출판사 대표님이 이 소설 가운데 가장 좋아하는 문장이 뭐냐고 물은 적이 있었다. 나는 주저 없이 '종가가 캐어 온 봄나물이 상큼해 매서운 겨울은 물러났었다.'라는 문장을 제일 좋아한다고 답했다. 더 묻지 않아 첨언하지는 못했지만, 나는 봄이 그렇게 왔으면 좋겠다. 때가 되어 봄이 오고, 때가 되어야 겨우 사람이 살아가는 세상이 아니라, 사람의 힘으로 겨울이 지나가고, 사람의 힘으로 태양이 비추고, 사람의 힘으로 사람이 살아가는 그런 세상이었으면 좋겠다. 내 의도가 저 문장에 담겼을는지 모르지만, 당신의 땀방울이 눈부셔 여름이 지나가고, 당신의 머리칼이 스산해 낙엽이 물들고, 당신 노동에 휴식이 필요해 긴 동면의 눈이 내리는 그런 세상이 찾아오길 바란다.

그래서 쓰면서 빌었다. 갑질하는 상사를 매일 마주해야 하고, 얼마나 인상될지 알 수 없는 딸내미 등록금 고지서에 조마조마해야 하고, 쌓여 가는 재고에 가슴 졸여야 하고, 늘지 않는 손님에 한숨 쉬어야 하고, 소식 없는 입사 지원서에 낙담해야 하는 수많은 당신들이 이 이야기를 읽고 1분이라도 깔깔대고 훌쩍거릴 수 있기를, 그 희로애락의 힘으로 잠시 근심을 잊고 내일도 오늘 한 일을 계속해 나갈 수 있기를 빌었다. 그 정도면 충분히 좋은 소설일 것 같았다. 그 깔깔대는 웃음과 훌쩍거리는 눈물이 단 1분, 단 10초만 되어도 좋을 것 같았다. 그때 '우리가 캐어 온 봄나물이 상큼해 매서운 겨울은 결국 물러날 것'이니, 나는 황당荒唐한 인물들이 춤추는 이 무계無稽한 이야기가 그래서 픽션으로 읽히지 않기를 간절히 바란다.

먹고살기 위해 노동하는 사람들은 모두 아름답다.

변사체로 죽더라도 선탠하고 싶어

1판 1쇄 인쇄 2020년 3월 25일
1판 1쇄 발행 2020년 3월 30일

지은이 | 고철구
발행처 | 도서출판 혜화동
발행인 | 이상호
편집 | 이연수
주소 | 서울특별시 강서구 공항대로 237, 1108호 (07803)
등록 | 2017년 8월 16일 (제2017-000158호)
전화 | 070-8728-7484
팩스 | 031-624-5386
전자우편 | hyehwadong79@naver.com

ISBN 979-11-90049-10-8 03810

이 도서의 국립중앙도서관 출판예정도서목록(CIP)은 서지정보유통지원시스템 홈페이지(http://seoji.nl.go.kr)와 국가자료종합목록 구축시스템(http://kolis-net.nl.go.kr)에서 이용하실 수 있습니다. (CIP제어번호 : CIP2020010911)

* 책값은 뒤표지에 있습니다.
* 잘못된 책은 바꾸어 드립니다.